frankenstein

frankenstein

Mary W. Shelley

Grupo Editorial Tomo, S.A. de C.V.,
Nicolás San Juan 1043,
03100, México, D.F.

1a. edición, julio 1998.
2a. edición, agosto 2001.
3a. edición, agosto 2002.
4a. edición, agosto 2003.
5a. edición, agosto 2005.
6a. edición, febrero 2008.
7a. edición, septiembre 2012.
8a. edición, junio 2013.
9a. edición, marzo 2014.
10a. edición, julio 2016.

© *Frankenstein or the Modern Prometheus*
Mary W. Shelley
Traducción: Luis Rutiaga

© 2016, Grupo Editorial Tomo, S. A. de C. V.
Nicolás San Juan 1043, Col. Del Valle
03100, Ciudad de México.
Tels. 5575-6615, 5575-8701 y 5575-0186
Fax. 5575-6695
www.grupotomo.com.mx
ISBN: 970-666-077-1
Miembro de la Cámara Nacional
de la Industria Editorial No. 2961

Diseño de portada: Trilce Romero
Supervisor de producción: Leonardo Figueroa

Impreso en México - *Printed in Mexico*

Contenido

Prólogo

Desde la oscuridad, desde lo más profundo de la luna, brota la ilusión, la pesadilla, el horror, el espanto, la fantasía, la simiente pregrabada en la mente de su autor. Nace el nuevo hombre, confusión de sentimientos, amor, dolor, odio. De la imaginación afiebrada por las negras pesadillas; alimentada por cuentos y relatos fantasmales en noches de lluvias torrenciales, surge a la vida Frankenstein, el moderno Prometeo.

Nacida en Londres en 1797, Mary W. Shelley a sus 19 años, es la joven escritora que dará "vida" a este ser en circunstancias por demás curiosas: es producto de un reto.

Transcurría el verano de 1816, en villa Diodati, situada en los alrededores de Ginebra; la estación era fría y lluviosa. Al caer la noche un grupo de jóvenes románticos, entre los que se encontraba el poeta Lord Byron, su secretario y amigo John Polidori, el poeta Shelley y su esposa, la joven Mary, se reunían alrededor de la hoguera. Esperando que pasará el mal tiempo, ante el crepitar de los leños y el danzar de las llamas daban rienda suelta a la imaginación, surgían las narraciones terroríficas y los relatos sobrenaturales. Tal vez inspirados por éstos deciden escribir un cuento cada uno, donde el tema sea lo insólito y lo sobrenatural.

Solamente Polidori y Mary llevarán a cabo sus relatos. El primero será el padre de "El vampiro" y en ella, se concebirá un ente terrible: "Frankenstein".

Narración romántica, extremosa; el bien y el mal se rozan, se confunden y finalmente...

El robo de la chispa divina dará como resultado al hijo de la soledad, al monstruo vengativo, al vagabundo de los glaciares, al asesino implacable.

¿Quién es la víctima?

Para Mary Shelley el destino se cumplirá inexorablemente, sin el menor asomo de piedad.

¿Quién es el monstruo realmente?

Después de escribir la novela, Mary se dedica a continuar sus estudios literarios impulsada por su esposo, y cuando éste fallece en 1822, ella permanece en Italia, país que abandonará al año siguiente para retornar a Inglaterra donde reside hasta su muerte, ocurrida en febrero de 1851.

Su monstruo, esa oscura creación, con el paso del tiempo se fundirá con otros monstruos... los nuestros, los que todos llevamos dentro.

Los editores

Prefacio

El suceso en el que se funda esta narración no es considerado imposible por el Dr. Darwin y algunos escritores alemanes de fisiología. No debe pensarse que yo ni remotamente esté de acuerdo con semejante fantasía; sin embargo, al aceptarla como base para una obra de ficción, no he tratado irónicamente de urdir una serie de terrores sobrenaturales. El acontecimiento en el que se concentra el interés del relato está exento de las desventajas de un simple cuento de espectros o encantamientos. Está recomendado por lo nuevo de las situaciones que desarrolla, y aunque imposible como hecho físico, le da a la imaginación un punto de vista para perfilar las pasiones humanas de manera más amplia y vigorosa de lo que puede permitir cualquier relación de los hechos existentes.

Así pues, he tratado de conservar la verdad de los principios elementales de la naturaleza humana, aunque no he vacilado en innovar con respecto a sus combinaciones. *La ilíada*, la poesía trágica de Grecia, Shakespeare en *La tempestad* y *El sueño de una noche de verano*, y muy especialmente Milton en *El paraíso perdido*, se ajustan a esta regla; y el más humilde novelista que procure distraerse con su trabajo, puede aplicar, sin presunción, en sus creaciones en prosa, esta licencia, o mejor dicho esta regla, de cuya adopción ha dado por resultado tan deliciosas combinaciones de sentimientos humanos en las más altas obras de la poesía.

La circunstancia en la que se apoya mi relato surgió de una conversación casual. Comenzó en parte como una distracción, y en parte como un recurso para ejercitar todas las posibilidades inexploradas de la mente. Pero a medida que avanzaba la obra, se añadieron otros motivos a los iniciales. No me es indiferente la reacción del lector frente a las creencias morales existentes en mis personajes, cualesquiera que sean; sin embargo, mi mayor preocupación se ha centrado en evitar los efectos perniciosos de las novelas de hoy día, y en poner de manifiesto la bondad del amor familiar, y la excelencia de la virtud universal. No ha de considerarse de ningún modo que las opiniones particulares que emanan del carácter y las situaciones del protagonista deben corresponder a las mías propias; ni hay que presuponer que la conclusión de estas páginas que siguen llegarán a perjudicar doctrina filosófica alguna.

La autora ha puesto gran interés en resaltar que empezó esta narración en el majestuoso escenario donde se sitúa la parte más importante de la acción, y por añadidura en compañía de aquellos compañeros a los que no podrá olvidar.

Pasé el verano de 1816 en los alrededores de Ginebra. La estación era fría y lluviosa, nos reuníamos noche tras noche en torno al hogar donde ardía un buen fuego de leña, divirtiéndonos con algunos relatos alemanes de espíritus y fantasmas que habíamos aprendido. Esos cuentos nos despertaron la idea de imitar alguno de ellos por nuestra cuenta.

Otros dos amigos (cualquiera de los escritos debido a la pluma de uno de ellos sería mucho más digno para el público que lo que yo pueda llegar a imaginar) y yo decidimos por lo tanto escribir un relato, cada uno basado en algún suceso sobrenatural.

Sin embargo, el tiempo mejoró súbitamente; y mis dos amigos me abandonaron para emprender un viaje por los Alpes, y en esos magníficos escenarios se olvidaron por completo de sus evocaciones fantasmales. Esta narración, por lo tanto, es la única que ha quedado terminada.

Marlow, septiembre de 1817

Primera carta

San Petersburgo, 11 de dic. de 17...

A la Sra. Saville, Inglaterra

Te alegrarás al saber que no me ha acontecido ninguna desgracia al inicio de esta empresa que tú veías con tan malos presagios. Llegué aquí ayer; y mi primera tarea es confirmarte, querida hermana, que me encuentro bien y que tengo confianza en el éxito de esta misión.

Estoy ya muy al norte de Londres; y al caminar por las calles de Petersburgo, siento en las mejillas un aire frío que me templa los nervios y me llena de alegría. ¿Te explicas este sentimiento? Esta brisa, que viene de las regiones hacia las que me dirijo, me da un anticipo de lo que me espera en esos climas glaciales. Animado por este viento de promesa, mis sueños se vuelven más constantes y vívidos. En vano trato de persuadirme de que el polo es el lugar de los hielos y la desolación; siempre se me presenta en mi imaginación como la región de la belleza y el deleite. Allí, Margaret, el sol está visible continuamente, con su ancho disco rasando el horizonte y difundiendo su perpetuo resplandor. Allí —pues con tu permiso, hermana, voy a depositar algo de mi confianza en los anteriores navegantes— no existen la nieve ni las heladas; y navegando por un mar tranquilo, podemos arribar a una tierra que excede en maravillas y belleza a todas las regiones descubiertas hasta hoy en todo el globo habitable. Sus productos y características no tienen tal vez iguales, dado que los fenómenos de los cuerpos celestes suceden indudablemente en esas soledades inexploradas. ¿Qué no puede esperarse de un país de luz eterna? Quizá pueda descubrir allí la fuerza maravillosa que atrae la aguja y pueda ser que ponga en orden mil observaciones celestes que sólo requieren de este viaje para volver coherentes para siempre sus aparentes extravagancias.

Saciaré mi ardiente curiosidad al ver una parte del mundo jamás visitada, y quizá recorra una tierra que jamás ha hollado la planta del hombre. He aquí lo que me atrae, y esto basta para hacerme vencer el miedo al peligro y a la muerte, y animarme a emprender este difícil viaje con la alegría que siente el niño al embarcar en un bote con sus compañeros de aventuras y emprender una excursión exploradora por su río natal. Pero aun en el supuesto de que resulten falsas todas estas conjeturas, no puedes negar el beneficio inestimable que proporcionaré a la humanidad entera, hasta la última generación, al descubrir un paso hacia los países próximos al polo y cuya comunicación requiere hoy de tantos meses de viaje, o averiguar el secreto del imán, cosa que, de ser posible, sólo puede realizarse llevando a cabo una empresa como la mía.

Estas reflexiones han disipado la agitación con que había iniciado la carta, y siento que mi corazón arde con un entusiasmo que me eleva hasta los cielos; porque nada contribuye tanto a tranquilizar la mente como un propósito firme, un punto en el que pueda el alma fijar sus ojos intelectuales. Esta expedición ha sido el sueño favorito de mis años jóvenes. He leído con ardor los relatos de los diversos viajes que se han hecho con idea de llegar al Océano Pacífico del Norte cruzando los mares que circundan el polo. Recordarás que toda la biblioteca de nuestro buen tío Thomas se reducía a una historia de todos los viajes hechos con fines de descubrimiento. Aunque mi formación ha sido descuidada; sin embargo, he tenido una pasión por la lectura. Esos volúmenes, fueron noche y día mi estudio, y el familiarizarme con ellos hizo que acrecentase el pesar que había sentido de niño, cuando supe que la última voluntad de nuestro padre prohibía a tío Thomas concederme permiso para abrazar la carrera de navegante.

Sin embargo, estas visiones se disiparon cuando leí por primera vez aquellos poetas cuyas efusiones me arrebataron el alma y la elevaron al cielo. Yo también me hice poeta, y durante un año viví en un paraíso creado por mí mismo; imaginé que también yo podría conseguir un nicho en el templo donde están consagrados los nombres de Hornero y de Shakespeare. Bien conoces mi fracaso y cuanto me abrumó el desengaño. Pero en esa época precisamente heredé la fortuna de nuestro primo, y mis pensamientos volvieron a tomar otra vez su cauce anterior.

Han pasado seis años desde que resolví emprender mi actual empresa. Aun hoy puedo recordar el momento a partir del cual me dediqué a esta gran obra. Empecé por habituar mi cuerpo a las penalidades y fortalecerme físicamente.

Acompañé a los balleneros en varias de sus expediciones al Mar del Norte; por mi propia voluntad soporté el frío, el hambre, la sed y la falta de sueño; a menudo trabajaba más que el resto de los marineros durante el día, y dedicaba mis noches al estudio de las matemáticas, de la medicina, y de aquellas ramas de la física que más ventajas prácticas pudieran tener para un aventurero naval. Por dos veces me enrolé como segundo de a bordo en un ballenero de Groenlandia, y salí airoso de la prueba. Debo confesarte que me sentí un poco orgulloso cuando el capitán me ofreció el segundo puesto de su barco, y me suplicó insistentemente que me quedase; ya que consideraba valiosos mis servicios.

Y ahora, querida Margaret, ¿no merezco realizar este gran viaje? Mi vida podría haber transcurrido entre las comodidades y el lujo; pero he preferido la gloria a todas los halagos que la riqueza ha puesto en mi camino. ¡Ah, con qué placer escucharía que me respondiera afirmativamente alguna voz alentadora! Mi valor y resolución son inamovibles; pero las esperanzas vacilan, y con frecuencia me siento desalentado. Estoy a punto de emprender un viaje largo y difícil, cuyas vicisitudes requerirán toda mi fortaleza; no sólo estoy obligado a elevar el ánimo de los otros, sino a sostener muy alto el mío cuando desfallezca el de los demás.

Esta es la época más favorable para viajar por Rusia. Aquí los trineos vuelan velozmente por la nieve; el movimiento es agradable, *y en mi opinión, mucho más cómodo que las diligencias inglesas. No sientes el frío excesivo, siempre y cuando se abrigue uno con pieles, indumentaria que ya he adoptado, pues hay una gran diferencia entre pasearse por la cubierta y quedarse sentado durante horas, sin hacer ningún ejercicio que evite que la sangre se le hiele a uno en las venas. No tengo ni el más mínimo deseo de perder la vida en este camino de postas entre San Petersburgo a Arkangel.*

Tengo previsto salir de esta última población dentro de dos o tres semanas; y me propongo fletar allí un barco, lo que puede hacerse fácilmente pagando al contado el seguro del armador, y contratar de inmediato a los marineros, que considere necesarios, entre aquellos que se dediquen a la pesca de la ballena. Espero hacerme a la vela hasta el mes de junio; ¿cuándo estaré de regreso? ¡Ah, querida hermana cómo poder contestar a esa pregunta! Si la fortuna me sonríe y llego a triunfar pasarán meses, muchos meses, quizá años, antes de que volvamos a vernos. Y si fracaso, volverás pronto a verme, o nunca más nos reuniremos.

Adiós mi querida y buena Margaret. Que el cielo haga llover bendiciones sobre ti, y me proteja, a fin de poder atestiguarte una y otra vez mi gratitud por todo tu cariño y tu bondad.

Tu hermano, que te quiere.
Robert Walton

Segunda carta

Arkangel, 28 de marzo, 17...

A la Sra. Saville, Inglaterra

¡Qué lentamente transcurre el tiempo aquí, rodeado por el hielo y la nieve! No obstante, he dado un segundo paso hacia el cumplimiento de mi empresa. He logrado fletar un barco y me he dedicado a reunir la tripulación; los marineros que tengo ya contratados parecen hombres de fiar, y poseen sin ninguna duda un valor a toda prueba.

Tengo sin embargo una gran necesidad que hasta ahora no he podido satisfacer; y que ahora siento como una falla lamentable. No tengo aquí ningún amigo, Margaret; de modo que cuando el triunfo me acompañe, no habrá nadie con quien compartir mi alegría, y si me abate el desaliento, nadie tratará de sacarme de mi abatimiento. Es cierto que puedo confiar mis pensamientos al papel; pero este es un pobre medio de comunicar mis sentimientos. Necesito la compañía de un hombre que simpatice conmigo, alguien cuya mirada responda a la mía. Tal vez me juzgues romántico, mi querida hermana, pero me afecta realmente la falta de un amigo. No tengo a nadie junto a mí que sea amable y a la vez valeroso, dotado de una amplia cultura, cuyos gustos sean similares a los míos, y que pueda aprobar o corregir mis proyectos. ¡Cómo repararía un amigo así los errores de tu pobre hermano! Soy demasiado impulsivo en la reali-

zación y me domina la impaciencia cuando tengo dificultades. Sin embargo, tengo un algo que me perjudica, y es el de haberme formado yo mismo: ya que durante los primeros catorce años de mi vida no hice otra cosa que andar a mis anchas por los campos comunales y mis lecturas se limitaron a los libros de viajes de nuestro tío Thomas. Luego conocí y me familiaricé con los poetas más famosos de nuestro país y tan sólo cuando ya era demasiado tarde me di cuenta de la necesidad de aprender otras lenguas, distintas de la de mi país natal. Ahora tengo veintiocho años y en realidad soy más ignorante que muchos escolares de quince. Es cierto que he reflexionado más, y que mis sueños son más amplios y grandiosos, pero les falta el equilibrio (como dicen los pintores); y me es imprescindible un amigo con el suficiente sentido común como para no burlarse de mi romanticismo, y que pueda con su afecto controlar mis sentimientos impulsivos.

Ya sé que todo esto son lamentaciones inútiles; con toda seguridad no voy a encontrar amigos en el inmenso océano; ni tampoco aquí en Arkangel, entre mercaderes y marinos. Sin embargo, también en estos pechos rudos laten, aunque muy rudimentarios, los sentimientos más nobles de la naturaleza humana. Mi segundo, por ejemplo, es un hombre lleno de coraje y de un valor admirable; se afana por alcanzar la gloria; o en otras palabras, desea ascender en su profesión. Es inglés —esto me complace debido al cariño que siento por mi patria—, y pese a su poca cultura, conserva intactas algunas de las nobles cualidades humanas. Le conocí a bordo de un ballenero; y en cuanto supe que estaba sin trabajo en esta ciudad, le contraté inmediatamente para que me ayudase a llevar a cabo mi empresa.

Este oficial es una persona de excelente carácter, y se distingue a bordo por su afabilidad y la templanza con que se hace obedecer. Por estas cualidades, unida a su conocida honestidad e intrepidez, me han hecho sentir vivos deseos de contar con sus servicios. Mi juventud solitaria, los mejores años pasados bajo tu influencia amable y femenina, han modelado a tal punto mi carácter que no me es posible vencer la profunda aversión que me causa la brutalidad que reina normalmente a bordo de los barcos: se me hace inne-

cesaria; y al saber de que había un marino que se distinguía tanto por su buena voluntad como por el respeto y la obediencia que sabía despertar en su tripulación, pensé que sería muy afortunado si podía contar con sus servicios:

Tuve las primeras noticias de él, de un modo más bien novelesco, por una dama que le debe su felicidad. Su historia, en unas cuantas palabras, es esta: hace algunos años, se enamoró de una joven rusa de modesta condición; y dado que él había conseguido una considerable fortuna en recompensas obtenidas por sus hazañas navales, el padre de la joven consintió en su matrimonio. Pero un día que fue a visitarla antes de que se realizara la ceremonia, la encontró hecha un mar de lágrimas; y ella arrojándose a sus pies, le suplicó que la perdonase, confesándole que amaba a otro hombre, pero que su padre no había dado su consentimiento para que se casara con él, ya que era pobre. El generoso marino tranquilizó a la joven y en cuanto supo por ella el nombre de su amado, al punto desistió de sus pretensions. Había comprado ya una granja en la que se proponía pasar el resto de su vida; pero se la obsequió a su rival, agregando además el dinero que le quedaba, para que comprase ganado, e incluso fue a pedirle al padre de la joven que le permitiese casarse con aquel a quien amaba. Pero el anciano se negó de forma categórica por considerar que estaba obligado a mi amigo, el cual, al ver que el padre mantenía su inflexible actitud, abandonó el país y no volvió a él hasta que se enteró de que su ex-prometida se había casado de acuerdo con sus inclinaciones. ¡Qué nobleza de carácter!, pensarás con justa razón.

Así es; pero en cambio, adolece de una sólida cultura: casi no habla, y lo envuelve una especie de ignorante indiferencia que, si bien hace que su conducta sea de lo más asombrosa, desmerece su interés y simpatía, que de otra forma predominarían en él.

Pero no vayas a creer, sin embargo, porque me lamente un poco o porque quiera imaginar que llegará un consuelo a mis fatigas, que vacile en mi decisión. Es tan firme y decidida como el destino, y lo único que ha demorado el viaje ha sido el mal tiempo que no me ha permitido zarpar. El invierno ha sido terriblemente crudo, pero la primavera se anuncia y promete ser agradable; dicen que se ha adelantado, por lo tanto es posible que pueda hacerme a la mar antes de lo esperado. No me arriesgaré: me conoces lo bastante como para tener confianza en mi prudencia y mi sensatez cuando la seguridad de otros está en mis manos.

No puedo narrarte lo que experimento ante el inminente comienzo de mi proyecto. ¿Podrías entender esta sensación mezcla de nerviosismo y temor que me invade antes de mi partida? Me dirijo hacia regiones inexploradas, casi vírgenes, la tierra de «las brumas y las nieves», pero no voy a cazar albatros; así que no te preocupes por mi seguridad, ni pienses que regresaré a ti exhausto y lleno de aflicción como el «Viejo marinero» de Coleridge. Tal vez te reirás ante esta alusión, pero te confesaré un secreto. A menudo he atribuido mi pasión por el mar a la obra del más imaginativo de los poetas modernos. Hay algo inexplicable que agita mi alma y que no logro comprender. En el fondo soy un hombre práctico, cuidadoso, un artesano acostumbrado a trabajar esforzándome y con perseverancia; pero también siento un amor por lo maravilloso y tengo fe en todo lo que se entreteje en mis proyectos y que me hace alejarme del camino trillado de los hombres, llevándome incluso hacia esos mares lejanos y a esas regiones desconocidas que estoy por explorar.

No obstante, volvamos a reflexiones más gratas. ¿Volveré a verte de nuevo, después de cruzar la inmensidad de los mares y regresar por el cabo más meridional de África o de América? Tal vez no tenga tanta fortuna, aunque tampoco puedo decidirme a contemplar el reverso de la moneda. Por ahora, sigue escribiéndome siempre que puedas: quizá reciba tus cartas precisamente en los momentos en que más las necesite para fortalecer mi ánimo. Tienes todo mi amor. Recuérdame con cariño, si es que no vuelves a saber de mí.

Con afecto, tu hermano,
Robert Walton

Tercera carta

7 de julio, 17...

A la Sra. Saville, Inglaterra

Mi querida hermana:

Te escribo a toda prisa unas pocas líneas para comunicarte que estoy bien y que voy muy adelantado en mi viaje. Espero que esta carta llegue a Inglaterra gracias a un mercader que ahora regresa de Arkangel; envidio su fortuna, ya que tal vez transcurrirán muchos años antes de que vuelva a ver mi país. No obstante, estoy contento: mis hombres son valerosos y dispuestos a continuar; no les desalientan los hielos flotantes que pasan sin cesar a un costado del buque y que nos avisan de la peligrosa región hacia la que nos dirigimos. Hemos llegado ya a una latitud muy alta; pese a que estamos en pleno verano, y aunque no hace tanto calor como en Inglaterra, los vientos del sur nos empujan con rapidez hacia esas costas que con tanta ansiedad deseo alcanzar y me traen una tibieza tonificante que no me esperaba.

Todavía no se ha producido ningún incidente que merezca ser contado en una carta. Tan sólo uno que otro ventarrón y una vía de agua son percances que no inquietan a ningún navegante y por lo tanto no resultan dignos de ser consignados, y podré darme por satisfecho si no sufrimos nada peor durante todo el viaje.

Adiós, mi querida Margaret. Ten la seguridad de que, tanto por tu bien como por el mío, no enfrentaré peligros inecesariamente. Seré prudente, frío y perseverante.

Estoy seguro de que el éxito coronará mis esfuerzos. ¿Por qué no? He logrado llegar hasta aquí, trazando mi ruta a través de mares jamás surcados, con tan sólo las estrellas por únicos testigos de mi triunfo. ¿Por qué no he de continuar por estas olas indómitas y a la vez sumisas? ¿Qué podrá detener un corazón decidido y la voluntad firme de un hombre?

Sé que mi corazón se vuelca involuntariamente. Pero es preciso terminar. ¡Qué el Cielo te bendiga, querida hermana!

Robert Walton

Cuarta carta

5 de agosto, 17...

A la Sra. Saville, Inglaterra

Ha ocurrido un incidente tan extraordinario que no puedo por menos de comunicártelo, aunque es posible que me veas antes de que esta carta llegue a tus manos.

El lunes pasado (31 de julio) casi nos quedamos completamente cercados por el hielo que rodeaba el barco, sin dejar más espacio libre que el agua en que flotaba. Era una situación un poco peligrosa, sobre todo porque nos envolvía una niebla muy densa. Así que nos quedamos al pairo en espera de algún cambio favorable en las condiciones atmosféricas.

Más o menos a las dos, empezó a despejarse la niebla, y pudimos contemplar como se extendía hasta perderse en la lejanía una helada e inmensa llanura de hielo. Algunos de mis hombres empezaban a lamentarse e incluso yo mismo empezaba a sentirme asaltado por inquietantes pensamientos, cuando una insólita visión atrajo súbitamente nuestra atención disipando la angustia de la situación en que nos encontrábamos. Alcanzamos a divisar un trineo tirado por perros, que avanzaba rumbo al norte a media milla de nosotros; una figura humana, pero de proporciones gigantescas, iba sentada en él y lo guiaba. Estuvimos observando con nuestros catalejos el rápido avance del viajero, hasta que desapareció entre los distantes montículos de hielo.

Este espectáculo nos produjo un asombro sin límites. Sabíamos que estábamos a centenares de millas de tierra firme; sin embargo esta aparición nos parecía demostrar que en realidad no estábamos tan lejos. Por estar cercados por el hielo, nos era imposible seguir el rastro de aquel hombre.

Dos horas después de este suceso sentimos agitarse el agua bajo nosotros y antes del anochecer el hielo se quebró, dejando en libertad a nuestro barco. No obstante, continuamos al pairo hasta la mañana siguiente, ya que no queríamos chocar en la oscuridad con aquellas grandes masas de hielo que se desprendieron y quedaron flotando a la deriva tras romperse el cerco que nos aprisionaba. Aproveché todo ese tiempo para descansar unas cuantas horas.

A la mañana siguiente, tan pronto como hubo luz, subí al puente y encontré a todos los marineros apiñados en un costado del buque, al parecer hablando con alguien que se encontraba en el mar. En efecto, se trataba de un trineo como el que habíamos visto en la víspera, el cual, flotando a la deriva sobre un gran témpano de hielo, se nos había acercado durante la noche. Sólo quedaba un perro con vida; y dentro iba un ser humano, a quien los marineros intentaban convencer para que subiese a bordo. No se parecía al otro viajero, a quien supusimos un habitante salvaje de alguna isla ignorada, sino un europeo. Al verme sobre cubierta, oí decir a mi segundo:

—Aquí viene nuestro capitán, el que no permitirá que perezca usted en mar abierto.

Al verme, el desconocido me dirigió la palabra en inglés, aunque con acento extranjero:

—Antes de subir a bordo —dijo—, ¿me haría el favor de decirme hacia dónde se dirige?

Te imaginarás mi asombro al oír semejante pregunta en labios de un hombre que está al borde de la muerte, para quien, mi barco debía ser el recurso más valioso el cual no cambiaría por el tesoro más precioso de la tierra.

No obstante, le respondí que realizábamos un viaje de exploración hacia el polo norte.

Esta respuesta pareció satisfacerle y accedió por fin a subir a bordo. ¡Gran Dios, Margaret! Si hubieses visto al hombre que ponía condiciones para salvarse, tu sorpresa no habría tenido límites. Sus miembros estaban casi completamente helados y tenía el cuerpo horriblemente demacrado por el cansancio y el sufrimiento. Nunca antes había visto a un hombre en tan lastimoso estado. Quisimos llevarlo al camarote, pero en cuanto le faltó aire fresco perdió el conocimiento. Lo tuvimos que volver a sacar a cubierta y le reanimamos dándole fricciones con coñac y obligándole a tragar unos sorbos. Tan pronto como empezó a dar señales de vida le abrigamos con mantas y lo colocamos junto al fogón de la cocina. Poco a poco se fue recuperando y tomó un poco de sopa, cosa que le hizo mucho bien.

Tuvieron que pasar dos días antes de que pudiera hablar y muchas veces sentí temor que sus sufrimientos le hubiesen quitado la razón. Tan pronto como se hubo recuperado un poco ordené que lo llevaran a mi propio camarote y le atendí con todos los cuidados que mis obligaciones me permitían. Nunca he visto criatura más interesante: sus ojos tienen por lo general una expresión de extravío, casi demencial; pero hay momentos en que si alguien tiene para con él un gesto de amabilidad o le brinda el más pequeño servicio, el rostro se le ilumina, por decirlo así, con una expresión de bondad y de dulzura como jamás he visto en ningún hombre. Pese a ello, la mayor de las veces, se le ve melancólico y desalentado, y hay ocasiones en que rechina los dientes, como si la impaciencia lo consumiera por el peso de las aflicciones que lo abruman.

En cuanto fue recobrando la salud me costó mucho trabajo mantenerle alejado de mis hombres, que deseaban hacerle un sinfín de preguntas; pero no permití que le agobiasen inútilmente con su curiosidad, dado que el pobre se hallaba en un estado deplorable, tanto físico como mental, y cuyo restablecimiento dependía evidentemente del reposo más absoluto. Una de las veces, sin embargo, mi segundo le preguntó:

—¿Cómo es qué usted se adentró tanto en los hielos viajando en aquel extraño vehículo?

Su expresión adoptó de inmediato una expresión de profunda tristeza, y respondió:

—Persiguiendo al que huye de mí.

—¿Y viaja este hombre al que persigue de la misma manera?

—Sí.

—Siendo así, me parece que le hemos visto, porque el día antes de recogerle a usted avistamos a un hombre que atravesaba los hielos en un trineo tirado por perros.

Esta noticia despertó tanto el interés de nuestro huésped, que comenzó a formular una multitud de preguntas sobre el rumbo que el demonio como él lo llamó, había tomado. Poco después, cuando estuvo a solas conmigo, dijo:

—Seguramente he despertado su curiosidad y la de esta buena gente; pero creo que usted es demasiado discreto para hacerme preguntas.

—Desde luego —respondí—; sería realmente una impertinencia y una inhumanidad de mi parte al estarle importunando ahora con preguntas.

—Sin embargo, usted me ha rescatado de una situación extraña y peligrosa; me ha devuelto con generosidad a la vida.

Poco después de esta conversación, me preguntó si creía que al partirse el hielo habría sido destruido el otro trineo. Le contesté que no lo sabía con seguridad, ya que el hielo se había roto hasta cerca de la medianoche, y que por lo tanto el hombre podía haber llegado a lugar seguro antes de esa hora; aunque era algo que no me era posible afirmar.

A partir de ese momento, un nuevo soplo de vida pareció animar el debilitado cuerpo del desconocido. Manifestó los mayores deseos por hallarse de nuevo en cubierta para estar vigilando, por si aparecía de nuevo el trineo; pero le he tenido que convencer para que permanezca en el camarote, pues está aún demasiado débil para soportar la crudeza del aire. Le he tenido que prometer que habrá alguien vigilando en su lugar y que se le avisará en seguida si se descubriera algún nuevo objeto a la vista.

Esto es todo lo que consigna mi diario, hasta el día de hoy, en lo que se refiere a este extraño suceso. La salud del desconocido mejora lentamente, pero es muy reservado y da muestras de inquietud cuando entra en el camarote otra persona que no sea yo. Sin embargo, sus modales son tan agradables y suaves que todos los marineros se preocupan por él, aunque han tenido muy pocas oportunidades de tratarlo. Por mi parte, empiezo a quererle como a un hermano, y su pena profunda y constante aflicción me llena de simpatía y compasión. Tiene que haber sido una noble persona en otros tiempos y aún ahora en su decaimiento se muestra amable.

Te mencionaba en una de mis cartas, Margaret querida, que no iba a encontrar a ningún amigo en el vasto océano; sin embargo, es aquí donde he descubierto a un hombre al que, si la desgracia no hubiese abatido su ánimo, me habría gustado considerarle como el hermano de mi corazón.

Seguiré comentando en mi diario sobre el desconocido a intervalos, siempre que ocurra algún nuevo incidente que deba de consignar.

Diario de Robert Walton

El afecto que tengo por mi huésped aumenta cada día. El pobre me inspira a la vez admiración y compasión hasta un punto asombroso. ¿Cómo es posible contemplar a un ser tan noble destruido por el dolor sin experimentar una profunda pena? Es tan bondadoso e instruido, y su mente es tan cultivada que cuando habla, sus palabras, si bien escogidas con el mayor gusto, fluyen sin embargo con rapidez y con una elocuencia sin par.

Ya se encuentra muy repuesto de su enfermedad y se pasea continuamente sobre cubierta, vigilando obviamente por si acaso aparece el trineo que lo precedía. Sin embargo, aunque sufre, no se aisla por completo en sus preocupaciones, sino que muestra un vivo interés por los proyectos de los demás. Frecuentemente hablamos de los míos, los cuales yo le he confiado sin reservas. Escucha con atención todos mis argumentos que esgrimo a favor de mi éxito y también todos los pormenores de las medidas que he tomado para obtenerlo. Y por su simpatía al utilizar el mismo lenguaje de mi corazón, ha logrado que le muestre las ansias que inflaman mi alma, contándole además, con un entusiasmo desbordado, que sacrificaría con alegría mi fortuna, mi vida y todas mis esperanzas si pudiera con ello llevar a término mi empresa.

—La vida o la muerte de un hombre —le dije—, no son sino un precio pequeño que hay pagar cuando se trata de adquirir los conocimientos que yo busco, dado el beneficio que alcanzaría y *trasmitiría después, a favor de la raza humana. Mientras hablaba de esta forma una sombra de tristeza fue invadiendo la faz de mi interlocutor. Noté al principio que trataba de controlar sus emociones; se cubrió el rostro con las manos; y mi voz tembló al descubrir que le corrían abundantes lágrimas entre los dedos; un gemido escapó de su pecho jadeante. Hubo una pausa, y al fin habló él, con acento entrecortado:*

—¡Infeliz! ¿Acaso quiere compartir mi locura? ¿Ha probado también de ese brebaje embriagador? ¡Óigame; déjeme que le cuente mi historia, y verá cómo aparta la copa de sus labios!

Como puedes imaginar, tales palabras, excitaron en alto grado mi curiosidad; pero el gran dolor que se apoderó del desconocido consumió sus escasas fuerzas, y fueron precisas muchas horas de reposo y de conversación tranquila para que recobrase la calma.

Cuando logró dominar la agitación de sus sentimientos, pareció despreciarse a sí mismo por haberse dejado arrastrar por sus pasiones; y sobreponiéndose a la oscura tiranía de la desesperación, me indujo otra vez a que le contara mis proyectos. Me pidió que le narrase la historia de mis años mozos. Lo que hice en pocas palabras, aunque suscitó las más diversas reflexiones. Le confesé mi deseo de encontrar un amigo, de mi anhelo de encontrar alguien con el cual simpatizara mi espíritu, y le expresé mi convicción de que un hombre no podía tener la felicidad, si no gozaba de esta bendición del cielo.

—Estoy completamente de acuerdo con usted —dijo el desconocido—; somos seres incompletos, hechos sólo a medias; necesitamos otra persona mejor, más inteligente y sensata que nosotros —como debe ser un amigo—, para que nos ayude a perfeccionar nuestra naturaleza débil e imperfecta. Hace tiempo tuve un amigo, el más noble de todos los seres humanos; estoy en condiciones, por lo tanto, de opinar con conocimiento de causa, sobre la amistad. Veo que usted tiene esperanzas y todo un mundo por delante, y no hay razón alguna para desesperarse. Pero yo... yo por el contrario lo he perdido todo, y no puedo empezar otra vida de nuevo.

Al decir esto, su fisonomía reflejó una tristeza muda y serena que me llegó a lo más profundo del corazón. Luego guardó silencio, y se retiró a su camarote. Incluso destrozado espiritualmente como estaba, nadie como él era capaz de apreciar las maravillas de la naturaleza. El cielo estrellado, el mar, y todos los grandiosos espectáculos que ofrecían estas regiones ignotas, parecían tener el poder para elevar su alma sobre la tierra. Un hombre así, el cual lleva una doble existencia: puede hundirse en el sufrimiento y dejarse abrumar por los desengaños y sin embargo, cuando se concentra en sí mismo, es como un espíritu celeste que tiene un halo a su alrededor, dentro de cuyo círculo mágico no se atreven a penetrar ni el dolor ni la locura.

¿Te hace sonreír el entusiasmo que demuestro al hablar de este divino viajero? Sé que no lo harías si le hubieses visto. Te has educado e instruido en los libros y alejado del mundo, y eres por ello un tanto escéptica; pero por eso mismo estás más capacitada para apreciar los extraordinarios méritos de esta criatura maravillosa. A veces he procurado descubrir cuál es la cualidad que lo eleva por encima de todos los hombres que hasta ahora he conocido. Creo que es su discernimiento, su perspicacia intuitiva, su penetración en las causas de las cosas, su claridad y precisión sin igual; y a esto se añade una facilidad de palabra y una voz cuyas variadas entonaciones tienen una musicalidad que cautiva el alma.

19 de agosto, 17...

Ayer me dijo el desconocido:

—Ya se habrá dado cuenta, capitán Walton, de que he sufrido grandes e incomparables desgracias. Había decidido, hace tiempo, que muriese conmigo el secreto de estos males, pero usted me ha inducido para que altere tal decisión. Sé que usted busca el conocimiento y la sabiduría, como yo lo hice una vez; y espero vivamente en que la satisfacción de sus deseos no resulte ser una serpiente que le muerda, como ha sucedido en mi caso. No sé si el relato de mis desventuras puede serle de utilidad; pero al ver que trata de seguir el mismo camino, exponiéndose tal vez, a los mismos peligros que han hecho de mí lo que soy, me figuro que podrá sacar alguna experiencia de mi relato; una enseñanza que pueda guiarle en su empresa, y que lo consuele si fracasa. Prepárese a escuchar sucesos que por lo común se tienen por maravillosos. Si estuviésemos ante *parajes más apacibles de la naturaleza, temería no ser creído y que tal vez me juzgase ridículo; pero en estas regiones salvajes y misteriosas parecen posibles muchas cosas que en cualquier otra parte provocarían la risa de quienes desconocen los inmensos poderes de la naturaleza; tampoco me cabe duda, de que mi relato aportará la prueba de la veracidad de los hechos que lo constituyen.*

Como puedes imaginar, querida hermana, me sentí muy complacido ante el ofrecimiento de tal confidencia; sin embargo, no podía soportar la idea de que estas confesiones reavivaran el dolor al referirme sus desventuras. Tenía los mayores deseos de escuchar el prometido relato, en parte por curiosidad y en parte por un gran deseo de mejorar su suerte, si es que estaba dentro de mis posibilidades. Al contestarle, le manifesté estos sentimientos.

—Le agradezco su amabilidad —respondió—, pero es inútil; mi destino se aproxima a su fin. Sólo espero que ocurra una cosa, y luego finalmente descansaré en paz. Comprendo lo que siente —prosiguió, al observar que yo quería interrumpirle—; pero se equivoca, amigo mío, si es que me permite llamarlo así; ya nada puede cambiar mi destino; escuche mi historia y sabrá cuan irrevocablemente es ya.

Y me dijo que comenzaría su relato al día siguiente, cuando estuviese yo desocupado, libre de las obligaciones de abordo. Esta promesa me arrancó las expresiones más cordiales de agradecimiento. He decidido, por lo tanto, consignar por escrito cada noche, siempre que mi deber no me lo impida, y tratando de ser lo más fiel y apegarme a sus propias palabras, lo que él me cuente durante la jornada. En caso de estar muy ocupado, tomaré al menos algunas notas. Sin duda este manuscrito te proporcionará el mayor placer; pero yo, que le conozco y escucho la historia de sus propios labios... ¡con cuanto interés lo leeré en el futuro! Aun ahora, al dar inicio a esta tarea, su voz modulada suena en mis oídos; creo ver sus ojos brillantes mirándome con melancólica ternura; le veo levantar su delgada mano con animación, mientras sus rasgos resplandecen con la luz que irradia del interior de su alma.

¡Extraña y desgarradora debe de ser su historia y qué espantosa la tormenta que, atrapando su valeroso navío, alteró su rumbo y lo hizo zozobrar así!

Capítulo I

Mi origen es ginebrino y nací en el seno de una de las familias más distinguidas del país. Desde tiempo atrás, mis antepasados se desempeñaron como consejeros o síndicos, y mi padre había cumplido con honradez y consideración los numerosos cargos públicos que había ocupado. Quienes le conocían le respetaban a causa del infatigable entusiasmo y de la integridad que mostraba en sus puestos políticos. Había pasado su juventud entregado por entero a los asuntos de su patria. Y por diversas circunstancias no se casó a una edad temprana y sólo pudo convertirse en padre de familia al llegar el ocaso de su vida.

Como hay algunas circunstancias de su matrimonio que ilustran su personalidad, no quiero continuar adelante sin mencionarlas. Tenía por mejor amigo a un comerciante que, tras haber disfrutado de una buena posición económica, se había visto reducido a la miseria a causa de varios tropiezos económicos. Ese hombre, llamado Beaufort, era orgulloso, y no fue capaz de resistir esa vida de miseria al haber perdido su posición en la sociedad donde se había distinguido por su riqueza. Por lo tanto, saldó todas sus deudas y se retiró a vivir en compañía de su hija a la ciudad de Lucerna, ignorado de todos, casi en la más absoluta pobreza.

Mi padre le profesaba a Beaufort una gran amistad y al enterarse de su destierro obligado por tan infortunadas circunstancias, le afectó profundamente.

Deploró amargamente el falso orgullo que había llevado a su amigo a comportarse de una manera tan poco adecuada con el cariño que les unía e inmediatamente se dio a la tarea de buscarlo, con la esperanza de llegar a convencerle de que recobrara su posición, aceptando para ello su ayuda y su crédito.

Beaufort había tomado precauciones eficaces para ocultarse y sólo después de transcurridos diez meses fue que mi padre pudo descubrir su paradero. Lleno de júbilo se apresuró a ir a la casa de su antiguo amigo, que se encontraba en una humilde calle a orillas del Reuss. Cuando llegó, por desgracia, no encontró más que desesperación e infortunio. Beaufort había logrado salvar una pequeñísima cantidad de dinero que había bastado, tan sólo, para proveer, durante algunos meses, el sustento precario para él y su hija. Esperaba mientras tanto conseguir un empleo en alguna empresa antes de que se acabara y, en el intervalo, permaneció forzosamente en la inanición. Su pena, día tras día, se iba haciendo más pesada y difícil de soportar, puesto que durante todo este tiempo se abandonaba a sus tristes meditaciones. Tanto llegó a obsesionarse que, transcurridos tres meses, cayó enfermo en cama y quedó imposibilitado de realizar hasta el más mínimo esfuerzo.

Con la mayor ternura e infinito cariño, fue atendido por su hija, pero a su vez se desesperaba al contemplar cómo disminuían rápidamente sus fondos, sabiendo que le sería imposible contar con alguna otra ayuda. A pesar de todo, Carolina Beaufort poseía una gran fortaleza de carácter y la adversidad templó su entereza. Buscó y obtuvo un modesto trabajo como trenzadera de paja y por diversos medios logró ganar un pequeño salario que apenas si le bastaba para cubrir las necesidades más apremiantes.

Así pasaron varios meses. En este lapso empeoró el estado de su padre y tuvo que dedicar un mayor tiempo a su cuidado. Sus ingresos disminuyeron y, a los diez meses de su partida, Beaufort murió en sus brazos dejándola huérfana y en la mayor miseria. Esta última desgracia la sumió en la desesperación. Mi padre la encontró, llorando amargamente sobre el ataúd. La pobre muchacha lo vio como un espíritu protector y se puso por completo en sus manos. Después del sepelio, mi padre la llevó a Ginebra y la puso al cuidado de una familia amiga suya. Transcurridos dos años la convirtió en su esposa.

Había una gran diferencia de edad entre mis padres; sin embargo, esta circunstancia parecía unirles con mayor intimidad en su mutuo y profundo amor. Tal vez antes él había sufrido al comprobar la indignidad de alguna mujer y esto le predispuso para concederle un mayor valor a las virtudes de mi madre. Su cariño por ella se basaba en una adoración poco comunes a su edad, pues sus sentimientos se fincaban en la admiración que le inspiraban las cualidades de su esposa y en el deseo de hacerle olvidar, en lo posible, las penas que había sufrido. La trataba con exquisita delicadeza y velaba para que todo estuviera dispuesto de manera que quedaran satisfechos hasta sus más íntimos deseos, se afanaba en protegerla del mismo modo que el jardinero protege de las nevadas a una planta exótica y procuraba colmarla de cuanto pudiera complacer su naturaleza dulce y amable.

Su salud y también la tranquilidad espiritual de que había hecho gala en otro tiempo, se fueron quebrantando por todas las terribles desgracias que había soportado. En los dos años transcurridos antes de su matrimonio, mi padre, había ido renunciando, poco a poco, a todos sus cargos públicos y, tras la boda, la pareja buscó el agradable clima de Italia y el cambio de paisaje y ambiente que les proporcionaría el viaje por ese maravilloso país. Mi padre estaba convencido de que, con ello, su joven esposa recobraría la vitalidad perdida.

Visitaron después Alemania y Francia. Yo, el mayor de sus hijos, nací en Nápoles y, ya desde pequeño, solía acompañarles en sus excursiones. Por varios años fui su único hijo y, a pesar del cariño que mis padres se profesaban, parecían extraer de una inagotable mina de amor las muestras de afecto y cariño que me prodigaban. Las dulces caricias de mi madre y la sonrisa feliz de mi padre cuando me miraba, son mis primeros recuerdos. Yo era su dios y juguete, y algo mejor: su hijo; el ser inocente que el cielo les había concedido para que le enseñaran el camino del bien y que sólo ellos podían conducir hacia la felicidad o la desgracia, según como cumplieran sus deberes de padres. Con esta conciencia de lo que debían al ser que habían dado vida y también, al caudal de ternura que poseían, no es difícil imaginar que, en todos los momentos de mi infancia, recibí de ellos continuas lecciones de paciencia, de caridad y de sujeción. Me educaron con tal dulzura que sólo tengo recuerdos felices de aquel periodo de mi vida.

Por largo tiempo tan sólo fui su único cuidado. Mi madre deseaba con ardor una hija, y yo seguía siendo su único vastago. Cuando iba a cumplir los cinco años, en un paseo que hacíamos al otro lado de la frontera de Italia, pasamos una semana a orillas del lago Como. Debido a su buen corazón, mis padres, acostumbraban visitar hogares desvalidos. Esto, era para mi madre algo más que un deber: era una necesidad, una pasión; recordando lo que había sufrido y la forma en que había sido auxiliada, se creía obligada a su vez de ser el ángel custodio de los afligidos.

En el curso de uno de sus paseos, llamó su atención una pobre casucha escondida entre los recodos de un valle, a causa de un grupillo de criaturas que jugaban ante ella. Todo parecía indicar la más absoluta miseria. Y un día, que mi padre se hallaba en Milán, mi madre decidió visitar aquel lugar, llevándome con ella. Encontró allí a un campesino y su esposa, curtidos por el trabajo y la intemperie, dándoles de comer pobremente a cinco chiquillos, a todas luces hambrientos. Había uno de ellos que atrajo en seguida la atención de mi madre: era una niña que parecía pertenecer a otro lado, a un mundo distinto al de los demás golfillos de ojos y cabellos oscuros. Por el contrario, la pequeña era delgada y muy rubia, su cabello tenía el color y el brillo del oro más vivo, y a pesar de la pobreza de sus ropas, parecía llevar una aureola de distinción. Su frente serena y amplia, sus ojos azules y limpios, sus labios y la forma de su rostro estaban tan llenos de sensibilidad y dulzura que nadie podía verla sin considerarla un ser extraordinario, alguien enviado por el cielo, cuyos rasgos tenían algo de angelical.

El campesino, al notar que mi madre miraba con sorpresa y admiración a esa adorable criatura, le explicó su historia espon táneamente. No era hija de ellos, sino de un noble milanés. Su madre, alemana, había muerto al dar a luz a la niña. Ésta les había sido confiada a aquellas buenas gentes tiempo atrás, cuando su situación no era tan precaria: hacía poco que se habían casado y acababan de tener su primer hijo. El padre de la niña era uno de aquellos italianos, criados en el culto a la antigua gloria de Italia; era un *schiavi ognor frementi* que luchaba para conseguir la liberación de su patria. Fue víctima de su valor. No se sabía si había muerto o si se consumía en las prisiones austríacas. Se confiscaron sus propiedades y la niña había quedado, por consiguiente, huérfana y en la más absoluta miseria. Fue creciendo al lado de sus padres adoptivos, en aquella pobre choza, donde su belleza seguía floreciendo como una rosa entre zarzas.

Al regresar mi padre de Milán, la encontró jugando conmigo en el vestíbulo de nuestra villa. La visión inesperada de aquella criatura más rubia que un querubín, cuya forma y movimientos eran más gráciles y hermosos que la gamuza de las colinas, le fue pronto explicada.

Y ya con el consentimiento de mi padre, mi madre convenció a los campesinos para que le confiaran el cuidado de la niña. Los pobres amaban profundamente a la dulce huerfanita y sentían su presencia como una bendición, pero consideraron que cometerían una injusticia con ella si la mantenían en la miseria y la necesidad ahora que la Providencia le deparaba una protección mucho más poderosa. Consultaron al cura de la aldea y el resultado fue que Elizabeth Lavenza vino a vivir con nosotros. Fue más que una hermana: fue la dulce compañía de mis juegos y mis estudios.

Todo el mundo quería a Elizabeth y este cariño era para mí, que pude compartirlo, motivo de orgullo y alegría. La noche antes del día en que la trajeron a casa, mi madre me había dicho como bromeando:

—Tengo un lindo regalo para mi pequeño Víctor. Mañana se lo daré.

Y cuando, a la mañana siguiente, me presentó a Elizabeth como el regalo prometido, yo, con seriedad infantil, interpreté sus palabras al pie de la letra y consideré a Elizabeth como mía; mía para protegerla, quererla y cuidarla. Todas las alabanzas que le dirigían, las recibía como si fueran hechas a algo que me perteneciera. Nos llamábamos familiarmente primos.

No hay palabras que puedan expresar lo que sentía por ella; era más que una hermana para mí y estaba destinada a ser solamente mía hasta la muerte.

Capítulo II

Nos criamos juntos. Apenas si nos llevábamos un año de diferencia y creo inútil señalar que no conocimos un desacuerdo o una disputa que nos hiciera reñir. Nuestro convivir era en la más completa armonía y las diferencias que pudieran existir entre nuestros respectivos caracteres, en vez de separarnos, nos unían aún más.

Elizabeth tenía un temperamento más tranquilo e introvertido que el mío; sin embargo, a pesar de mi vehemencia, yo era más capaz de concentrarme y mi ansia de conocimiento sobrepasaba en intensidad a la suya. Amaba las inspiradas creaciones de los poetas y se asombraba y maravillaba ante los impresionantes paisajes suizos que rodeaban nuestra casa. Todo le causaba sorpresa y la deleitaba: las sublimes formas de las montañas, el cambio de las estaciones, el estruendo de las tempestades y la placidez de los campos; el silencio del invierno y la vida turbulenta de nuestros veranos alpinos.

Mientras que mi compañera contemplaba tranquilamente los aspectos maravillosos de las cosas, yo preferí, en cambio, el placer de investigar y descubrir sus causas. El mundo era para mí un gran secreto que aspiraba a conocer. La curiosidad, la más tenaz investigación de las leyes ocultas de la naturaleza y la alegría que me embargaba al serme reveladas, fueron para mí, las primeras sensaciones que puedo recordar.

Al nacer su segundo hijo, yo tenía siete años y mis padres renunciaron por completo a su vida de viajes y se instalaron en su país natal. Eramos dueños de una casa en Ginebra y una villa campestre en Belrive, en la orilla este del lago, aproximadamente a una legua de la ciudad. Residíamos principalmente en esta propiedad campestre y la existencia de mis padres transcurría en el más completo retiro. Yo también prefería evitar el contacto con la muchedumbre para dedicarme por entero a unas cuantas personas. Por lo tanto mis compañeros de escuela me resultaban indiferentes, pero me unía con uno de ellos una estrecha amistad.

Henry Clerval, hijo de un comerciante de Ginebra, era un muchacho excepcionalmente dotado y dueño de una imaginación desbordante; amaba el peligro, tenía una gran iniciativa y practicaba la lucha. Le fascinaban las novelas de capa y espada y le gustaba componer romances heroicos. Llegó a escribir narraciones de encantamientos y aventuras caballerescas y trató de hacernos representar algunas obras cuyos personajes estaban sacados de los héroes de Roncesvalles, de los caballeros de la Tabla Redonda, del Rey Arturo y de los cruzados que vertieron su sangre combatiendo por la liberación del Santo Sepulcro en manos de los infieles.

Ningún ser humano habría podido disfrutar de una niñez más feliz que la mía. Mis padres eran todo bondad e indulgencia y nosotros entendíamos que, lejos de ser unos tiranos que nos sometieran a sus caprichos, resultaban los dadores de tantas y tantas alegrías que disfrutábamos. Cuando miro a otras familias me doy cuenta de lo afortunada que fue mi infancia y una inmensa gratitud se une a mi amor filial.

Mi carácter, algunas veces, era violento y mis pasiones vehementes. Pero, gracias a ciertas características de mi espíritu, aquellos arrebatos, en vez de orientarse hacia fines vanos, se encauzaban en el deseo de aprender todo cuanto me fuera posible. Confieso que ni el conocimiento de las lenguas extranjeras, ni el aprendizaje de las leyes, ni cualquier forma de política tenían el menor atractivo para mí. Eran los secretos del cielo y de la tierra los que ansiaba descubrir; ya fuera la sustancia externa de las cosas, el lado oculto de la naturaleza o el misterio que tiene el alma humana; mis investigaciones siempre tendían hacia la metafísica o, en su más alto significado, hacia los secretos físicos del mundo.

Clerval, durante esta época se interesaba, por decirlo así, en las relaciones morales de las cosas. El disfrute de la vida, las hazañas de los héroes y las acciones de los hombres eran su tema predilecto. Soñaba convertirse algún día en uno de aquellos hombres cuyos nombres son recordados por la historia como atrevidos y osados benefactores de la humanidad.

La dulce alma de Elizabeth brillaba en nuestro hogar como una llama sagrada en el interior de un santuario. Su cariño era nuestro; su sonrisa angelical, la suavidad de su voz, la dulzura que emanaba de sus ojos celestiales estaban siempre presentes para bendecirnos y alentarnos. Era la encarnación viva del amor.

Me hubiera podido amargar por mis estudios o me hubiera encolerizado muchas veces a causa de lo inquieto de mi carácter si ella no hubiese estado allí para brindarme algo de su dulzura. ¿Y Clerval? El propio Clerval, no hubiera podido ser tan perfectamente humano, tan generoso, tan lleno de bondad y de ternura en medio de su pasión por las aventuras, si ella no le hubiese transmitido el verdadero significado del bien para que pudiera alcanzar la meta de sus sueños caballerescos.

Siento un gran placer al recordar estas imágenes de mi infancia, antes de que la adversidad corrompiera mi espíritu y cambiara mis brillantes visiones de ser útil a la humanidad, en sombríos y lóbregos pensamientos personales. Además, al evocar el cuadro de mi niñez, consigno también el de los acontecimientos que gradualmente me conducirían hasta el relato de mis aflicciones. Pues, al querer explicar el origen de la pasión que regiría mi destino, la veo brotar como un arroyuelo que nace en las montañas, de fuentes recónditas y casi olvidadas, para engrosar hasta ser el torrente impetuoso que en su curso se habría de llevar todas mis esperanzas y alegrías.

Se forjó mi destino en la filosofía natural, por eso es necesario que te relate los hechos que determinaron mi predilección por esta disciplina.

Tenía trece años cuando realicé una excursión con mi familia a un balneario termal próximo a Thonon y debido a las inclemencias del tiempo que nos obligó a permanecer encerrados todo el día, fue que encontré por casualidad en la posada, un volumen de las obras de Cornelius Agrippa. Lo abrí con apatía, pero las teorías que allí se narraban cambiaron pronto ese estado de ánimo en entusiasmo. Supe con seguridad que una luz nueva venía a iluminar mi cerebro y lleno de alegría por mi descubrimiento corrí a comunicárselo a mi padre que, mirando distraídamente el título, dijo:

—¡Ah, Cornelius Agrippa! Mi querido Víctor, no pierdas el tiempo en eso, son puras tonterías.

Si mi padre, en lugar de hacer esa observación, se hubiera tomado la molestia de explicarme que los principios de Agrippa carecían de valor y de que existía una concepción moderna y científica de la ciencia, cuyas posibilidades eran infinitamente superiores a las de las antiguas teorías, porque estas últimas eran sólo quiméricas, mientras que la primera era real y positiva, entonces, con seguridad, yo me hubiese dado por satisfecho y perdido todo interés por Agrippa. Tal vez hubiera llenado mi imaginación, siempre despierta, retomando con entusiasmo mis estudios anteriores e incluso es posible que mis ideas posteriores jamás hubiesen tomado aquella dirección que me llevó a la ruina. Pero la rápida ojeada y falta de interés con que mi padre contempló el volumen, me convenció absolutamente de que ignoraba su contenido y continúe, por lo tanto, leyendo el libro con la misma avidez que al principio.

Cuando regresé a casa, mi primera acción fue conseguir todas las obras de Cornelius Agrippa y, después, las de Paracelso y Alberto el Grande. Leí y estudié con entusiasmo las extrañas fantasías de estos escritores que eran, a mis ojos verdaderos tesoros que, excepto yo, poca gente conocía. He dicho ya que siempre estaba poseído por el fervoroso anhelo de penetrar los secretos de la naturaleza. A pesar de las intensas investigaciones y los maravillosos descubrimientos realizados por los filósofos modernos, mis estudios sobre estos temas siempre me habían decepcionado y dejado insatisfecho.

Dicen que sir Isaac Newton, se sentía como un niño que recogiera pequeñas conchas en la playa, frente al gran océano inexplorado de la verdad. Y aquellos de sus sucesores que se habían dedicado a estudiar las diversas ramas de la filosofía natural y que yo había leído, aparecían ante mis ojos como principiantes empeñados en una tarea semejante.

El campesino inculto contempla los elementos que le rodean y se familiariza con su utilidad práctica y el más sabio de los filósofos apenas si sabe un poco más. Ha descubierto en parte un asomo de la naturaleza, pero su estructura inmortal es todavía para él motivo de asombro y misterio. Podrá estudiar, disecar, analizar y poner nombres, pero es incapaz de deducir una sola de las causas finales. Desconoce por completo las causas en su estado secundario y terciario. Contemplé las barreras y los obstáculos que parecían impedir que los seres humanos penetrasen en los secretos de la naturaleza y, en mi ignorancia, me desesperé antes de tiempo.

Pero allí había libros y había hombres que antes que yo, habían logrado entrar y conocer los secretos de la naturaleza y cuya sabiduría era mucho mayor que la mía. Di crédito a todo lo que afirmaban y me convertí en su discípulo. Esto puede parecer extraño que sucediera en pleno siglo XVIII, pero, si bien seguía mi educación normal en las escuelas de Ginebra, por otra parte, era autodidacta en este aspecto. Mi padre no era un hombre de ciencia y tuve que satisfacer mi ansia de conocimientos andando a ciegas. Bajo la tutela de mis nuevos maestros que había elegido, me puse a buscar, lleno de entusiasmo, la piedra filosofal y el elixir de la vida; pero pronto todo mi interés se centro en este último. La riqueza no era, a mi entender, más que una meta secundaria; pero ¡qué gloria acompañaría a mi descubrimiento si conseguía desterrar la enfermedad del organismo humano y hacer del hombre un ser invulnerable a todo menos a la muerte violenta!

Además, contemplaba también otras posibilidades; el provocar la aparición de fantasmas y duendes, ya que era algo que mis autores favoritos tachaban de fácilmente realizable y que yo, con todas mis fuerzas deseaba conseguir. Como es natural, mis encantamientos resultaban infructuosos y no tenían efecto alguno, pero yo atribuía aquellos fracasos, más a errores debidos a mi inexperiencia y equivocaciones, que a la falta de veracidad en las teorías de mis instructores. Así fue que por un tiempo estuve entregado a los sistemas alquimistas, mezclando como un no-iniciado multitud de teorías contradictorias, errando desesperadamente en un auténtico pantano de conocimientos disparatados, impulsado por una imaginación desbocada y un razonamiento infantil; hasta que cierto incidente vino a dar un nuevo curso a mis ideas.

Tenía entonces quince años, cuando, encontrándonos en la casa de Belrive, una noche presenciamos una terrible y violenta tempestad. Había rebasado la cordillera del Jura y los truenos parecían estallar con sonoridad aterradora en todos los rincones del cielo. Mientras duró la tormenta me quedé absorto contemplando su fuerza imponente y, estando en el dintel de la puerta, vi, de pronto, como un torrente de fuego alcanzaba a una vieja encina que se erguía a unos veinte metros de la casa. Cuando la luz deslumbradora producto del estallido se hubo desvanecido, me di cuenta de que no quedaba nada del árbol: sólo era un tocón carbonizado. Cuando fuimos a ver el árbol a la mañana siguiente, al aproximarnos para verlo mejor, descubrimos que la encina había sido insólitamente destruida. El rayo no le había hecho volar por entero sino que la redujo a pequeñas astillas de madera. Nunca antes había visto algo tan destruido de una manera tan completa.

Hasta aquel momento yo desconocía todo cuanto se refería a las leyes más elementales que rigen la electricidad. Quiso el destino que un hombre, con grandes estudios en filosofía natural, se hallara aquel día con nosotros y excitado por la catástrofe, comenzara la exposición de una teoría que había desarrollado a propósito sobre la electricidad y el galvanismo, teoría que resultó, para mí, a la vez nueva y sorprendente. Todo lo que dijo tuvo la virtud de relegar a las sombras a Cornelius Agrippa, Alberto el Grande y Paracelso, los antiguos instructores de mi imaginación. La caída de mis ídolos hizo que perdiera el interés en mis habituales experimentos y me pareció que ya nada podía ser descubierto. Por uno de esos caprichos mentales a los que, sin duda, estamos más expuestos en la juventud, renuncié a todas mis antiguas actividades. Consideraba que la filosofía natural y cuanto la rodeaba no era más que una creación deforme, un aborto; y pensé que aquella pretendida ciencia, jamás podría trasponer el auténtico conocimiento y movido por aquel estado de ánimo, me entregué a las matemáticas y las ramas de la ciencia que se relacionaban con ella, pues, era evidente que aquellas materias estaban basadas en cimientos seguros y eran, por lo tanto, dignas de consideración.

De esa extraña manera es la naturaleza de nuestras almas y demuestra hasta qué punto estamos ligados por vínculos tenues a la prosperidad o a la ruina. Cuando miro hacia atrás, creo descubrir, en el cambio, casi milagroso, que experimentaron mi inclinación y voluntad, la sugestión de mi ángel guardián; como el postrer esfuerzo hecho por mi instinto de conservación para alejar la tormenta que se divisaba ya en las estrellas, dispuesta a desencadenarse sobre mí. Después del abandono de mis estudios anteriores siguió un sosiego, una calma espiritual, que me libró de los tormentos que acompañaban mis investigaciones. Así fue como aprendí a asociar la idea de infortunio con la continuación de mis experimentos y la de felicidad con mi renuncia a ellos.

Fue un vigoroso esfuerzo del espíritu del bien, pero resultó ineficaz. El destino tenía demasiado poder y sus leyes inmutables habían decretado mi destrucción.

Fue terrible y total.

Capítulo III

Al cumplir los diecisiete años, mis padres decidieron que prosiguiera mis estudios en la Universidad de Ingolstadt. Hasta entonces yo sólo había estudiado en escuelas de Ginebra, pero consideraron necesario que para perfeccionar mi educación conociese métodos pedagógicos distintos a los que eran habituales en nuestro país. Así pues, mi partida se fijó para una fecha próxima; pero antes de ese día, la primera desgracia de mi vida debía herirme cruelmente, presagiando en parte mis sufrimientos futuros.

Elizabeth contrajo la escarlatina y su estado llegó a ser tan grave que nos hizo temer un fatal desenlace. Durante su enfermedad habíamos tratado de convencer a mi madre para que no se aproximara al lecho de la enferma. Al principio ella había accedido a nuestros ruegos; pero cuando supo que la vida de su pequeña y querida hija corría peligro, no fue capaz de soportar la angustia. Quiso cuidarla con sus propias manos, no se apartó de su cabecera y, gracias a sus desvelos, la enfermedad fue vencida. Elizabeth se salvó, pero la devoción que mi madre demostró fue fatal para ella. Al tercer día cayó enferma, la fiebre fue acompañada de síntomas alarmantes y era suficiente con mirar el rostro de quienes la cuidaban para comprender que debía temerse lo peor.

La entereza de su alma y su bondad admirable no la abandonaron ni siquiera en su agonía. Unió las manos de Elizabeth y las mías, y dijo:

—Queridos hijos —musitó—. Tenía puestas las más grandes esperanzas en la posibilidad de que os unierais en matrimonio. Estas esperanzas serán ahora el consuelo de vuestro padre. Elizabeth, querida mía, deberás ocupar mi lugar y cuidar a mis hijos más pequeños. ¡Ay! Siento mucho dejaros; he sido tan feliz y me habéis querido tanto que me produce un gran dolor el saber que nunca más podré volver a veros. Pero qué digo, estas no son las palabras que corresponden a una buena cristiana. Trataré de afrontar la muerte con resignación y serenidad, con la esperanza de poder encontraros de nuevo en la otra vida.

Y expiró dulcemente. Aún en la muerte su semblante exteriorizaba el amor que nos había profesado. Es inútil tratar de describir los sentimientos de aquellos cuyos lazos más queridos se ven así destrozados por la más irreversible de las tragedias. Ha de pasar mucho tiempo antes de que uno pueda hacerse con resignación a la idea de que nunca más volverá a ver al ser querido que, día y noche, había tenido a su lado y cuya vida parecía formar parte de la propia. Aceptar que la luz de sus amados ojos se ha oscurecido para siempre y que su voz, tan familiar y dulce, ha enmudecido. Semejantes reflexiones obsesionan durante los primeros días del luto. Pero es tan sólo cuando transcurre el tiempo que se expone claramente la implacable realidad de aquella pérdida, el pesar se adueña del espíritu en toda su intensidad.

Pero, ¿a quién no ha arrebatado un ser querido la implacable mano de la muerte? Es por demás que me extienda en describir un sufrimiento que todos hemos fatalmente de experimentar alguna vez. La exteriorización de un dolor como éste llega a convertirse en un deseo ineludible, y la sonrisa que intenta salir de nuestros labios, a pesar de parecer un sacrilegio, encuentra muy poca resistencia.

Es cierto, mi madre había muerto, pero nuestras habituales ocupaciones seguían existiendo. Nuestro deber era continuar por el camino trazado junto con los demás, y aprender a considerarnos felices hasta que la muerte nos llevara también con ella.

Así pues, mi partida para Ingolstadt, momentáneamente aplazada por el triste acontecimiento que acabo de referir, fue por fin fijada. Mi padre creyó conveniente aplazarla todavía una semana, porque percibió lo cruel que era para mí abandonar el hogar en que la muerte había irrumpido, para lanzarme al torbellino de la vida. Nunca había experimentado el dolor, pero eso no me ayudaba a soportarlo. Todavía más, me desesperaba tener que partir abandonando a aquellos seres, especialmente a mi dulce Elizabeth, antes de que hubieran podido consolarse en parte.

De hecho, Elizabeth hacía cuanto estaba en su mano para ocultar su pesadumbre, e intentaba ser consuelo para todos nosotros. Afrontaba valerosamente y con verdadero celo la situación de encargarse de su nueva misión, es decir, dedicarse en cuerpo y alma a aquellos que nombraba tío y primos. Jamás la encontré tan encantadora como entonces, cuando derramaba sobre todos nosotros el brillo radiante de su maravillosa sonrisa. Y el calor de su afecto fue tan intenso, que incluso llegó a olvidar su propio dolor al intentar mitigar los nuestros.

Después de unos días llegó por fin el de mi marcha. Clerval, que había intentado sin éxito persuadir a su padre para que le permitiera acompañarme, pasó la tarde con nosotros. El padre de mi amigo era un simple comerciante cuya estrechez de miras hacía que tachara las aspiraciones de su hijo, de caminos hacia la ruina y la ociosidad. Henry sentía en lo más hondo el verse privado de una educación liberal, y por este motivo aquella noche no se mostró particularmente conversador. Pero cuando se decidió a hablar, lo hizo con ojos tan encendidos que vi claro que no se dejaría encadenar a la miserable rutina que representa un comercio.

Permanecimos juntos hasta muy tarde, sin decidirnos a separarnos ni tampoco a pronunciar las palabras de despedida que, al fin, nos dijimos. Luego nos retiramos con el pretexto de descansar, lo cual hizo que experimentáramos el uno con respecto al otro una gran decepción. Cuando por fin amaneció y bajé de mis habitaciones ya dispuesto para tomar el coche que debería conducirme lejos de los míos, les encontré a todos esperándome para despedirse una última vez. Mi padre para bendecirme, Clerval para estrecharme la mano, y Elizabeth para prodigar de nuevo las postreras y femeninas atenciones a quien había sido su camarada y compañero de juegos.

Salté a la silla de postas y me dejé caer en mi asiento mientras me abandonaba a las más melancólicas reflexiones. A partir de ahora, yo que siempre había estado rodeado de compañía amable y amorosa, iba a encontrarme en medio de la más absoluta soledad. En la Universidad tendría que crearme nuevas amistades y protegerme a mí mismo. El carácter, tan familiar y cerrado, que mi vida había tenido hasta entonces me hacía experimentar una invencible repugnancia por todo lo que fuese nuevo. Adoraba a mis hermanos, Elizabeth y Clerval, tan queridos para mí, y ese mismo amor me incapacitaba para adaptarme a la compañía de otros seres que no fueran ellos. Tales eran mis pensamientos cuando empecé aquel viaje; pero, según iba avanzando en el mismo, mi espíritu fue reconfortándose y recobré la esperanza. El deseo de adquirir nuevos conocimientos y el hecho de que a menudo me repitiera que sería para mí difícil permanecer encerrado para siempre en un mismo sitio ayudaron no poco a elevar mi ánimo. Siempre había añorado descubrir el mundo y ocupar un puesto elevado entre los demás seres humanos. Por fin, mis aspiraciones iban a realizarse. Hubiera sido una locura volver atrás ahora.

Mientras duró el viaje tuve tiempo en abundancia para dedicarme a estas y otras reflexiones, hasta que pude divisar a lo lejos el blanco campanario de la iglesia de Ingolstadt, signo inequívoco del final de mi largo viaje. Al llegar fui conducido a mi solitaria habitación, donde pasé el resto del día dedicado al más absoluto reposo.

A la mañana siguiente entregué las cartas de recomendación que tenía en mi poder y visité a los principales profesores. El azar —quizá mejor sería decir la influencia maléfica, el ángel de la destrucción que me había dominado totalmente al inducirme a abandonar el techo familiar— me condujo primero al señor Krempe, profesor de Ciencias Naturales. Era un individuo de modales toscos, pero que conocía profundamente los secretos de su ciencia. Me formuló varias preguntas relacionadas con los progresos que había efectuado en las distintas ramas de su especialidad, a las que respondí con un mucho de descuido e incluso con bastante irritación, mencionando los nombres de los alquimistas que me habían guiado y de los principales autores estudiados por mí. El asombro que esto le produjo hizo que me preguntara:

—¿Es posible que haya perdido usted el tiempo rompiéndose la cabeza ante semejantes disparates? —Y al responderle yo afirmativamente, prosiguió con ardor—: Cada minuto, cada instante que usted ha dedicado al estudio de esos libros, están irremisiblemente perdidos. Ha llenado su memoria de nombres y sistemas completamente caducos. ¡Dios mío! ¿En qué desierto ha vivido usted para no encontrar a nadie que le dijera que cuanto ha estudiado y asimilado tan ávidamente tiene por lo menos miles de años de antigüedad, y que esas teorías son tan absurdas como viejas? Nada más lejos de mi imaginación que descubrir, en un siglo tan dedicado a las ciencias como es éste, a un discípulo de Alberto Magno y de Paracelso. Hijo mío, tendrá usted que empezar sus estudios por el principio.

Y al decir esto me entregó una lista de obras sobre Ciencias Naturales, aconsejándome que las comprase. Así me despidió, no sin antes haberme informado de que, al iniciarse la semana siguiente, él daría comienzo a su curso sobre esta parte de las ciencias, mientras que su colega, el señor Waldman, dictaría unas lecciones de química en días alternos.

El hecho de que todos aquellos autores me hubiesen decepcionado hacía ya tiempo, colaboró a que no me descorazonara por las reprobadoras palabras de este profesor. Sin embargo, ello no significó en modo alguno que me sintiera más ansioso por empezar mis nuevos estudios. El señor Krempe era un hombre pequeño y algo grueso, de voz áspera y apariencia poco agradable, características éstas que de ninguna manera podían predisponerme en favor de sus aficiones. De una forma algo filosófica y quizá absoluta, he ido exponiendo las conclusiones a las que había llegado con respecto a las ciencias naturales. Siendo todavía niño, no me habían bastado los resultados prometidos por los adeptos a las modernas doctrinas en esta rama científica, y así, por causa de una confusión de ideas atribuible tanto a mi escasa experiencia como a mi extrema juventud, además de a la ausencia de una orientación sobre el tema, recorrí los caminos del saber permutando los descubrimientos más modernos por los sueños olvidados de los alquimistas. Siempre sentí un profundo desprecio por la aplicación de las ciencias modernas. «¡Qué distinto sería si los científicos se dedicaran a la búsqueda de la inmortalidad y del poder!», pensaba; porque, aun cuando los maestros antiguos hubieran llegado a resultados nulos, no podía negarse que poseían grandeza de espíritu. Pero ahora todo había cambiado, y las investigaciones de los sabios modernos parecían orientarse por entero hacia la aniquilación de las teorías en las que yo había fundado, precisamente, mi interés por la ciencia. En fin de cuentas, lo que se me proponía era que cambiase mis quimeras, preñadas de infinita grandeza, por realidades que carecían de valor, por lo menos aparentemente.

Tales fueron las reflexiones que me hice durante los primeros días de estancia en Ingolstadt, días que empleé en conocer el lugar y a sus más destacados habitantes. Cuando llegó la siguiente semana, recordé la información que el señor Krempe me había facilitado sobre las conferencias, y ante la imposibilidad de asistir a las suyas decidí ir a escuchar al señor Waldman, a quien no conocía todavía porque había permanecido ausente de la ciudad hasta entonces.

Así pues, me dirigí al aula guiado en parte por la curiosidad y en parte por la desidia. Al poco de llegar, apareció en escena dicho señor, cuya apariencia era completamente distinta a la del señor Krempe. Parecía contar unos cincuenta años de edad, y su aspecto denotaba una gran benevolencia. Sus sienes aparecían ligeramente plateadas, pero el resto de su pelo era completamente negro. A pesar de su baja estatura andaba asombrosamente erguido y firme, siendo poseedor de la más dulce voz que yo haya escuchado en un hombre. Empezó su conferencia con una recapitulación de la historia de la química y de los diversos descubrimientos realizados por los hombres de ciencia más relevantes. Dedicó unas palabras al estado actual de la ciencia, y explicó algunos de los términos más elementales, entregándose después a una serie de experimentos preparatorios. Al terminar, hizo un panegírico de la química moderna, con palabras que jamás podré olvidar.

—Los antiguos maestros de esta ciencia —dijo— prometieron lo imposible y sus experiencias prácticas fueron nulas. Por ello quizá los científicos modernos prometen muy poco. Saben que los metales no pueden transformarse y que el elixir de la vida es una simple quimera. Sin embargo, estos sabios cuyas manos parecen hechas para ser desgastadas por el trabajo y cuyos ojos parecen creados para hurgar incansablemente en el crisol o el microscopio han realizado verdaderos milagros. Han entrado en el sagrado lecho de la naturaleza y nos han mostrado como funcionan sus rincones más ocultos. Han ascendido hasta el firmamento, descubierto la circulación de la sangre y la composición del aire que respiramos, y alcanzado un poder nuevo y casi ilimitado. Son capaces de dominar el rayo, imitar los terremotos y burlar el mundo invisible con sus propias sombras.

Estas fueron las sabias palabras del profesor, o por mejor decir, este fue el mensaje del destino que iba a conducirme a mi propia destrucción. Oyéndole, me parecía que mi alma estaba luchando contra un enemigo palpable. Fue tocando uno a uno todos los resortes que formaban el mecanismo de mi cuerpo, y los sacudió hasta hacerlos vibrar como cuerdas de un instrumento. Mi espíritu no tardó mucho en sentirse poseído de un único pensamiento, un propósito, una meta. «Si se ha llegado a tanto —pensó el alma de Frankenstein—, yo conseguiré más, mucho más. Aprovechando los caminos ya trazados, exploraré otros nuevos, estudiaré fuerzas desconocidas y asombraré al mundo revelando los más profundos misterios de la creación».

Aquella noche no logré cerrar los ojos. En lo más hondo de mi ser bullía la insurrección presa del más violento tumulto, y aunque en aquellos momentos no me veía capaz de producirlo por mí mismo, veía que el orden surgiría de él. Poco a poco, mientras el día comenzaba a clarear, me dormí profundamente. Cuando desperté, los pensamientos de la noche anterior se me antojaron meras pesadillas. Solamente me quedaba por hacer una cosa, tomar una decisión, y ésta era la de volver de nuevo a mis antiguos estudios, consagrándome así a una ciencia para la que me creía especialmente bien dotado.

Así pues, aquel mismo día fui a visitar al señor Waldman. En privado, sus modales eran más dulces que en público; aquella cierta dignidad que había demostrado durante la conferencia se transformaba en la intimidad de su hogar en una extrema cortesía y afabilidad. En su presencia hice la misma relación de mis estudios que ante su colega, y él me escuchó con la mayor atención, sonriendo al oírme nombrar a Cornelio Agrippa y Paracelso, pero sin demostrar en absoluto la impaciencia de que hizo gala el señor Krempe. Me dijo que aquellos hombres fueron, en su infatigable celo por descubrir, los inspiradores de los sabios modernos, y que las bases del conocimiento de éstos se basaban en los estudios primitivos de aquéllos. Dijo también que habían facilitado la tarea de encontrar nuevos nombres, de clasificar y disponer correctamente los hechos, a cuyo descubrimiento ellos habían contribuido en gran parte. Y concluyó afirmando que los esfuerzos de los hombres de genio, aun los realizados en el más absoluto de los errores, rara vez dejaban de aportar algún conocimiento beneficioso para el género humano. Por mi parte, escuché tales palabras, dichas sin ninguna presunción, y al terminar le manifesté que su conferencia había sido la causa de que hubiera alejado de mí todos los prejuicios que abrigaba contra las químicos modernos. Me expresé en términos cuidadosamente escogidos, con la modestia que debe tener para con su educador un joven como yo, pero sin dejar traslucir (mi inexperiencia en la vida me hacía tímido) el entusiasmo que me embargaba al pensar en mis futuros trabajos. Finalmente le rogué me aconsejara sobre los libros que debía procurarme.

—Me siento dichoso —dijo el señor Waldman— de haber ganado así un discípulo más, y si sus explicaciones igualan a su talento, no me cabe la menor duda de que sus esfuerzos se verán coronados por el éxito. La química es la rama de las ciencias naturales que ha llegado a los mayores progresos. Es ésa y no otra, la causa de que yo mismo la haya escogido para dedicarle mis esfuerzos, aunque no por ello he dejado de entregar parte de mi tiempo al estudio de otras ramas científicas. Pobre químico sería aquel que se limitase a esta pequeña porción del conocimiento humano. Si su deseo es convertirse en un verdadero hombre de ciencia, y no en un simple experimentador, mi consejo es que estudie todas las ramas de las ciencias naturales, y también las matemáticas.

Así diciendo me condujo a su laboratorio, mientras iba indicándome todo aquello que debía obtener para mi trabajo. Incluso prometió ofrecerme su propio material, cuando mis estudios estuvieran lo suficientemente adelantados para poder utilizarlo sin temor alguno de que lo inutilizara. Luego me entregó una relación de los libros más útiles y se despidió de mí.

De este modo terminó el día, memorable para mí, que había de decidir mi destino.

Capítulo IV

A partir de aquel día, las ciencias naturales y más particularmente la química, se convirtieron casi en mi única ocupación. Leía con ardor los libros llenos de genio, inteligencia y sabios conceptos, que los modernos investigadores han escrito sobre estos temas. Asistía con regularidad a las conferencias que se daban, y frecuentaba la compañía de los profesores de la Universidad, llegando incluso a encontrar en el señor Krempe un elevado sentido de la ecuanimidad y un profundo conocimiento, que sus repulsivas facciones y bruscas maneras me habían impedido apreciar en un principio. En el señor Waldman encontré un buen amigo, poseedor de una gentileza que estaba siempre lejos del dogmatismo. Sus indicaciones nos llegaban a todos con tanta cordialidad y franqueza como falta de pedantería, y en cuanto a mí, se preocupó de mil maneras distintas de allanar el camino de mis conocimientos, clarificando mis mayores dudas y haciéndolas aparecer sencillas para mi capacidad de comprensión. En los primeros días, mi aplicación fue algo irregular e insegura; pero con mis progresos fue ganando fuerza y muy pronto mis deseos de aprender me llevaron a ver cómo se extinguían las estrellas en el firmamento, mientras yo seguía todavía trabajando en mi laboratorio.

En estas condiciones no debe parecer sorprendente el que diga que mis progresos fueron rápidos. Mi pasión por el estudio era tanta, que me convertí en el asombro de mis compañeros y maestros, estos últimos sorprendidos también ante la calidad de mis realizaciones. El profesor Krempe me preguntaba a veces, con una sonrisa socarrona, por mis progresos en el estudio de Agrippa; pero como contraposición, el señor Waldman expresaba frecuentemente su sincero regocijo al ver mis adelantos. Así transcurrieron dos largos años, durante las cuales no hice ningún viaje a Ginebra. ¡Tan absorto me hallaba en los experimentos y descubrimientos que pensaba efectuar! Quien no haya experimentado la seducción que la ciencia ejerce sobre una persona, jamas comprenderá su tiranía. En otros estudios se puede llegar al mismo nivel que llegaron otros antes, sin poder avanzar un paso más; pero en la investigación científica, por el contrario, quedan siempre nuevas maravillas por descubrir y estudiar. Una inteligencia normal, dedicada con ardor al estudio, llegará a alcanzar infaliblemente un profundo conocimiento de su especialidad; y por esta razón yo, que traté de alcanzar un mismo objetivo durante tanto tiempo hasta quedar obsesionado por él, hice tan rápidos progresos que al cabo de estos dos años había descubierto algunos métodos para perfeccionar ciertos instrumentos químicos que me valieron el afecto y la consideración de profesores y alumnos. Llegado el punto en que mis conocimientos teóricos y prácticos no podían aumentar permaneciendo en la Universidad de Ingolstadt, me dije que el continuar viviendo allí era un obstáculo para mis progresos. Así pues, había decidido volver a ver a los míos cuando se produjo un incidente que me hizo renunciar a la proyectada visita.

Uno de los fenómenos que más había llamado mi atención era la composición del cuerpo humano, y en general la de cualquier ser vivo. Me preguntaba con demasiada frecuencia de dónde podía proceder el principio de la vida. Aquella era una osada pregunta, cuya respuesta había permanecido siempre en el incógnito más riguroso; son numerosos los secretos que el temor y la falta de cuidado obligan a permanecer en el misterio. Cuando llegué a esta conclusión, decidí dedicarme especialmente a la rama de las ciencias naturales que estudiaba la fisiología. De no estar animada por un entusiasmo casi sobrehumano, mi afición por estos estudios hubiera sido en extremo fatigosa, por no decir insoportable. Para examinar las causas de la vida es preciso estudiar antes la muerte; así es que me dediqué al estudio de la anatomía. Pero esto no me bastó, y me vi obligado a concentrarme en el estudio del marchitamiento y la corrupción del cuerpo humano después de la muerte.

En el curso de mi educación familiar, mi padre había hecho todo lo posible para que mi mente no fuese impresionada por prejuicios sobrenaturales, y no recuerdo haber temblado nunca por causa de ningún cuento fantasmagórico o supersticioso. La oscuridad no afectaba para nada mi imaginación, y en un cementerio no veía yo otra cosa que un lugar donde se depositan los cuerpos humanos privados de vida, para ser pasto de los gusanos. Pues bien, ahora, al dedicarme a examinar las causas y las etapas de esa descomposición, me veía obligado a permanecer días enteros en panteones y osarios, es decir, en lugares y con fines que por lo general son considerados desagradables para la delicadeza de los sentimientos humanos. Comprobé cómo la belleza del hombre y su armonía se descomponían hasta convertirse en desechos despreciables; observé cómo el rojo color de las mejillas era sustituido por la coloración pálida de la muerte, y cómo un simple gusano se alimentaba de las maravillas que son los ojos y el cerebro. Analicé con todo detalle las causas por las que se produce el paso de la vida a la nada y de la muerte a la vida, hasta que de aquella oscuridad salió una luz que iluminó mi espíritu, desconcertándome, como es lógico, al saberme el único descubridor de un secreto perseguido con avidez por tantos hombres de genio.

Debo recordar que no estoy relatando las visiones de un loco; lo que digo es tan cierto como el mismo sol que brilla en los cielos. Aunque aquello podía ser el resultado de un misterio, y yo podía haberlo descubierto por un milagro; lo cierto era que las etapas que tuve que recorrer para llegar a ello podían ser demostradas una tras otra. Después de días y noches de trabajo sin reposo, conseguí descubrir las causas que generan la vida, y, todavía más, me sentí capaz de dar vida a una materia inanimada.

El asombro que tal descubrimiento me produjo al principio se convirtió de pronto en una alegría desbordante, ya que el haber llegado a la cima tras tantos esfuerzos me parecía la más hermosa consecución que desearse pueda. Pero este descubrimiento era tan grandioso, que incluso perdí la noción de todo aquello que me había hecho avanzar hasta llegar a él, y en mi obnubilación sólo me di cuenta de sus resultados. Yo había conseguido algo que era el objeto más perseguido por los sabios desde la creación del mundo; no obstante, ese algo no había aparecido de improviso. La naturaleza de los datos obtenidos tan sólo podía encauzar el objeto de mis investigaciones, pero no era, todavía, la meta de mis esfuerzos. Me sentí como el árabe que, enterrado en vida entre los muertos, encontró el camino de la vuelta a la vida sin tener otra guía que una débil luz, aparentemente inútil.

Por el interés y la ansiedad de tu expresión, veo que esperas oír el secreto que llegué a conocer. Mas esto no es posible. Escucha pacientemente mi relato y comprenderás por qué guardo tan tremendo secreto. No seré yo quien te empuje a tu propia destrucción. Aprende, si no de mis consejos, por lo menos con mi ejemplo, los peligros que se ciernen sobre quien adquiere unos conocimientos tan perjudiciales, y cuan feliz es uno si imagina que su pueblo natal es el mundo entero, si se abstiene de convertirse en algo más poderoso de lo que su naturaleza le permite.

Cuando, repuesto de mi sorpresa, pude darme cuenta de que era poseedor de tan grande poder, dudé durante bastante tiempo sobre cuál sería la mejor forma de utilizarlo. Por mucho que poseyera el poder de dar vida a lo inanimado, llegar a conseguirlo en un cuerpo, con todo lo que su complicado sistema de nervios, músculos y venas presupone, era algo fuera de mi alcance y que requería un esfuerzo inconcebible. No sabía si intentar el experimento en mi propio cuerpo o en un organismo más sencillo, pero mi imaginación estaba tan exaltada por mi primer éxito como descubridor, que no dudé de mi capacidad para dar vida a un ser tan complejo y bello como el hombre. Los materiales de que disponía eran apenas suficientes para la tarea que me proponía; y sin embargo, ni por un momento puse en duda el éxito de mi resultado final. Me preparé para recibir la multitud de adversidades que me esperaban, ya que podía cometer gran número de errores y mi trabajo resultar al final, después de tanto esfuerzo, imperfecto.

Pero al considerar los progresos que, día tras día, se realizan en los dominios científico y mecánico, me animaba a perseverar en mi empeño y a desear que mis ensayos pusieran como mínimo las bases para éxitos futuros. Siempre estuvo lejos de mi mente el considerar la amplitud y complejidad del proyecto como razones válidas para demostrar lo imposible de su realización.

Así fue como, dominado por estas sensaciones, me lancé a la creación de un ser humano. Dado que algunas partes del cuerpo son de muy minúsculas dimensiones, lo cual representaba un obstáculo para progresar con rapidez, resolví dejar a un lado mi idea inicial y hacer un ser de proporciones gigantescas, que midiese ocho pies de alto. Tras haber tomado esta determinación y dedicado algunos meses a recoger y preparar todo lo necesario, comencé mi tarea.

Resulta imposible imaginar la diversidad de los sentimientos que le arrastran a uno como un huracán, llevándole adelante animado por los primeros éxitos. La vida y la muerte se me antojaban límites que yo iba a destruir al derramar un torrente de luz sobre las tinieblas del mundo. Habría nuevas especies que me bendecirían como a su creador, y otras que me agradecerían la excelencia del ser que yo iba a darles. No habría en el mundo padre con más derecho que yo a la gratitud de sus hijos... Prosiguiendo estas reflexiones, llegué a creer que en un futuro no lejano me sería posible restituir la vida a los cuerpos destinados por la muerte a la corrupción. Estos pensamientos conservaron en mí la suficiente energía para no decaer en mi objetivo. Las largas noches en vela me habían robado el color, y el encierro había conseguido enflaquecerme. Cuando creía haber alcanzado el éxito, caía en el más rotundo fracaso; pero nada podía hacerme desistir de creer que al momento siguiente, o quizá unos días después, acabaría por conseguirlo. El secreto que yo poseía se había convertido en el fin al cual dedicaba por completo mi existencia, y la luna era la compañera de mis arduos trabajos nocturnos, con los que tan decidido estaba a perseguir a la naturaleza hasta su más hermético refugio. Nadie podría sentir el horror de mis esfuerzos, llevados a cabo en el más riguroso de los secretos, cuando me salpicaba el barro de las tumbas o torturaba a un animal vivo para dar vida precisamente a la materia inerte. Cuando ahora pienso en ello, mis miembros tiemblan y el vértigo me domina; pero entonces me animaba un impulso frenético. Parecía haber perdido la capacidad de sensibilización para todo aquello que se alejara de mi objetivo. En realidad, aquel periodo fue transitorio y sirvió para excitar más mi susceptibilidad cuando, pasada la causa anormal que lo provocó, volví a recuperar mi antiguo modo de ser.

Llegué a profanar a los sepulcros en busca de huesos, violé con mis sacrílegos dedos los secretos más profundos de la constitución del hombre... En una solitaria habitación —quizá sería mejor decir una celda— tenía yo mi taller. Allí, en lo alto de la casa donde vivía y separado de los demás por un pasadizo y una escalera, me dedicaba al repugnante estudio de los materiales que obtenía, muchos de ellos facilitados por la sala de disección y el matadero. Más de una vez le fue imposible a mi naturaleza humana dominar el asco que aquel trabajo me producía, aunque no por eso dejé de proseguir con mis trabajos para llegar a alguna conclusión.

Transcurrió el verano, y yo seguía en mi aislamiento, entregado en cuerpo y alma a mis propósitos. La estación era bellísima; jamás los campos habían producido tan abundante cosecha ni los viñedos habían ofrecido mayor cantidad de frutos que aquel año. Pero mis ojos permanecían cerrados a tanta belleza y esplendor. No tan sólo no fui capaz de admirar estos encantos, sino que, además, olvidé a mis amigos, aun a sabiendas de que tan prolongado silencio les mantendría intranquilos. Las palabras que mi padre pronunció al despedirme no se me borraban de la mente: «Sé muy bien que mientras estés satisfecho de ti mismo pensarás en nosotros y nos recordarás con afecto, mandándonos noticias tuyas con regularidad. Así pues, perdonarás que considere cualquier retraso o interrupción en tu correspondencia como signo evidente de que has olvidado todas tus otras obligaciones».

Por lo tanto, no me cabría la menor duda sobre lo que mi padre debería sentir en aquellos momentos; pero me era materialmente imposible desligarme del odioso trabajo que estaba realizando, el cual, a pesar de su repugnancia, había arraigado irresistiblemente en mí. De este modo pensaba retrasar todo lo referente a los sentimientos de afecto que pudiera experimentar, hasta tanto no hubiera alcanzado el gran objetivo, aquello que se había convertido en mi obsesión.

Pensé que mi padre no era tan injusto como para achacar mi silencio al vicio o a una informalidad por mi parte; pero hoy estoy convencido de que no carecía de razón, por lo menos en parte, al culparme de aquel modo. El ser humano que quiere alcanzar la perfección debe mantener la serenidad y la calma, sin permitir que una pasión o un deseo circunstancial se entrometa en su espíritu. No creo que la búsqueda de la sabiduría sea una excepción en este caso. Si uno se dedica a un estudio que va menguando poco a poco su gusto por los placeres sencillos y debilita su capacidad de afecto, la mejor prueba de que tal estudio es negativo son estas disminuciones; y si los hombres nos hubiéramos atenido a esta ley, si nadie hubiese permitido que los objetivos turbasen la tranquilidad de su alma, Grecia no habría sido esclavizada, ni los imperios de México y Perú destruidos, César habría salvado a su pueblo y el descubrimiento de América se hubiera hecho de una forma gradual.

Pero me estoy dando cuenta de que moralizo precisamente en el momento más interesante de mi relato. Tu mirada insta a proseguirlo...

Mi padre, en las cartas que me escribía, no me hacía reproche alguno. Más bien al contrario, pues sólo demostraba su intranquilidad con ligeras alusiones a mi silencio y discretas preguntas sobre la naturaleza de mis ocupaciones. El invierno, la primavera y el verano murieron, pero yo no cejaba en mi empeño, así es que no pude ver el estallido de las flores ni la transformación de los pequeños brotes en hermosas hojas, fenómenos que siempre me habían producido un gran placer. Las hojas de los árboles cayeron antes de que mi trabajo llegara a su término, aun cuando cada día que pasaba era una nueva revelación para mis progresos. Pero mi entusiasmo estaba sometido a mi ansiedad, y yo parecía más un esclavo condenado a trabajos forzados que un artista entregado a sus experimentos favoritos. Cada noche me sentía atacado por una fiebre que me consumía y mis nervios estaban por completo excitados. La simple caída de una hoja me asustaba, rehuía el trato con mis semejantes como si hubiese cometido un asesinato... Algunas veces, cuando me daba cuenta de las condiciones a las que había llegado, me asustaba y tan sólo me sostenía la tenacidad de mi voluntad. Mis trabajos iban a acabarse pronto, me decía, y confiaba en que el ejercicio y las diversiones que podría permitirme luego evitarían que progresara la incipiente anormalidad. Así pues, me prometí entregarme tanto a aquél como a éstas en cuanto mi creación estuviese concluida.

Capítulo V

Una triste noche del mes de noviembre pude, por fin; ver realizados mis sueños. Con una ansiedad casi agónica dispuse a mi alrededor los instrumentos necesarios para infundir vida en el ser inerte que reposaba a mis pies. El reloj había dado ya la una de la madrugada, y la lluvia tamborileaba quedamente en los cristales de mi ventana. De pronto, y aunque la luz que me alumbraba era ya muy débil, pude ver cómo se abrían los ojos de aquella criatura. Respiró profundamente y sus miembros se agitaron con un estremecimiento convulsivo.

Quisiera poder describir las emociones que hicieron presa en mí ante semejante catástrofe, o tan sólo dibujar al ser despreciable que tantos esfuerzos me había costado formar. Sus miembros, eso es cierto, eran proporcionados a su talla, y las facciones que yo había creado me llegaron a parecer bellas... ¡Bellas! ¡Santo cielo! Su piel era tan amarillenta que apenas lograba cubrir la red de músculos y arterias de su interior; su cabello, negro y abundante, era lacio; sus dientes mostraban la blancura de las perlas... Sin embargo, esta mezcla no conseguía sino poner más de manifiesto lo horrible de sus vidriosos ojos, cuyo color se aproximaba al blanco sucio del de sus cuencas, y de todo su arrugado rostro, en el que destacaban los finos y negros labios.

Aunque muy numerosos, los accidentes de la vida no son tan variables como los sentimientos humanos. Durante casi dos años, yo, por este inmundo ser, me había privado del descanso en mi empeño por infundirle la vida; lo había deseado con todo el ardor de que era capaz, y ahora que lo había conseguido, la triste realidad llenaba mis sueños de horror y repugnancia. Incapaz de soportar por más tiempo la vista de aquella obra, huí del taller a mi dormitorio, donde intenté en vano conciliar el sueño. Poco a poco, vencido por el cansancio y sin despojarme siquiera de mis ropas de trabajo, logré dormir... para ser presa de horribles pesadillas. Creí ver a Elizabeth, desbordante de salud, paseando por las calles de Ingolstadt; yo, sorprendido y feliz, iba a abrazarla; pero al depositar un beso en sus labios, sentía que quedaban tersos y fríos y veía cómo su cara palidecía como la de un muerto; entonces, el cuerpo que tenía en mis brazos se convertía en el de mi propia madre, envuelta en un sudario por el que corrían los gusanos. Desperté de mi sueño temblando de horror, completamente empapado de sudor, con mis dientes castañeteando de frío y agitado por una convulsión de todo mi cuerpo. De pronto, a la pálida luz de los rayos de la luna, sentí que alguien apartaba las coberturas de mi cama y se quedaba mirándome fijamente: era el miserable engendro que yo había creado. Abrió su boca y emitió unos sonidos mientras una horrible mueca contraía sus mejillas. Es posible que hablara, aunque en medio de mi terror no me fue posible escucharlo. Una de sus manos se tendía hacia mí como si quisiera tocarme, pero de un salto conseguí escapar y me lancé escaleras abajo hasta llegar al patio. Allí pasé el resto de la noche, paseando de un extremo a otro, lleno de agitación y con el oído atento al menor ruido que se produjera y que pudiera indicarme la proximidad del cadáver demoníaco al que tan miserablemente había dado la vida.

¡Oh! No hay ser mortal sobre la tierra capaz de soportar el espanto que producía aquel rostro. Pude contemplarlo con todo detalle cuando todavía no estaba terminado, y ni una momia viviente podía parecérsele. Sin embargo, cuando los músculos y las articulaciones dieron vida a su rostro, éste se convirtió en algo tan horrible que ni el mismo Dante hubiera sido capaz de imaginar.

Aquella fue una terrible noche. Unas veces, mi pulso latía tan fuerte y tan violentamente que podía notar las palpitaciones por todas mis arterias; y otras me sentía débil hasta no poder tenerme en pie. Además del horror experimentaba la más amarga de las desilusiones. Aquellos sueños que tan esforzadamente había alimentado durante tanto tiempo se convertían ahora en un verdadero infierno. Y era que el cambio había sido tan brusco, que mi desesperación no tenía límites y mi derrota era completa.

Al día siguiente, la mañana se presentó triste y húmeda, y la silueta de la iglesia de Ingolstadt apareció a mis cansados ojos mezclada con la penumbra del amanecer, para indicarme con las manecillas del reloj de su torre que ya habían sonado las seis. El portero abrió las puertas del patio que se había convertido en mi refugio de aquella noche, e inmediatamente me lancé a la calle con paso rápido, como tratando de huir del monstruo que creía ver aparecer en la esquina de cada calle. No me atreví a regresar a mi casa, sino que, al contrario, cada vez tenía más prisa por alejarme; ni tan siquiera me preocupaba la persistente lluvia que me empapaba, cayendo desde un cielo gris y triste.

Continué andando sin rumbo fijo y procurando liberarme de la carga que pesaba sobre mí mediante el cansancio físico. Esa angustia del terror hacía palpitar mi corazón, ya enfermo de pánico, y me impedía volver la cabeza hacia atrás.

Como aquel que en el camino solitario
avanza lleno de miedo y temor,
y después de mirar atrás sigue marchando,
sin ya nunca volver la cabeza
porque sabe que un horrible enemigo
muy cerca, a su espalda, le acecha.

Seguí avanzando hasta hallarme en el albergue donde hacen escala las diligencias. Sin saber exactamente por qué, me detuve a contemplar un coche que se dirigía hacia mí desde el otro extremo de la calle. Cuando estuvo lo suficientemente cerca pude distinguirlo: era la diligencia de Suiza, que pronto se paró cerca de donde yo me hallaba. La puertecilla de la misma quedó justo frente a mí, y al abrirse reconocí en aquel que se apeaba la figura de mi amigo Henry Clerval.

—¡Querido Frankenstein! —gritó al verme—. ¡Cuánto me alegro de verte! ¡Qué agradable sorpresa la de encontrarte aquí en el momento de mi llegada!

Nada en el mundo podía complacerme tanto como aquella aparición por completo inesperada. Su presencia llevó a mi memoria el recuerdo de Elizabeth, de mi padre y de todos aquellos momentos pasados en el hogar. Le estreché calurosamente las manos, olvidando por un instante todos mis tormentos. Por vez primera después de muchos meses de angustia me sentí invadido por una calma matizada de alegría. Acogí a mi amigo de la mejor manera que pude, y juntos dirigimos nuestros pasos hacia la Universidad, mientras Clerval me hablaba de nuestros amigos comunes y de la felicidad que le embargaba al haber sido autorizado al fin a trasladarse a Ingolstadt.

—Puedes figurarte —me dijo— lo difícil que me ha resultado persuadir a mi padre de que no todo el saber está incluido en el noble arte de la contabilidad. En realidad no creo haberlo convencido del todo, pues al manifestarle yo esto él oponía a mis argumentos las palabras del maestro holandés en *El vicario de Wakefield*: «Obtengo diez mil florines al año sin el griego, y como sin el griego todos los días con buen apetito». No obstante, el amor que por mí siente ha vencido su desprecio por el saber y me ha permitido emprender este viaje de exploración al país de la sabiduría.

—Me ha producido un gran placer verte de nuevo —repuse—. Pero, dime, ¿cómo se hallaban mi padre, mis hermanos y Elizabeth cuando los dejaste?

—Muy bien. Estaban muy contentos. Quizá un poco inquietos, eso sí, por falta de noticias tuyas. A propósito de esto tendré que echarte un sermoncito a título personal...

De pronto se detuvo y, mirándome fijamente a la cara, prosiguió:

—Pero, ¡no me había dado cuenta de tu mal aspecto! Estás delgado y pálido. Parece como si hubieras pasado muchas noches en vela.

—Has acertado. Llevo un tiempo estudiando con mucho ahínco y no me he concedido el descanso suficiente. Pero, tengo la sincera esperanza de que todos estos estudios están ya terminados, y que puedo considerarme ya libre.

Todavía temblaba como una hoja, sin poder apartar de mi mente los recuerdos de la noche anterior. Pero no quería hablar de ellos a mi amigo. Seguimos caminando con paso ligero hasta llegar a la Universidad, y una vez allí cobré conciencia de mi situación. Un pensamiento cruzó por mi mente, aumentando considerablemente mi espanto. ¿Estaría todavía en mis habitaciones, llena de vida, la criatura que yo había creado? Y si la idea de encontrarme frente a frente con aquel monstruo me aterrorizaba, aún era peor para mí el que Henry lo viese. Rogué a mi amigo que esperase un momento y me lancé escaleras arriba. Cuando mi mano alcanzó el picaporte tuve que hacer un esfuerzo por sobreponerme y permanecer inmóvil.

Abrí la puerta de un golpe, como hacen los niños miedosos cuando imaginan que van a encontrar un ogro, pero nada sucedió. ¡La habitación estaba vacía! Apenas podía creer en tanta fortuna... Cuando estuve seguro de ella, palmeteé de contento y corrí en busca de mi amigo.

Subimos a mi casa y el criado nos sirvió el desayuno. Me resultaba difícil disimular mi alegría. Sentía un raro cosquilleo en mi cuerpo y el apresurado latir de mi pulso. No podía permanecer quieto ni un momento; saltaba por encima de las sillas, aplaudiendo y riendo a carcajadas. Clerval atribuyó en principio este entusiasmo a su llegada, pero a medida que me fue observando con atención, pudo apreciar un brillo salvaje en mis ojos, que para él era inexplicable. Entonces, mi risa alocada empezó a asustarle a la vez que le llenaba de asombro.

—Querido Víctor —exclamó—. ¿Qué es lo que ocurre? ¡Por Dios, no te rías de ese modo! ¿A qué se debe todo esto? ¡Estás realmente enfermo!

—No me preguntes —grité, y al momento creí ver al monstruo entrando en la habitación—. *Él* puede decírtelo... ¡Oh, sálvame! ¡Te lo suplico, Henry, sálvame!

Me pareció sentir cómo el monstruo me asía y luché por defenderme, hasta caer en tierra presa de un ataque de nervios.

¡Pobre Clerval! ¿Cuáles fueron sus sentimientos en aquel instante? Un encuentro en el que cifraba sus más recónditas esperanzas se convertía en algo triste y amargo. Sin embargo, no pude ser testigo de lo que experimentaba, porque perdí el conocimiento y tardé bastante tiempo en recobrarlo.

Este síntoma fue el comienzo de unas fiebres que habrían de retenerme en cama algunos meses, durante los cuales Henry me cuidó con esmero. Más tarde supe que la avanzada edad de mi padre, que le impedía realizar viajes largos, y el pesar que mi enfermedad causaría a Elizabeth, fueron los motivos por los que Clerval consideró necesario ocultarles mi verdadero estado de salud. Estaba seguro de que no se hallaría en todo el país mejor enfermero que él mismo; por ello, confiando en que me curaría, creyó que su decisión era la más conveniente para todos.

Sin embargo, yo estaba gravemente enfermo, y desde luego, de no haber sido por los solícitos cuidados de mi amigo, no hubiera recuperado jamás la salud. Tenía siempre presente la figura del monstruo que había creado, y esta visión me hacía delirar. Ni que decir que las palabras que pudiera pronunciar en mis delirios, aunque al principio Henry las atribuyera a los desvaríos de la enfermedad, acabaron por causarle una profunda impresión; en particular por mi tenacidad a volver siempre sobre el mismo tema, lo cual le persuadió de que tras todo aquello se escondía un acontecimiento insólito y horrible a la vez.

A pesar de algunas recaídas, poco a poco fui recuperando la salud perdida. Recuerdo que la primera impresión que tuve cuando pude mirar a mi alrededor fue la desaparición de las hojas secas de los árboles que se veían a través de la ventana, sustituidas ya por los nuevos y tiernos brotes. Aquella fue una primavera maravillosa, que ayudó a hacer renacer en mí la alegría y el amor por la vida. Mi tristeza se disipó, y en poco tiempo volví a ser tan alegre como antes de que me cegara la pasión causante de mi enfermedad.

—¡Querido Clerval! —exclamé un día—. ¡Qué buen amigo has sido para mí! En lugar de pasar todo el invierno estudiando como te habías propuesto, has estado encerrado en mi habitación.

cuidándome. ¿Cómo podré pagarte tantos desvelos y sacrificios? Siento un gran remordimiento por haber sido la causa de tan grave trastorno, y sólo espero que sepas perdonarme.

—El mejor pago que puedes ofrecerme es no alterarte por ello y reponerte rápidamente —respondió él—. Pero ya que estás en tan buena disposición de ánimo, ¿puedo hablarte de cierto asunto?

Al oír sus palabras me eché a temblar. ¡Una pregunta! ¿Cuál podría ser? ¿Acaso se referiría a lo que ni yo mismo quería recordar?

—Cálmate —dijo Henry—. Si tanto te perturba no hablaré, pero tanto tu padre como tu prima se sentirían muy felices de recibir una carta tuya, de tu puño y letra. No saben nada del grave estado en que te hallabas, y tu largo silencio les está preocupando demasiado.

—¡Sólo se trata de eso! ¿Cómo has podido creer que mis primeros pensamientos no volasen hacia aquellos que lo son todo para mí y que tanto merecen ser amados?

—Siendo así, es probable que te alegre leer una carta que lleva aquí algunos días y que, según parece, te ha escrito tu prima.

Capítulo VI

Clerval puso en mis manos aquella carta, que, efectivamente, había sido escrita por Elizabeth y decía lo siguiente:

Ginebra, 18 de marzo de 17...

Mi muy querido primo: Sé que has estado enfermo, gravemente enfermo, y ni siquiera las cartas que constantemente hemos recibido de nuestro querido Henry han bastado para liberarme de mi preocupación por ti. Sé también que te han prohibido terminantemente escribir, sostener la pluma tan sólo. No obstante, pienso que una sola palabra de tu puño y letra habría bastado para calmar nuestra ansiedad, Víctor. Durante días y días he esperado en cada correo la llegada de tus cartas, de esas palabras tuyas que nos tranquilizaran, y solamente mis fervientes súplicas a mi tío han impedido que éste emprendiera el viaje, tan penoso para él, hacia Ingolstadt. Quería evitarle a toda costa los peligros y las fatigas que ese viaje representan para él... ¡Pero cuántas veces habré sentido el deseo de hacerlo yo misma en su lugar!

La simple idea de que te estaba cuidando una enfermera vieja y asalariada, que nunca podrá adivinar tus deseos y menos aún cumplirlos con el cuidado y el amor que pondría yo en ello, me tenía desesperada. En fin, todo esto ha pasado ya. Clerval nos ha escrito diciéndonos cuánto mejoras, y lo único que espero es la confirmación de tan excelentes noticias de tu propia mano.

Cúrate en seguida y vuelve con nosotros; aquí encontrarás un hogar feliz y unos seres que te han amado siempre tiernamente. La salud de tu padre sigue siendo magnífica, y su único deseo es verte, porque sólo de esta forma podrá convencerse de que estás perfectamente curado. Asimismo, cuando vengas verás los progresos que ha hecho nuestro querido Ernest; tiene ya dieciséis años y está lleno de vivacidad y optimismo. Desea convertirse ardientemente en un buen ciudadano suizo, y su sueño es entrar en el ejército, en el Servicio Exterior. Pero no nos resignamos a separarnos de él mientras tú, su hermano mayor, no hayas regresado a casa. A mi tío le desagrada profundamente la carrera militar en un país extraño, pero Ernest no ha demostrado jamás tener la capacidad que tú tienes, y para él el estudio es algo desagradable. Pasa su tiempo al aire libre, escalando o remando en el lago, y tanto es así que yo temo se convierta en un vagabundo si no cedemos y le permitimos satisfacer sus gustos.

Desde que tú nos dejaste no se han producido demasiados cambios, excepto en lo referente al crecimiento de los niños. El lago continúa siendo tan azul y las montañas siguen luciendo sus nevadas como siempre, haciéndonos pensar en la placidez de nuestro hogar, regido también como siempre por leyes inmutables. Mis pequeñas ocupaciones me absorben y me producen distracción, y tan sólo me siento compensada cuando veo a mi alrededor caras felices y alegres. Sin embargo, sí ha habido un cambio en nuestra casa. ¿Recuerdas con qué motivo entró a nuestro servicio Justine Moritz? Es probable que tu memoria flaquee, pero te lo recordaré brevemente. La madre de Justine era viuda y tenía cuatro hijos, siendo ella la tercera. Esta niña había sido siempre la favorita de su padre, aunque no sé por qué extraño motivo su madre, después de la muerte del señor Moritz, empezó a maltratarla. Mi tía lo observó, y cuando la pequeña cumplió los doce años, persuadió a su madre para que la dejara vivir con nosotros. Estarás de acuerdo en que las instituciones republicanas de nuestro país han tenido la virtud de mantener costumbres más sencillas y alegres que las que persisten con las grandes monarquías de otras naciones vecinas; las barreras entre las distintas clases sociales de sus habitantes están menos definidas, pues incluso los miembros más pobres de nuestra sociedad no lo son tanto como los de otros países. No es lo mismo ser sirviente en Ginebra que serlo en Francia o Inglaterra. Así pues, cuando Justine vino a vivir con nosotros aprendió los deberes de una sirvienta, condición que en nuestro país no significa en modo alguno permanecer ignorante o sacrificar la dignidad humana.

Recordarás que la pequeña Justine era tu favorita. Solías decir que, cuando estabas de mal humor, te bastaba una mirada a la pequeña para que se te disipara; lo mismo ocurría con Ariosto cuando se refería a la belleza de Angélica. Mi tía también sintió por ella un gran afecto, por lo que decidió darle una educación mejor que la que en principio había pensado. El sacrificio que esto supuso para mi tía fue compensado de inmediato por Justine, con su solo agradecimiento. Era la criatura más agradecida del mundo, y con esto no quiero decir que estuviera siempre dispuesta a manifestarlo públicamente. No. Jamás escuché de ella una palabra de gratitud o alabanza; pero sus ojos demostraban incesantemente la adoración que sentía por mi tía. Aunque de carácter juguetón y aturdido, siempre permanecía atenta al menor gesto de mi tía, a quien consideraba el prototipo de toda excelencia. Incluso se esforzaba por imitar sus modales y palabras, hasta el extremo que algunas veces, hoy todavía, consigue hacérmela recordar.

Cuando mi querida tía murió, la pena que nos atenazaba impidió dedicar nuestra atención a la pobre Justine, quien durante su enfermedad la había cuidado con tanta inquietud como afecto. ¡Pobre Justine! Estando ella misma enferma no dejó de cuidar ni por un momento a mi tía. Sin embargo, esto sólo había de ser una pequeña muestra de las pruebas que tendría que sufrir, puesto que sus hermanos y hermanas fueron muriendo uno tras otro. Así pues, su madre se quedó sola, con la hija a quien tan poco había querido. Fuese por los remordimientos de su conciencia o por otra causa, la cuestión es que aquella mujer pensó que todas las muertes de sus hijos eran un justo castigo del cielo por su actuación con Justine. Pertenecía a la Iglesia católica, y creo que fue su confesor quien la ayudó a confirmar esa idea. En resumen: que a poco tiempo de tu partida, Justine fue reclamada por su madre. ¡Pobrecita! ¡Cómo lloraba al separarse de nosotros! Desde la muerte de tu madre había cambiado mucho, y la pena había conferido a sus maneras una dulzura y una afabilidad a las que resultaba imposible permanecer insensible. Además, la vuelta al hogar materno no era para ella motivo de alegría, puesto que su madre tan pronto le suplicaba que perdonara su mala acción como le recriminaba ser la causante de la muerte de sus hermanos. De este modo, sometiéndose a sí misma a un constante estado de irritación, la señora Moritz consiguió empeorar su salud. Pero ahora todo acabó, puesto que la pobre desgraciada descansa para siempre; murió con la llegada de los primeros fríos. En cuanto a Justine, ha vuelto con nosotros, lo cual puedo asegurarte que me ha llenado de alegría, pues la amo tiernamente. Es muy inteligente y bonita, y además muchas de sus expresiones siguen recordándome las de mi tía.

También quiero hablarte del pequeño William, el benjamín de la casa. ¡Si le vieras! Está muy alto para su edad, tiene los ojos completamente azules y sonrientes y el cabello rizado. Cuando se ríe, en sus rosadas mejillas aparecen dos hoyuelos. Ha tenido ya dos novias, pero su favorita parece ser Louisa Biron, una preciosa niña de cinco años.

Ahora, querido Víctor, me permito contarte unas pequeñas chismorrerías de la sociedad ginebrina. La hermosa señorita Mansfield ha sido pedida en matrimonio por el joven inglés que la cortejaba, John Melbourne; su hermana Manon se casó el pasado otoño con el señor Duvillard, el rico banquero francés. Tu compañero de colegio Louis Manoir ha tenido algunas dificultades después de la partida de Clerval hacia Ginebra, pero una vez superadas, se dice que está a punto de casarse con una francesita muy hermosa y alegre, la señora Tavernier. Es viuda y mucho mayor que él, pero aquí goza de la admiración y el favor de todos.

Querido Víctor, escribiéndote me parece que me hallo mejor y mi ánimo vuelve a ser como antes. Sin embargo, llegado el momento de poner punto final a esta carta, las inquietudes vuelven a hacer mella en mí. Escríbenos, mi muy querido primo, aunque sólo sea una línea; una sola palabra tuya es para nosotros una bendición. Comunica a Henry nuestro más expresivo agradecimiento por sus cuidados, su afecto y sus numerosas cartas. Le estamos en verdad muy reconocidos. Adiós, querido primo. Cuídate mucho y, te lo suplico una vez más, escríbenos.

Elizabeth Lavenza.

—¡Querida, querida Elizabeth! —exclamé cuando hube leído la carta—. Voy a escribirte inmediatamente y así os libraré de la ansiedad en la que os he sumido.

Así lo hice. El esfuerzo me causó gran fatiga pero mi convalecencia había comenzado y se desarrollaba con toda normalidad. Quince días después estuve ya en condiciones de abandonar mi habitación.

Una de las primeras cosas que hice al salir a la calle fue presentar a Clerval a los distintos profesores de la Universidad. Para ello era preciso mantener una actitud que no convenía demasiado al desequilibrio que acababa de sufrir, puesto que desde la noche fatal en que comenzaran mis padecimientos sentía una enorme repulsión por todo cuanto se relacionase con las ciencias naturales. Aunque había recuperado parte de mi salud, el simple hecho de ver un instrumento usado en la química me producía una alteración tal que repercutía en mi sistema nervioso. El mismo Henry, habiéndose dado perfecta cuenta de ello había escondido todo mi instrumental y consiguió que me mudara de alojamiento: hasta tal punto era obvio el desasosiego que me embargaba cuando entraba en mi antiguo laboratorio. Con todo, estas precauciones de Clerval no me sirvieron de mucho cuando fui a visitar a mis profesores.

El señor Waldman me sometió a una terrible tortura, inconscientemente, es cierto, al elogiar con calor todos los asombrosos progresos que yo había hecho en las ciencias. Al darse cuenta de que sus palabras me molestaban, y sin conocer la causa de ello, cambió de tema, quizá porque creyó que era mi modestia la que me impedía escuchar tales alabanzas sin alterarme. Habló de la ciencia en general, procurando no hacer alusiones personales para no molestarme. Su deseo de complacerme era evidente, y sin embargo me torturaba. ¿Qué podía hacer yo? Sus palabras me producían el mismo efecto que la visión de todos y cada uno de los instrumentos que más tarde habían de proporcionarme tan grandes torturas. Cada cosa que decía era una nueva herida para mí, pero en modo alguno podía revelar lo que estaba experimentando. Clerval, cuyos ojos y sentimientos detectaban con asombrosa rapidez las sensaciones que otros estaban viviendo, consiguió que se abandonase el tema motivo de mis sufrimientos, alegando su completa ignorancia en la materia. Entonces la conversación giró por otros cauces, el diálogo se generalizó, y yo mismo, agradeciendo de todo corazón la estratagema de mi amigo, tomé parte en la conversación. Debo decir que aunque la actitud que yo mantenía era causa de mi preocupación para él, Henry nunca trató de arrancar mi secreto. Por mi parte, y aun cuando era mi amigo más querido, tampoco me decidí nunca a revelarle el repugnante secreto que a menudo irrumpía en mi memoria, por miedo de que al contarlo a una persona se reprodujese en mi mente con mayor virulencia.

El señor Krempe no manifestó la misma consideración que su colega. En las condiciones en que me hallaba, sus alabanzas, desprovistas de toda sensibilidad, torpes y virulentas, me hicieron mucho más daño que la benevolencia del señor Waldman.

—¡Este muchacho nos ha hecho bajar los humos a todos! —gritaba sin ningún pudor—. Sí, sí —continuó, dirigiéndose a mí—, ya puede mirarme, asombrarse cuanto quiera. No por eso dejará de ser verdad lo que digo. ¡Imagínese! Un mequetrefe que hace unos pocos años creía en Cornelio Agrippa como en las sagradas escrituras se coloca a la cabeza de toda la Universidad de la noche a la mañana. ¡Ah! Y si sigue así, los demás no haremos ninguna falta.

Al ver el cambio de expresión que se producía en mi rostro, prosiguió:

—El señor Frankenstein es muy modesto, cualidad excelente para un joven. Los jóvenes no deberían tener tanta confianza en sí mismos, ¿no es cierto, señor Clerval? Yo, cuando joven, era muy confiado. Pero la juventud se escapa con los años.

Así diciendo, el señor Krempe empezó a alabarse a sí mismo, y la ventaja que obtuve de ello fue que abandonó un tema que me causaba profundo malestar.

Clerval jamás había compartido mi afición por las ciencias naturales, y sus estudios eran por completo distintos de los que yo seguía. Había venido a la Universidad con el deseo de aprender lenguas orientales hasta convertirse en un verdadero maestro, puesto que ello abriría nuevos horizontes al plan de vida que se había trazado. Decidido a no pasar sin pena ni gloria por el mundo, había vuelto su mirada hacia Oriente como la única tierra en la que podía llegar a desarrollar lo que su espíritu emprendedor deseaba. El persa, el árabe y el sánscrito le atraían poderosamente, y no le fue difícil, dadas las circunstancias por las que yo atravesaba, convencerme para que también los estudiara. Como quiera que la inactividad había sido para mí poco soportable siempre, y dado que mi espíritu deseaba ardientemente evadirse y que mi antigua actividad me resultaba odiosa, al verme compañero de estudios de mi mejor amigo me invadió un sentimiento en el que se mezclaban el consuelo y la tranquilidad. Al mismo tiempo, los trabajos de los especialistas en la materia me sirvieron más como medio de consolación que como instrucción. No intenté, como Henry, penetrar los secretos de las lenguas orientales con espíritu crítico; mi actividad en ese sentido era temporal, y estudiaba los textos con el único deseo de comprender lo que decían. Pero mis esfuerzos encontraron en ellas muchas fuentes de compensación. Su melancolía y su alegría características confirieron a mi espíritu un cierto alivio y apaciguamiento, elevándolo hasta un grado que nunca había alcanzado al estudiar los autores de otros países. Al leer sus escritos, la vida parece haberse convertido en un jardín de rosas caldeado por el sol... en las sonrisas y caricias de una dulce enemiga, en el fuego que consume vuestro propio corazón. ¡Qué distinto era todo esto de la heroica y viril poesía de la Grecia y la Roma clásicas!

El verano transcurrió y nosotros seguimos ocupados en nuestros estudios. Mi vuelta a Ginebra había sido fijada para fines del otoño; sin embargo, ciertos incidentes hicieron que se retrasara el viaje, y cuando llegó el invierno, los caminos quedaron intransitables por causa de la nieve. De modo que mi regreso quedó definitivamente postergado hasta la primavera siguiente. Esta demora me disgustó un poco, pues tenía vivos deseos de regresar junto a los míos, aunque por otra parte no quería dejar solo a Henry Clerval antes de que hubiese podido conocer a más gente en un lugar que para él era todavía extraño. Pese a todo, el invierno transcurrió agradablemente y la primavera, no obstante llegar con un retraso desacostumbrado, hizo honor a su nombre por la magnificencia de sus manifestaciones.

Llegó el mes de mayo, y yo seguía esperando, un día tras otro, la carta de la que dependía la fecha de mi partida, cuando Henry me propuso hacer una excursión a pie por los alrededores de Ingolstadt, con objeto de que fuera mi despedida de aquellos lugares. Acepté con gusto su proposición, tanto porque siempre había sido un buen andarín como porque Clerval era mi compañero favorito para las salidas de esta naturaleza, que tan a menudo efectuábamos en mi país natal.

Empleamos unos quince días en esta excursión, que hizo me restableciera por completo, moral y físicamente, al contacto con el aire sano, la belleza del paisaje y las conversaciones con mi amigo. Ya he dicho antes que el estudio me había conducido a rehusar la compañía de mis semejantes, pero ahora, al lado de Clerval y gracias a sus palabras, empecé de nuevo a amar la belleza de las cosas y el rostro alegre de los niños. ¡Mi buen amigo! ¡Con cuánta sinceridad me amaste y con qué fuerza conseguiste elevar mi espíritu hasta hacerlo igual al tuyo! Un objetivo plagado de egoísmo me había insensibilizado y empequeñecido, hasta que tu gentileza y tu bondad consiguieron abrir de nuevo mi corazón. Volví a ser la criatura segura y feliz que, años antes, era amada por todos e ignoraba penas y desengaños. Un cielo sereno, los campos reverdecidos, cualquier poder de la naturaleza me llenaba de éxtasis. La primavera que disfrutábamos era magnífica. Las flores lucían en los setos y el verano se anunciaba ya. Me sentía libre de las obsesiones que me habían atenazado el otoño anterior, aunque en mis esfuerzos por librarme de ellas había pagado un precio riguroso.

Henry se alegraba conmigo y compartía mi dicha. Se esforzaba en divertirme, y en verdad que los recursos de su inteligencia resultaron ser verdaderamente grandiosos. Su conversación desbordaba imaginación, parodiando a los autores persas y árabes y contando cuentos apasionantes, producto de su propia invención. Algunas veces recitaba mis poemas favoritos o me obligaba a entrar en discusiones con argumentos verdaderamente ingeniosos.

Volvimos a la Universidad un domingo por la tarde. Los campesinos bailaban y la gente que se cruzaba en nuestro camino mostraba alegría y felicidad. Yo mismo me sentía inundado de optimismo y me abandonaba sin recato alguno a la alegría que reinaba por doquier.

Capítulo VII

A mi regreso, encontré la siguiente carta de mi padre:

Ginebra, 12 de mayo de 17...

Mi querido hijo: Sin duda habrás aguardado una carta mía que fijase la fecha de tu regreso. Al principio pensé escribirte unas líneas para comunicártela, sin mencionar nada más; pero luego, reflexionando, me he dado cuenta de que sería obrar con una bondad cruel, y no me parece lo más propicio. Porque, ¿acaso no sería una sorpresa cruel volver a casa y encontrar, en lugar de alegría y felicidad, unos rostros afligidos por el dolor? En realidad, Víctor, no sé cómo explicarte la inmensa desgracia que estamos viviendo. La ausencia no puede haberte vuelto indiferente con nuestras penas y alegrías, y por eso no sé como evitar un dolor a mi hijo, después de tan prolongada separación. Mi intención es la de prepararte para cuando recibas la triste nueva que me veo obligado a darte, aunque sé que esto no aliviará tu dolor. Veo tus ojos hurgando en estas líneas para buscar las palabras que habrán de revelarte lo que nos ha ocurrido.

¡William ha muerto!... El hijo querido cuyas sonrisas me inundaban de calor y me llenaban de alegría, Víctor, ha sido asesinado.

No intentaré consolarte, sólo voy a relatarte las tristes circunstancias en las que se produjo tan horrendo drama.

El jueves pasado (7 de mayo), tus dos hermanos, mi sobrina y yo salimos a dar un paseo por Plainpalais. La tarde era cálida y agradable, y fuimos andando hasta más lejos de lo previsto. Cuando la noche estaba al caer y nos disponíamos ya a regresar, nos dimos cuenta de que William y Ernest se nos habían adelantado, desapareciendo de nuestra vista. Pasado algún tiempo encontramos a Ernest solo, preguntando si habíamos visto a William. Nos dijo que habían estado jugando juntos, que se escondieron, y que después de buscarle en vano decidió venir a nuestro encuentro.

Esta explicación nos alarmó un poco y empezamos su búsqueda hasta que cayó la noche y nos fue imposible seguir. Elizabeth pensó en la posibilidad de que, al verse solo y no hallarnos, hubiese dirigido sus pasos hacia casa. Allí nos encaminamos y, al no encontrarle tampoco, volvimos para buscarle, esta vez provistos de antorchas. A nadie, ni a mí ni a los míos, le hubiera sido posible descansar un segundo sabiendo que nuestro querido William estaría perdido en medio de la humedad de la noche. A eso de las cinco de la mañana yo mismo descubrí el cuerpo de mi hijo, tan lleno de vida la tarde anterior, tendido sobre la hierba, lívido y sin vida, con las huellas de los dedos asesinos marcadas en su garganta.

Lo transportamos a casa y, viendo el dolor que mi rostro reflejaba, Elizabeth adivinó en seguida la terrible noticia que iba a oír de mis labios e insistió para ver el cadáver. Intenté persuadirla de que no lo hiciera, pero nada pude conseguir. Entró en la habitación donde estaba el cuerpo de mi pequeño, lo examinó fijamente y, retorciendo sus manos, exclamó: «¡Dios mío yo soy la culpable de este crimen! ¡Yo le he matado!» Así diciendo, se desmayó, y nos costó mucho trabajo reanimarla. Pero cuando volvió en sí, no fue sino para llorar y lamentarse amargamente. Entre sollozos me contó que el día anterior William le había rogado una y otra vez que le permitiera ponerse una valiosa miniatura perteneciente a su madre que ella guardaba. Como quiera que el niño no la tenía cuando le encontramos, creemos que este valioso objeto fue lo que empujó al asesino a cometer el crimen. Hasta ahora no tenemos ninguna prueba de quién pueda haber efectuado tan horrible acto, a pesar de que no se escatiman esfuerzos para encontrarlo. De todos modos esto servirá de bien poco, ya que la vida de mi hijo no se podrá recuperar jamás.

¡Vuelve pronto, querido Víctor! Sólo tú podrás consolar a Elizabeth. La pobre criatura permanece día y noche sumida en el llanto, acusándose injustamente de ser la causa de este drama, lo cual lacera todavía más mi corazón. Somos muy desgraciados y todos esperamos que apresures tu marcha y te reúnas con nosotros, ya que eres el único que podrá mitigar nuestro dolor. A pesar de lo trágico de este acontecimiento, doy gracias a Dios porque no ha permitido que tu buena madre fuera testigo de él.

Ven, Víctor, pero no alimentes ningún sentimiento de venganza para con el asesino de tu hermano, sino que, por el contrario, llena tu corazón de amor y dulzura, para que las heridas que en él se han producido puedan cicatrizar en vez de abrirse todavía más. Entra en esta casa enlutada lleno de bondad y amor hacia los que te quieren y no con odio por tus enemigos.

Tu afligido padre que te quiere,

Alphonse Frankenstein.

Desde que comencé a leer, Clerval me estaba observando y se sorprendió al ver mi rostro pasar de la alegría a la desesperación, máxime teniendo en cuenta que la carta que acababa de recibir era esperada por mí con impaciencia. La dejé caer sobre la mesa y escondí el rostro entre mis manos.

—Mi querido Frankenstein —exclamó Henry—. ¿Es que has de ser siempre desgraciado? ¿Qué ha sucedido ahora, amigo mío?

Con un gesto le indiqué la carta, y mientras caminaba por la habitación presa de la mayor agitación, Clerval la leyó ávidamente. A medida que avanzaba en su lectura las lágrimas se escapaban de sus ojos.

—No puedo ofrecerte consuelo alguno —me dijo—, porque tal desgracia es irreparable por completo. ¿Qué vas a hacer?

—Regresar de inmediato a Ginebra. Ven conmigo y ayúdame a pedir los caballos.

Mientras nos dirigíamos a la posada, Henry intentó pronunciar algunas palabras de consuelo que manifestaron todavía más, si ello es posible, su profunda amistad.

—¡Pobre William! —decía—. Dormirá para siempre junto a su angelical madre. ¡Pensar que le he conocido tan alegre y revoltoso y que ha tenido este horrible fin...! ¿Qué clase de asesino es quien se atreve a segar una vida tan temprana? ¡Pobre criatura! El único consuelo que nos queda es pensar que él está ya descansando mientras nosotros le lloramos. No conocerá jamás la angustia, ni le afectará nuestra compasión. Tenemos que conservar la piedad para los que le sobreviven.

Así se expresaba Clerval mientras recorríamos las calles. Sus palabras se grabaron en mi mente y las recordé muchísimas veces en mi soledad. Por fin llegamos a la posada, y tan pronto como los caballos estuvieron dispuestos, subí al coche y me despedí de mi amigo.

¡Qué viaje tan triste! Al comenzarlo, el ferviente deseo de consolar a mis seres queridos me hacía arder de impaciencia. Pero cuando estaba ya cerca de mi ciudad natal hice aflojar el paso a los caballos porque no me era posible dominar la riada de sentimientos que corría por mi ser. Empecé a revivir escenas de mi infancia olvidadas por completo y paisajes asociados con mi juventud; y me asombré de lo mucho que había cambiado todo durante los seis años transcurridos fuera del hogar. Un solo acontecimiento puede alterar bruscamente el aspecto de un lugar, pero también un cúmulo de pequeñas circunstancias puede variarlo gradualmente y sin que sea posible apercibirse de ello a simple vista. El miedo me invadió y empecé a temer la proximidad de los míos, creyendo que tendría que enfrentarme con males imprevistos que me hacían temblar de antemano.

Me detuve en Lausana, donde permanecí dos días, bajo la influencia de estos sentimientos, contemplando el manso lago. Todo cuanto allí me rodeaba era plácido, desde las montañas nevadas hasta las quietas aguas del lago; todo parecía inmutable. Poco a poco, aquella calma me fue invadiendo, hasta que mi espíritu estuvo dispuesto para continuar el viaje hacia Ginebra.

El camino corría paralelo al lago. No pasó mucho tiempo sin que distinguiera las laderas de los montes del Jura y la brillante cima del Mont Blanc. Entonces me puse a llorar como un niño, mientras me decía: «¡Oh, queridas montañas, bello lago! ¡Cuan plateadas son vuestras cimas y qué plácidas vuestras aguas! ¿Cómo vais a recibir a vuestro hijo pródigo? ¿Acaso vuestras promesas de paz son para sumergirme más en mi desgracia?»

Temo, querido amigo, que estas divagaciones preliminares te hagan fastidioso el relato. Pero ocurre que aquellos fueron unos días de relativa felicidad para mí. ¡Y los recuerdo con tanta placidez! ¡Mi querido país! ¿Quién puede comprender, si no ha nacido en su amado suelo, la satisfacción que experimenté al volver a ver sus arroyos, sus montañas y, sobre todo, su incomparable lago?

No obstante, a medida que me iba aproximando al hogar, el temor y la pesadumbre volvieron a hacer mella en mí. La noche cayó por completo, y al no poder distinguir la silueta de las montañas me sentí otra vez desgraciado. El escenario que se ofrecía a mis ojos parecía como un decorado de aquelarres demoníacos. Entonces, de pronto, tuve el oscuro presentimiento de que mi destino estaba lleno de padecimientos y de dolor. Esta profecía que me hice a mí mismo era cierta, pero lo que pude alcanzar a ver fue solamente una centésima parte de los sufrimientos que el destino iba a dejar caer sobre mí.

Cuando llegué a Ginebra, en medio de mis meditaciones, había anochecido y las puertas de la ciudad estaban cerradas. Por ello, me vi obligado a pasar la noche en Secheron, pueblecito que se halla a media legua poco más o menos de la capital. El cielo aparecía sereno y yo me sentía incapaz de conciliar el sueño, por lo que decidí visitar el lugar donde mi pobre hermano había sido asesinado. Crucé el lago en un bote hasta llegar a Plainpalais. Mientras navegaba pude observar el bello efecto que producían los relámpagos sobre el Mont Blanc. La tormenta parecía querer estallar de un momento a otro, y al desembarcar trepé, tan rápidamente como pude, a la cima de una colina; deseaba observar de cerca el fenómeno. Las primeras gotas de lluvia azotaron mi rostro, grandes y espaciadas, y al poco caían con mucha mayor violencia, hasta convertirse en un verdadero diluvio.

Abandoné mi observatorio en medio de las tinieblas, cada vez más impenetrables. El estallido ensordecedor de un trueno rugió sobre mi cabeza, y sus ecos resonaron por las laderas del Saléve, del Jura y de los Alpes de Saboya. Los deslumbrantes relámpagos cegaban mis ojos e iluminaban el lago, haciéndolo brillar y dándole la apariencia de una llanura incendiada; luego, la más completa oscuridad volvía a adueñarse del paisaje. Finalmente, mis ojos fueron capaces de distinguir a través de las tinieblas y los fulgores alternados.

Como ocurre a menudo en Suiza, la tormenta había estallado en varios lugares a la vez. Su punto de mayor violencia se había localizado al norte de la ciudad, muy cerca de Belrive y del pueblecito de Copét. Pero otras tormentas se producían al mismo tiempo, iluminando con débiles relámpagos las montañas del Jura o sumiendo en las tinieblas el Mole, un empinado monte que se levanta al este del lago.

Mientras observaba la tempestad, tan bella y fiera a la vez, me apresuraba por el camino. Mi espíritu se elevaba al contemplar la noble batalla de los elementos, y en un momento de exaltación uní las manos y exclamé:

—¡William, hermano querido! Nunca nadie tuvo un funeral más grandioso que éste.

Tan pronto hube pronunciado estas palabras me pareció ver una silueta semioculta entre unos árboles cercanos. Permanecí inmóvil, mirando intensamente la extraña aparición. No me había equivocado, porque en aquel preciso instante un relámpago iluminó su gigantesca estatura y la deformidad de su cuerpo, mucho más horrible que la de cualquier ser humano. ¡Allí estaba el repugnante y miserable ser creado por mí! ¿Qué hacía allí? ¿Era posible —me estremecí al pensar esto— que fuera el asesino de mi hermano? Apenas esta idea cruzó por mi mente cuando quedé convencido de su veracidad. Mis dientes castañetearon y me tuve que apoyar en un árbol para sostenerme, mientras la silueta pasaba por mi lado con rapidez y se perdía en la oscuridad. Era cierto, nunca ningún ser humano hubiera podido destruir a un niño tan amoroso. ¡Sí, él era su asesino! No cabía la menor duda; la misma idea, al acudir a mi pensamiento, era su prueba irrefutable. De momento, mi primera intención fue perseguir a la bestia. Pero comprendí que no tenía ni una pequeñísima posibilidad de alcanzarle, ya que otro relámpago me permitió verle cómo ascendía las abruptas rocas del monte Saléve, en Plainpalais, alcanzando la cumbre y desapareciendo finalmente.

Permanecí en aquel lugar aterido por la lluvia y el frío reinantes, y nadie podrá nunca concebir la angustia que sufrí durante el resto de la noche. No obstante, no me molestaba la inclemencia del tiempo. Mi imaginación desbordaba de escenas terroríficas, las mismas que en vano había tratado de olvidar durante los dos años transcurridos desde la creación de aquel ser. Reflexionando sobre ello consideré que yo, animado por mi maldad, era el único culpable de haber dado vida a un engendro dotado de voluntad para realizar crímenes como el perpetrado, y depravado hasta el extremo de encontrar placer en ello. Sí, el culpable era mi propio espíritu reencarnado en aquel monstruo, y estaba destinado a destruir todo aquello que amaba.

Amaneció, y emprendí camino a la ciudad con objeto de dirigirme sin más demoras a mi hogar. Tenía el firme propósito de revelar todo lo que sabía sobre el asesinato de William y sobre su autor, para organizar una batida y perseguirle hasta darle muerte. Pero cambié de idea al pensar en el relato que me vería obligado a contar si quería explicarlo todo de una manera verosímil. Porque, ¿qué pensarían cuando les dijera que había encontrado en medio de la tormenta, y en una ladera de la montaña casi inaccesible, a un ser monstruoso que yo mismo había creado en la soledad de mi taller? Pensé también en la fiebre nerviosa que me poseyó durante el tiempo en que realicé mi creación, y que, de relatarla, hubiera dado a mi historia un aspecto todavía más inexplicable. Me coloqué en el lugar de una persona que me contara a mí el mismo caso, y pensé que sería considerado un ido que iba diciendo cosas extrañas, producto de su enferma imaginación. Pero aún había otra razón: la rara naturaleza del monstruo le capacitaba para eludir cualquier tipo de persecución. ¿De qué serviría perseguirle? ¿Quién sería capaz de detener el avance de un ser que trepa por la cresta del monte Saléve con tanta facilidad? Estas reflexiones me hicieron guardar celosamente mi secreto.

Serían apenas las cinco de la mañana cuando entré en casa de mi padre. Saludé a los criados, manifestándoles mi deseo de que no despertaran a nadie hasta la hora de costumbre, y me dirigí a la biblioteca para esperar a mis familiares.

¡Habían transcurrido seis años! Seis años que, de no ser por el rastro indeleble de la muerte de mi hermano, me habrían llevado al mismo lugar y a la misma situación, es decir, a abrazar a mi padre como antes de mi partida hacia la Universidad. ¡Oh, querido y bondadoso padre mío! Todavía le tenía a él. Contemplé el retrato de mi madre, pintado por deseo ex profeso de mi progenitor, que representaba a Caroline Beaufort en su momento de mayor desesperación, arrodillada ante el ataúd de su padre. Vestía sencillamente y sus mejillas no tenían el hermoso color que yo estaba habituado a ver en ellas, pero había en ella un porte lleno de dignidad y belleza, que no permitía inspirar a quien contemplase la pintura ningún sentimiento de piedad. Debajo del cuadro había una miniatura de William que me hizo derramar abundantes lágrimas, lo cual impidió que viera a Ernest entrar en la biblioteca. Me había oído llegar y quiso darme la bienvenida. Su alegría estaba teñida por un matiz de tristeza, al decir:

—¡Sé bienvenido, mi querido Víctor! Cuánto hubiera deseado tenerte aquí hace tres meses, cuando aún vivíamos todos en medio de la mayor de las dichas! Ahora, en cambio, tu llegada será para compartir una pena que no nos es posible ahogar. Espero que tu presencia calme en parte la agonía de nuestro padre y mitigue la culpabilidad de que se hace víctima la pobre Elizabeth. ¡Pobre William! ¡Le queríamos tanto y estábamos tan orgullosos de él.

No pudo contener las lágrimas que corrieron libremente por sus mejillas, mientras yo sentía que me invadía un hálito mortal. Hasta aquel momento sólo había podido imaginar el daño que había caído sobre nuestro hogar; pero lo que ahora se me ofrecía a la vista, lo que sentía en mi propia carne, era un nuevo desastre que venía a unirse a mi horror. Intenté calmar a Ernest preguntándole más detalles sobre mi padre y mi prima.

—De los dos, Elizabeth es quien más necesita de tu cariño —me dijo—. Pretende haber sido la causa de la muerte de William, y esto aumenta su desgracia. Pero desde que han descubierto al asesino...

—¿Qué es lo que estás diciendo? ¿Han descubierto al asesino? —le interrumpí—. ¡Dioses del cielo! ¿Cómo ha sido posible esto? ¿Cómo es posible detener un torrente con un dique de paja o encerrar al viento? Yo le vi ayer noche y estaba libre.

—No sé lo que quieres decir —respondió Ernest, muy asombrado—, pero el descubrimiento del culpable no hace otra cosa que sumarse a nuestra desesperación. Al principio nadie quiso creerlo. Incluso Elizabeth sigue sin convencerse, a pesar de las pruebas evidentes que existen. No me extraña. Porque, ¿quién podía suponer que Justine Moritz, tan dulce y tan apegada a nosotros, hubiera sido capaz de cometer un acto tan abominable?

—¡Justine Moritz! ¡Pobre muchacha! ¿Es a ella a quien se acusa? No es posible, esto es un error. Debe saberlo todo el mundo. No es posible que haya quien crea semejante monstruosidad. ¿No es cierto, Ernest?

—Ya te he dicho que al principio nadie lo creyó. Pero luego, una serie de detalles nos han obligado a creerlo. Su propio comportamiento ha sido tan extraño que ha contribuido con mucho a acusarla. Hoy mismo va a ser juzgada y podrás verlo con tus propios ojos.

Ernest me contó cómo la mañana en que fue descubierto el cuerpo de mi hermano, Justine había caído enferma, teniendo que guardar cama durante varios días. Una criada, al ir a recoger los vestidos que ella había usado, encontró en uno de los bolsillos del que llevaba puesto la noche del crimen la miniatura de mi madre que William llevaba colgada al cuello. La sirvienta mostró el objeto a las otras, y sin decir nada a la familia depositó la miniatura en casa del juez. Lógicamente, Justine fue detenida al saber el juez la procedencia del medallón. Pues bien, cuando la acusaron la pobre muchacha adoptó una extraña actitud, lo cual no hizo otra cosa que confirmar las sospechas que sobre ella recaían.

Aquel extraordinario relato no consiguió hacer vacilar mi convicción por lo que respondí furiosamente:

—Estáis todos en un error. Yo conozco al asesino. Justine, nuestra querida Justine es inocente.

En aquel preciso instante entró mi padre en el salón. Pude darme perfecta cuenta de que la desgracia había marcado su rostro con profundas huellas, aunque él hizo todo lo posible por recibirme con alegría. Después de intercambiar unos tristes saludos la intervención de Ernest nos obligó a tratar un tema que sin duda, mi padre hubiera preferido postergar para otra ocasión.

—¡Padre! Víctor dice conocer al asesino de William.

—También nosotros le conocemos —respondió mi padre—, y te juro que hubiera preferido permanecer siempre en la ignorancia. Antes eso que descubrir la ingratitud y la depravación en una persona tan querida por mí.

—Pero padre estás equivocado. Justine es inocente.

—Si es así, hijo mío, cosa que espero con toda mi alma quiera Dios que no sufra como culpable. Hoy será juzgada y deseo sinceramente que reconozcan su inocencia.

Estas palabras me calmaron algo, porque en lo más profundo de mi ser estaba muy arraigada la idea de que, cualquier ser humano, fuera Justine u otro, no podía ser capaz de cometer semejante crimen. Tampoco creía que alguien pudiera presentar pruebas suficientes para condenarla. Por otra parte, mi versión del crimen no debía divulgarse porque sería considerada, por su contenido fantástico e inhumano, como la delirante fantasía de un loco. Y es que, en verdad, ¿existía un ser en la tierra que, sin haberlo visto con sus propios ojos, pudiera creer en un monstruo como el que yo había creado?

Al poco rato, Elizabeth bajó de sus habitaciones para unirse a nosotros. Había cambiado mucho. El tiempo y el dolor habían embellecido su rostro, dotándolo de una expresión de candor que sobrepasaba a la que tenía en su infancia. Junto a este candor y la vivacidad tan característica en ella, había también un matiz de sensibilidad e inteligencia que la hacían parecer como dotada de mayor madurez. Me dio la bienvenida con el mayor de los afectos.

—Tu llegada, querido primo —dijo—, me llena de esperanza. Quizá tú puedas encontrar un medio para probar que nuestra pequeña Justine no es culpable. Si la condenan ¿quién podrá considerarse seguro de hoy en adelante? Estoy tan convencida de su inocencia como de la mía propia. Nuestra desgracia se produce por partida doble. Por un lado hemos perdido a William y por el otro estamos a punto de perder, de un modo todavía más cruel, a esta pequeña a la que amo tan tiernamente. Si la condenan nunca volveré a conocer el sabor de la felicidad. Pero no harán tamaña injusticia, estoy segura de ello; y yo podré volver a ser dichosa, a pesar de la muerte de mi amado William.

—¡Claro que es inocente, Elizabeth! —exclamé—. Y voy a probarlo. No temas nada, deja que la certeza de su absolución apacigüe tus temores.

—¡Qué bueno y generoso eres! Todo el mundo cree en su culpabilidad y eso me llena de incertidumbre, porque yo sé que eso es imposible. La seguridad que demuestran todos me hace perder la esperanza.

Y sin poder resistir más, rompió a llorar.

—¡Querida sobrina! —dijo mi padre—. Seca esas lágrimas, porque si Justine es inocente, como tú dices, debes confiar en la justicia de nuestras leyes y en los esfuerzos que hacemos para evitar que se produzca el menor asomo de parcialidad en el juicio.

Capítulo VIII

La apertura del juicio estaba fijada para las once de la mañana, por lo que pasamos las horas que faltaban para ello en medio de una gran tristeza. Mi padre y el resto de la familia tenían que asistir como testigos, así es que les acompañé ante el tribunal. El tiempo que duró toda aquella parodia de justicia fue para mí eterno y torturador, tanto más cuanto que iba a decidirse si la consecuencia de mis afanes científicos era la muerte de dos de mis seres más queridos: un niño lleno de alegría y vivacidad y Justine. La muerte de ésta todavía estaba por consumarse, pero de llegar a serlo constituiría algo mucho más odioso si cabe, porque a ella se uniría, además de la infamia, la injusticia de un proceso del que la víctima era inocente. Justine era una buenísima muchacha, poseedora de cualidades que le aseguraban una existencia feliz; y ahora todo estaba a punto de ser destruido en un crimen memorable por su horror y enterrado bajo una capa de ignominia. ¡Y yo era el culpable de todo! Hubiera preferido mil veces ser culpado del crimen que le imputaban a ella; pero el día del asesinato estaba ausente por lo que semejante declaración habría sido tachada de desvarío, además de no conseguir la absolución de quien iba a ser condenada por mi culpa.

El aspecto de Justine era tranquilo y digno. Vestía de luto, y todos sus rasgos, de por sí atractivos, habían adquirido con los últimos padecimientos una belleza exquisita. Parecía creer todavía en la posibilidad de que se reconociera su inocencia, y no se mostraba asustada, a pesar de que sobre su cabeza pendía la execración de los asistentes al juicio. Toda la simpatía que su belleza hubiera podido inspirar en otras circunstancias quedaba borrada de inmediato por el horror que mentalmente producía en quienes la observaban y le imputaban el crimen. La tranquilidad que demostraba era un poco forzada, pues como quiera que su confusión había sido considerada un claro signo de culpabilidad, había decidido aparentar un valor del que carecía. Cuando se sentó en el banquillo de los acusados recorrió la sala con una mirada, hasta que descubrió el lugar donde nos hallábamos nosotros. Al vernos, una lágrima rodó por sus mejillas; pero se rehizo al instante cambiando su mirada por otra de afecto sincero, como si quisiera afirmarnos su inocencia.

Comenzó el proceso, y una vez el fiscal hubo expuesto los cargos pertinentes, empezó el interrogatorio de varios testigos. Una cadena de hechos aislados y aparentemente evidentes se fue entretejiendo con la fuerza suficiente como para hacer recaer sobre ella la culpa, en el espíritu de quienes no tenían en su mano, como yo, la prueba clara de su inocencia. Justine había pasado fuera de casa toda la noche del crimen, y cerca ya del amanecer, había sido vista no muy lejos de donde yacía el cadáver del niño, por una mujer que iba al mercado. La mujer le preguntó qué hacía ahí; pero Justine la miró de manera extraña y sólo contestó unas cuantas palabras confusas e ininteligibles. Volvió Justine a la casa a eso de las ocho; y cuando le preguntaron en dónde había pasado la noche, contestó que había salido a buscar al niño, y preguntó anhelosamente si sabían algo de él. Cuando le mostraron el cadáver, sufrió un violento ataque de histerismo y tuvo que guardar cama varios días.

Llegó el momento en que el juez le mostró la miniatura que el sirviente había encontrado en el bolsillo de su vestido; y cuando Elizabeth, con temblorosa voz, declaró que era la misma que, una hora antes de que el niño se perdiera, le había ella misma puesto en el cuello, un murmullo de horror e indignación llenó la sala del juzgado.

Se dijo a Justine que se defendiera. A medida que el proceso avanzaba, su rostro se había ido alterando. Sucesivamente expresó sorpresa, horror y dolor profundos. Varias veces luchó con el llanto; pero cuando el juez le dijo que se defendiera, reconcentró sus fuerzas, y habló con voz clara, aunque vacilante:

—Dios sabe —dijo—, que soy enteramente inocente. Pero no pretendo que me absuelvan sólo por mis protestas: la prueba de mi inocencia descansa en una clara y sencilla explicación de los sucesos que se han hecho valer en contra mía; espero que mis antecedentes inclinarán a mis jueces a una interpretación favorable, cuando alguna circunstancia aparezca dudosa o sospechosa.

Contó en seguida que, con permiso de Elizabeth, había pasado la tarde de la noche en que se cometió el asesinato en casa de una tía de Chene, aldea situada a cosa de una legua de Ginebra. A su regreso, a eso de las nueve de la noche, se encontró con un hombre que le preguntó si no había visto al niño que se había perdido. Se alarmó por la pérdida del niño, y pasó varias horas buscándolo, hasta que las puertas de Ginebra se cerraron y se vio obligada a pasar el resto de la noche en el pajar de una granja, pues no quiso molestar a los dueños, que la conocían mucho. La mayor parte de la noche la pasó despierta; al amanecer durmió algunos minutos, hasta que le despertaron unos pasos. Era ya de día y abandonó su asilo, para volver a buscar al niño. Si había estado cerca del sitio en que estaba el cadáver, fue sin saberlo. Que a la pregunta de la mujer del mercado manifestara extrañeza, no era raro, desde que había pasado una noche sin dormir, y aún no sabía lo que había sido del pobre Guillermo. En cuanto a la miniatura, no dio explicación alguna.

—Sé —continuó la desgraciada víctima— cuan fuerte y fatalmente esta única circunstancia pesa contra mí, pero no puedo explicarla; y una vez expresada mi completa ignorancia al respecto, sólo quedan conjeturas a hacer, en lo concerniente al modo cómo puede la miniatura haber sido colocada en mi bolsillo. Creo que no tengo ningún enemigo en el mundo; y seguramente, nadie será tan perverso para haber querido hacerme daño sin motivo.

¿Lo colocó el asesino? No sé que haya tenido oportunidad para hacerlo; y, si se le ha ofrecido, ¿por qué habría robado esa alhaja, para deshacerse de ella tan pronto?

«Entrego mi causa a la justicia de mis jueces, bien que no conserve ninguna esperanza. Pido que se interrogue a algunos testigos respecto a mis antecedentes; y si su testimonio no destruye mi supuesto crimen, confío la salvación de mi alma a mi inocencia si acaso soy condenada».

Según sus deseos fueron llamados varios testigos, gentes que la conocían desde hacía muchísimos años. Todos sin excepción hablaron bien de ella. No obstante, el temor que sentían ante el crimen del que la creían culpable hizo que sus manifestaciones fueran pálidos reflejos de su sincera defensa. Elizabeth comprendió al momento que tampoco estas declaraciones contribuirían a salvar a Justine, y presa de una viva emoción solicitó permiso para dirigirse al tribunal.

—Soy —dijo— la prima del desgraciado niño asesinado, o mejor dicho su hermana, ya que he sido educada por sus padres y he vivido a su lado mucho antes de que él naciera. Es probable que mi declaración sea malevolencia, pero llegado el momento en que un ser humano está a punto de morir por la cobardía de sus propios amigos, no puedo por menos de solicitar audiencia para hablar, para manifestar todo lo que sé de la persona acusada. Conozco muy bien a Justine Moritz, puesto que he vivido con ella, en la misma casa, durante cinco años una vez y durante dos otra. Pues bien, en todo ese tiempo he podido apreciar su benevolencia y bondad, así como el agradecimiento que la caracteriza. Cuidó a la señora Frankenstein, mi tía, con el más grande de los afectos, y después atendió a su propia madre de una forma que produjo admiración en todos aquellos que la conocíamos. Cuando su madre murió, volvió a vivir con nosotros. Sentía un afecto especial por el niño asesinado y le cuidaba como la más dulce de las madres lo hubiera hecho. No creo necesario decir que yo, a pesar de todas las pruebas que recaen contra ella, creo absoluta y ciegamente en su inocencia. No podía sentirse tentada para llevar a cabo tan horrendo crimen, y además, en el caso de que deseara la joya que constituye la máxima prueba de este juicio, yo misma se la hubiera regalado. Hasta tal punto la considero y estimo.

Un murmullo de aprobación corrió por la sala, acogiendo las sencillas pero vigorosas palabras de mi prima. Sin embargo, desgraciadamente, aquella muestra de afecto iba dirigida más a ella, a su generosa intervención, que a la redención de Justine, contra quien la indignación del público se volvió con más saña y violencia, acusándola además de ingratitud. La pobre muchacha había derramado lágrimas mientras escuchaba el parlamento de Elizabeth, pero fue incapaz de pronunciar una sola palabra.

Mientras duró la sesión, mi propia agitación fue en aumento, ya que creía en su inocencia y veía claramente su situación. ¿Acaso era posible que aquel engendro demoníaco, además de asesinar a mi hermano hubiera planeado, en un delirio imaginativo, aquella treta que arrastraba a Justine a una muerte ignominiosa? Ya no me fue posible soportar por más tiempo la tenaz angustia que me embargaba, y viendo la reacción del público materializada en el rostro de los jueces, que ya habían condenado a la infeliz muchacha, huí de la sala presa de una angustia sin límites. Las torturas de la acusada no podían igualarse a las que yo estaba sufriendo, porque mientras ella podía mantenerse en su inocencia, a mí los puñales del remordimiento me asaeteaban el alma para quedarse siempre clavados en ella.

Pasé una noche horrible. A la mañana siguiente supe que los jueces habían votado y condenado a Justine. Me resulta imposible describir lo que sentí entonces. Pero aún había más, pues el conocer que la víctima se había declarado culpable acabó con mis pocas fuerzas.

—Las pruebas son tan evidentes que su confesión apenas era necesaria —observó un magistrado al que me dirigí—. No hay ningún juez entre nosotros que desee condenar a un criminal con pruebas circunstanciales, por definitivas que éstas sean.

Aquella noticia me resultó extraña e inesperada. ¿Qué significaba? ¿Qué podía suponer? ¿Es que mis ojos me habían engañado haciéndome ver a un monstruo que no existía? ¿Acaso estaba tan loco como todo el mundo creería si llegaba a exponer mis sospechas? Volví a casa y encontré a Elizabeth aguardándome, presa de viva impaciencia por saber el resultado definitivo.

—Querida prima —dije—, ha ocurrido lo que tú debieras haberte figurado. Los jueces prefieren condenar a diez inocentes antes que permitir que quede un culpable sin castigo. Pero hay todavía algo peor. ¡Justine ha confesado!

¡Qué rudo golpe para Elizabeth, quien había confiado tan ciegamente en la inocencia de la acusada!

—¡Dios mío! ¿Como podré creer en la bondad de un ser humano después de esta experiencia? Justine, a quien yo quería y consideraba como mi hermana... ¿Cómo ha sido posible que fingiera tanta amabilidad e inocencia, si tenía que acabar traicionándonos así? Sus ojos, tan dulces, parecían incapaces de la más pequeña vileza. Y sin embargo, ha cometido un asesinato.

Poco después se nos comunicó que la acusada había pedido, como última gracia, poder ver a Elizabeth. Mi padre no quería que ésta fuese, pero la dejó en libertad para que actuara conforme a sus sentimientos.

—Sí, iré —dijo Elizabeth—. Iré aun cuando sea culpable. Y tú, Víctor, ¿querrás acompañarme? No puedo ir sola.

Aunque la idea de ver frente a frente a Justine iba a añadir un nuevo tormento a los que venía sufriendo, no pude por menos que acompañar a mi prima a la prisión.

Al entrar en la oscura y siniestra celda pudimos ver a la pobre muchacha sentada sobre un montón de paja, en el rincón más alejado de la puerta. Sus manos estaban atadas, y descansaba la cabeza sobre sus rodillas. Al oírnos entrar se puso de pie, y cuando nos dejaron solos se arrojó a los pies de Elizabeth llorando. Entonces, mi prima empezó también a sollozar.

—¡Oh, Justine! ¿Por qué me has robado el último consuelo? Confiaba en tu inocencia, y a pesar de lo grande de mi pena podía considerarme dichosa a tu lado, no miserable como lo soy ahora...

—¿Cómo? ¿También usted me cree capaz de semejante vileza? ¿De verdad se une a mis enemigos para condenarme? —repuso Justine, con voz sofocada por los sollozos.

—Levántate, mi pobre amiga —dijo Elizabeth—. ¿Por qué te arrodillas si eres inocente? Sabes bien que no soy uno de tus enemigos, y la prueba de lo que te digo es que te creí siempre inocente, hasta el momento en que me dijeron que habías confesado. Ahora dices que es falso. Mi buena Justine, ten por seguro que nada en este mundo, excepto tu propia confesión, puede convencerme de tu culpabilidad.

—Es cierto, he confesado. Pero he mentido. He confesado para obtener la absolución, pero ahora la falsedad se cierne todavía más a mi alrededor. ¡Dios me perdone! Después del juicio mi confesor no ha cejado en su empeño para que me declarara culpable. Me amenazó hasta llegar casi a convencerme de que, en realidad, yo era el monstruo que él creía. Envenenó mi alma, me atemorizó con la excomunión si continuaba sin confesar mi delito. ¡Querida señorita! Nadie estaba a mi lado en aquellos momentos para ayudarme; todos me consideraban un ser depravado, destinado a la muerte. ¿Qué podía yo hacer? Tuve un momento de desesperación y debilidad y cedí. He aceptado la mentira... y ahora me siento más perdida que antes... —Casi no podía proseguir, pues su voz se ahogaba con el llanto. Pero después de unos segundos continuó diciendo: —Pensé con horror, mi dulce señorita, que usted podría creer que su Justine, a quien su bendita tía tenía en tanta estima, era capaz de cometer un crimen que tan sólo un espíritu demoníaco puede haber perpetrado. Y me horroricé. ¡Mi querido William! ¡Mi bendito niño! Pronto estaré contigo en el cielo y ese es el único consuelo que me queda cuando se acerca el instante de mi ignominiosa muerte.

—¡Perdóname, Justine! —gritó Elizabeth—. Perdona el que haya dudado un solo instante de ti. Pero, ¿por qué confesaste? No te aflijas. No temas. Proclamaré tu inocencia a los cuatro vientos y la probaré. Voy a derretir los corazones de hielo que te han acusado con mis lágrimas y mis ruegos. ¡No morirás! Tú, mi compañera de juegos, mi amiga y hermana, no puedes morir en el patíbulo. ¡Jamás! No me sería posible sobrevivir a tan horrible desgracia.

Justine inclinó tristemente la cabeza.

—No temo la muerte —dijo—. Esa angustia ya ha pasado. Dios me fortalece y me da valor para soportar lo peor. Abandonaré este mundo triste y amargo y si usted cree que he sido condenada injustamente y piensa en mí con bondad, ello me ayuda a esperar con resignación la suerte que me espera. Aprenda de mí, querida señorita, a someterse pacientemente a la voluntad del cielo.

Mientras duró esta patética conversación yo me había retirado al rincón más oscuro del calabozo, desde donde podía esconder la terrible angustia que me dominaba. ¡Desesperación! ¿Quién podía hablarme a mí de desesperación? La víctima que al amanecer franquearía la barrera que separa la muerte de la vida no estaba, como yo, dominada por una agonía tan profunda. Apreté mis mandíbulas hasta que mis dientes rechinaron, y un sonido seco, que escapó de lo más profundo de mi ser, cruzó por mis labios. Justine se sobresaltó al oírlo y dijo:

—Querido señor... ¡Qué bueno ha sido usted al venir a verme! Espero que tampoco creerá en mi culpabilidad.

Yo no podía responder nada, pero Elizabeth intervino, diciendo:

—No, Justine. Él está todavía más convencido que yo de tu inocencia, porque ni tan sólo cuando tú confesaste lo creyó.

—¡Cuánto se lo agradezco! En los últimos instantes de mi vida experimento con más fervor la gratitud hacia quienes me juzgan bondadosamente. ¡Cuan reconfortante es para alguien en mi situación el amor que otros le profesan! Esto me consuela y siento que ahora ya puedo morir en paz, puesto que mi inocencia es aceptada por usted, mi querida señorita, y por su primo.

Así trataba de consolar y serenar a los demás como a sí misma. En cuanto a mí, al verdadero asesino, al único responsable de aquellas desdichas, me sentía atenazado por la garra del remordimiento, que no me permitía concebir ni la más remota esperanza de consuelo. Elizabeth lloraba y se sentía desgraciada; pero su pena era inocente, era como una nube pasajera que por un momento oculta la luna, pero no puede manchar su brillo. Yo en cambio llevaba un infierno dentro de mí, y nadie podría arrancarlo jamás.

Pasamos varias horas con Justine, y sólo con un gran esfuerzo de su voluntad consiguió Elizabeth separarse de ella. La muchacha intentó parecer alegre y lo consiguió, aunque sus lágrimas pugnaban por brotar de sus ojos. Abrazó con efusión a mi prima y dijo, con voz rota por la emoción:

—¡Adiós, mi amada Elizabeth, mi dulce señorita! Quiera Dios que ésta sea la última desgracia que deba soportar. Viva, sea feliz, y haga felices también a los demás.

Al amanecer, Justine fue ajusticiada. La conmovedora actitud de Elizabeth no consiguió emocionar a los jueces ni hacerles revocar su decisión. Para ellos, aquella muchacha era una criminal. Tampoco mis apasionadas protestas consiguieron llegar a sus corazones, y al oír la fría respuesta de sus labios, mi propio ardor se trocaba en impotencia y mi confesión moría antes de ser pronunciada. Si hubiese hablado me habrían considerado un loco y la sentencia no hubiera sido revocada. Así fue como Justine murió, como un vulgar asesino, en el patíbulo.

En medio de mis propias torturas sufría también las de mi querida Elizabeth. Yo era el culpable de todo esto y de que mi padre perdiera su felicidad. Todo era fruto de mis malditos actos, de mis manos tres veces malditas. ¡Llorad, llorad queridos míos! ¡No serán éstas las últimas desgracias que sufriréis! El sonido de vuestras lamentaciones inundará de nuevo vuestro hogar. Frankenstein, yo, tu hijo, el primogénito de tu sangre y tu mejor y más amado amigo, aquel que por ti derramaría la última gota de su sangre, aquel que no desea ver más que la felicidad reflejada en tu rostro, aquel que inunda el aire de bendiciones para ti y desearía pasarse la vida sirviéndote, yo te pido, ¡oh paradoja!, que llores, te condeno a que derrames lágrimas para que el destino se sienta así satisfecho. Y si la paz inalterable de la tumba acaba con tus tormentos, ello significará que habré cumplido con la misión funesta que me fue dada en la tierra.

Así se expresaba mi alma. Estas eran las profecías que proclamaba mi mente, herida por el remordimiento, mientras yo contemplaba cómo mi padre, todos mis seres queridos, lloraban su vano dolor sobre las tumbas de William y Justine, primeras e inocentes víctimas de mis demenciales obras.

Capítulo IX

Nada causa tanto pesar al espíritu humano como el que, después de una rápida sucesión de acontecimientos que le llevan a un estado de congoja, se sucedan la mortal calma de la inacción y la certeza de lo irremediable, condiciones que le privan de experimentar tanto el miedo como la esperanza. Justine había muerto, descansaba en paz mientras yo vivía, y aunque la sangre circulara libremente por mis venas, el peso de los remordimientos me oprimía constantemente hasta dejarme sin aliento. Me era imposible conciliar el sueño y vagaba como un alma en pena, como un fantasma obligado a errar sin descanso por causa de unos agravios que superaban en horror a todo lo imaginado hasta entonces. Y lo que era todavía el peor de los tormentos, yo estaba completamente convencido de que muchas más cosas habían de suceder todavía. A pesar de ello, mi corazón estaba sediento de amor y henchido de bondad. Había comenzado mi vida con un propósito bien determinado, el de llegar a ser una persona útil a mis semejantes; pero ahora estos propósitos, estos castillos en el aire, habían sido destruidos. Los remordimientos y una sensación de culpabilidad que me tenían sumido en un infierno imposible de describir con palabras eran lo único que me quedaba. ¡Ah! ¿Dónde estaba la calma de espíritu, la serenidad de conciencia que me hubiera permitido contemplar el pasado con satisfacción y encontrar nuevas esperanzas en las cuales creer?

Este estado de ánimo repercutió desfavorablemente en mi salud, acaso porque no me había repuesto todavía del primer choque sufrido. Volvía a evitar todo trato humano con mis semejantes, y cualquier manifestación de regocijo me resultaba insoportable. Lo único que mitigaba mi pesar era el completo aislamiento, tan parecido a la muerte, en el que me refugiaba.

—Víctor —me dijo un día mi padre, que observaba con pena los cambios operados en mí, y se esforzaba en inspirarme fortaleza con sus serenos argumentos—, ¿acaso crees que yo no sufro por la muerte de ese hijo? Nadie ha podido querer a un hijo como yo quería a tu hermano... Pero tenemos la obligación de esconder nuestro dolor para no aumentar el de los que nos rodean. Y ello es también un deber para con nosotros mismos, puesto que una pena excesiva impide cualquier posibilidad de consuelo y perfección, además de hacernos olvidar nuestras tareas cotidianas... Un hombre que desea ocupar un sitio en la sociedad no puede caer en estos errores...

Mientras así me hablaba, las lágrimas acudían a sus ojos y a duras penas podía retenerlas. No obstante, sus palabras no eran aplicables a mi caso particular. Desde luego, hubiera tenido que ser el primero en ocultar mis sufrimientos; pero el terror y el remordimiento me mantenían constantemente alarmado. Lo único que me quedaba por hacer era ocultarme de la vista de mi padre y responder a sus palabras con una mirada de desesperación.

Por aquel entonces nos fuimos a vivir a nuestra propiedad en Belrive. Ese cambio me agradó, pues el que cerrasen las puertas de la ciudad a las diez de la noche me impedía quedarme en el lago, lo cual había convertido mi estancia en Ginebra en un verdadero suplicio. Ahora, ya en nuestra casa, cuando mi familia se retiraba a descansar yo permanecía en medio del lago con mi barca. Algunas veces izaba las velas y me dejaba llevar por la brisa, mientras que en otras ocasiones remaba hasta el centro del lago y luego permitía que la embarcación siguiera su curso, conducida por la corriente de las aguas, al tiempo que yo me dedicaba a mis tristes reflexiones. Muchas veces sentí la tentación de arrojarme al agua para que ésta cubriera mi cuerpo, guardando así mi secreto; tal idea me asaltaba especialmente en los momentos en que la calma reinaba en todo el lago, calma que únicamente se interrumpía por el vuelo de algún murciélago o el croar de las ranas. Sin embargo, al pensar en Elizabeth, a quien amaba tiernamente y cuya existencia estaba ligada a la mía, no me atrevía a cumplir mis propósitos. Entonces pensaba también en mi padre y en Ernest, mi otro hermano, y me decía si era posible dejarlos, con mi deserción, a merced del monstruo que yo había creado.

Estas reflexiones me hacían llorar amargamente, y mi único deseo era recobrar la paz para ofrecer a todos aquellos seres queridos el consuelo y la alegría. Pero ello no era posible, pues el remordimiento aniquilaba mi más pequeña esperanza. Yo era el autor de unos males que, aun sin haber ocurrido, eran inevitables. Y esto me hacía vivir en el temor de que el monstruo llegara a cumplir cualquier nueva iniquidad. Presentía que no todo había acabado y que volvería a cometer un nuevo crimen cuya enormidad borraría el recuerdo de los dos primeros. Mientras en la tierra hubiera uno sólo de los seres que yo amaba, tendría que esperar siempre lo peor; este pensamiento hacía rechinar mis dientes y brillar en mis ojos un destello asesino. Un solo anhelo me animaba: el de poder destruir a la inmunda criatura, vengando así las vidas de William y Justine.

Nuestra casa se había convertido en la casa del dolor. La salud de mi padre se había quebrado por el horror de los acontecimientos vividos, y Elizabeth estaba completamente abatida, siendo incapaz de encontrar placer alguno en sus ocupaciones cotidianas. Cualquier goce le hubiera parecido una profanación, un sacrilegio cometido contra la memoria de los muertos. En una palabra, había dejado de ser la luminosa criatura que en mi juventud corría conmigo por las orillas del lago y quedaba extasiada ante el maravilloso futuro que se le ofrecía. Había sufrido su primera pena, apagándose por causa de ella su radiante sonrisa y el brillo de sus claros ojos.

—Cuando pienso, querido Víctor, en la miserable suerte sufrida por Justine Moritz —me decía—, no me es posible contemplar el mundo con los mismos ojos que antes. En otro tiempo, al leer o escuchar los relatos que se hacían sobre el vicio o la injusticia, nunca creí que fueran realidades, sino simples fantasías de épocas pasadas o de seres imaginarios. Pero ahora que el dolor ha tomado posesión de nuestro hogar, veo en los hombres a monstruos sedientos de la sangre de sus semejantes. Quizá éste sea un juicio injusto. Todos estaban persuadidos de que la pobre muchacha era culpable, y si realmente hubiera cometido el crimen por el que subió al patíbulo, se habría demostrado como la más depravada, la más despreciable de las criaturas humanas. ¡Asesinar al hijo de su protectora, a un niño que ella misma había criado y al que consideraba como algo suyo, solamente por una joya! Aunque no me es posible admitir la muerte de un ser humano, en este caso yo no hubiera considerado que ella fuese digna de vivir en sociedad con sus semejantes. Pero era inocente. Lo sé, lo siento, y tú me lo confirmas. ¡Ay, querido Víctor! ¿Cómo es posible que la falsedad y la mentira sean tan parecidas a veces? ¿Quién puede estar seguro de un mínimo de felicidad? Siento como si caminara por el borde de un precipicio, teniendo detrás mío a una multitud que intenta empujarme hacia el vacío. ¡William y Justine han sido asesinados mientras su verdugo, el asesino, conseguía escapar! Incluso es posible que ese monstruo se halle entre nosotros y sea respetado por todos. Aunque la muerte en el patíbulo fuese el fin destinado a mi vida, por nada del mundo cambiaría mi ser por el de una persona tan abyecta.

Sus palabras eran mi agonía. De hecho, el verdadero criminal era yo. Elizabeth al ver la angustia reflejada en mis ojos, me cogió suavemente de la mano y dijo:

—¡Mi más querido amigo! Tienes que recobrar la calma. Dios es el único que sabe cuan profundamente me han afectado estos sucesos, pero no me siento tan desgraciada como tú. A veces veo en tu rostro una expresión de desespero y de venganza que me hace temblar. ¡Querido Víctor! Aleja de ti esas malas pasiones, cuida de los que te rodean, de quienes han depositado en ti su confianza. ¿Es que hemos perdido por completo el poder de hacerte feliz? Víctor, en tanto nos amemos, mientras seamos sinceros unos con otros en esta hermosa tierra, en tu país natal, nuestra esperanza de recuperar la paz no será defraudada. ¿Qué es lo que puede turbar nuestra existencia?

Tales palabras, pronunciadas por alguien que yo amaba por encima de cualquier otra persona en este mundo, no fueron suficientes para alejar al mal espíritu que se albergaba en mi corazón. Mientras la oía hablar, me sentía atraído hacia ella con el extraño presentimiento de que el destructor de mi serenidad intentaría arrebatármela.

Como podrás ver, ni la ternura de la amistad, ni la belleza de la tierra y el cielo podían apartar a mi alma del dolor. Ni siquiera los sentimientos amorosos que experimentaba producían ningún efecto. Me encontraba en medio de una oscura nube a la que ninguna influencia podía disipar. Una imagen perfecta de lo que yo era en aquellos momentos podría muy bien ser la del ciervo herido, que arrastra su cuerpo desfallecido hasta su escondrijo para morir, y que contempla con horror la flecha que le ha atravesado.

Algunas veces conseguía dominar mi desesperación; pero, en general, el torbellino de las pasiones que me consumían me obligaba a buscar en el cansancio físico reposo para mis sensaciones. Fue durante uno de estos accesos cuando abandoné mi casa, encaminándome hacia los valles alpinos en busca de la magnificencia de aquellos paisajes y creyendo que allí podría olvidarme de mí mismo. Me dirigí al valle de Chamonix, lugar que tanto había visitado en mi juventud. Sólo me separaban seis años de aquel pasado y yo me había convertido en una ruina humana, mientras todo lo que veía permanecía inalterable.

La primera parte del viaje la hice a caballo, que luego cambié por una mula, debido a la dureza de los caminos. El tiempo era bueno; corría el mes de agosto, y habían transcurrido casi dos meses desde la muerte de Justine, fecha en la que mis desgracias volvieron a revivir. El peso que encorvaba mis espaldas parecía aligerarse a medida que iba penetrando en el profundo barranco de Arve. Estaba rodeado por inmensas montañas y rocas escarpadas. El rumor del río y el estruendo de las cascadas evocaban en mí un poder casi todopoderoso. Dejé de temer, y decidí no rendirme más que delante del ser omnipotente que había sido capaz de crear aquella grandeza y dirigir los elementos que se ofrecían a mi vista, con la más avasalladora de las imaginaciones. A medida que descendía, el paisaje aparecía con un aspecto más asombroso todavía: castillos en ruinas colgando al borde del precipicio, cabañas de madera asomando entre los árboles, bosques de pinos, el impetuoso Arve..., todo ello aumentado, si cabe, por la majestuosa belleza de los Alpes, con sus crestas nevadas y sus agudos picos, que parecían pertenecer a otro mundo habitado por otra raza.

Crucé por el puente de Pélissier, encima del barranco que forma el río, y empecé a subir la colina. Al poco rato penetraba en el valle de Chamonix, más maravilloso que el de Servox, aunque no tan sonriente y alegre. Las altas y nevadas montañas que lo rodean son su límite y sustituyen los castillos en ruinas y los campos labrados que embellecían el interior. Inmensos glaciares descendían hasta el borde del camino, e incluso pude oír el estruendo de un alud y admirar las nubes de vapor que se forman a su paso. El Mont Blanc, el supremo e inmenso Mont Blanc, se alzaba muy por encima de las demás *aiguilles* y su tremenda *dôme* dominaba todo el valle.

Un estremecimiento de placer, que haría tiempo no había experimentado, sacudió mi cuerpo varias veces durante esta hermosa jornada. Un lugar que se descubría a mis ojos súbitamente, un recodo del camino, cualquier cosa me hacía recordar los días pasados y mis alegrías de chiquillo. La brisa susurraba a mi oído murmullos reconfortantes, y la naturaleza impedía que las lágrimas aflorasen a mis ojos. Sin embargo, esta dulce influencia cesaba de pronto, inesperadamente, sumiéndome de nuevo en la desesperación, en la miseria de mis amargas reflexiones. Entonces espoleaba mi montura, intentando huir de tan sombrías meditaciones, de mis lágrimas y sobre todo de mí mismo, o bien descabalgaba y me arrojaba en la hierba, agobiado por mis sensaciones.

Cuando llegué al pueblecito de Chamorüx, estaba agotado por la fatiga tanto de cuerpo como de alma. Permanecí durante algún tiempo detrás de la ventana de la habitación que había alquilado para pasar la noche, contemplando los relámpagos que chispeaban en la cima del Mont Blanc y escuchando el murmullo del Arve que, impasible, proseguía su curso. Estos mismos sonidos me calmaron y cuando reposé mi cabeza en la almohada me sumí en un profundo sueño, no sin antes agradecer el olvido que iba a proporcionarme.

Capítulo X

Pasé el día siguiente deambulando por el valle. Me detuve bastante tiempo en las fuentes del Arveiron, río que toma sus aguas de un glaciar que se desliza con suavidad desde las cimas, como si quisiera separar el valle del resto del paisaje. Delante mío se elevaban los flancos de las gigantescas montañas, y la muralla que formaba el glaciar brillaba sobre mi cabeza. Los pocos pinos que había estaban bastante maltrechos y se diseminaban con irregularidad por el valle. El silencio sobrenatural en el que estaba sumido este impresionante palacio natural, tan sólo era roto esporádicamente por la caída de algún pedazo de hielo, por el retumbar de los aludes o por el crujido de los bloques helados al agrietarse una y otra vez cual juguete de las fuerzas invencibles de la naturaleza. Contemplar aquel sublime espectáculo me proporcionó el mayor consuelo que mi mente podía desear, y me elevó por encima de la mezquindad de los sentimientos humanos; aunque no consiguió desembarazarme de mi dolor, sí que contribuyó a menguarlo, y también me ayudó, en cierto modo, a distraer mi imaginación de los sombríos pensamientos que la habían embargado durante el último mes. Así pues, cuando aquella noche me retiré a descansar, mi sueño estaba protegido por la grandeza de las montañas que había contemplado durante el día, por la inmensidad de los valles nevados, por los bosques de abetos, por los desnudos barrancos y el rugir del río.

Pero, ¿por qué habían desaparecido todas aquellas sublimes imágenes cuando me desperté al día siguiente? En efecto, todas aquellas visiones que podían fortalecer mi espíritu se desvanecieron al amanecer, y entonces una profunda melancolía volvió a adueñarse de mis pensamientos. Aquella mañana caía una espesa lluvia que, junto con la niebla, parecía querer impedirme contemplar de nuevo a mis recientes amigos. ¿Pero qué podía suponer para mí la lluvia, cuando deseaba ardientemente ir en su busca a través del vestido de nubes que los ocultaba? Así pues, hice ensillar mi mula y emprendí el ascenso del Montanvert. Todavía figuraba en mi memoria la impresión que recibí al contemplar por vez primera el inmenso glaciar en perpetuo movimiento. En aquel momento, mi alma se había extasiado hasta un grado tal, que recuerdo haberme remontado desde el oscuro mundo en que me hallaba hasta la luz y la alegría. La contemplación de la grandiosidad de la naturaleza siempre confirió nobleza a mis pensamientos, haciendo que olvidara las preocupaciones cotidianas. Por eso ahora, como era buen conocedor del camino y la presencia de un guía hubiera destruido la magnificencia del lugar, decidí ir solo.

El camino de subida es muy empinado, pero el sendero está tallado en zig zag, permitiendo al viajero escalar con bastante facilidad y vencer la perpendicularidad del monte. A mis ojos se ofrecía un panorama de auténtica desolación. Aquí y allá podía contemplar los restos de aludes que, a su paso, habían derribado árboles, destruyendo unos y torciendo dolorosamente otros. Conforme se va ascendiendo, el camino va cruzando pequeños barrancos por los que constantemente caen piedras, y donde el menor ruido produce el alud de las nieves. Los pinos que se encuentran son sombríos y algo raquíticos, todo lo cual contribuye a ensombrecer el lugar. Miré el valle, y pude ver que la espesa niebla procedente del río lo había hecho desaparecer, llegando incluso a enroscarse alrededor de los montes de la vertiente opuesta. La lluvia seguía cayendo y aumentaba la melancolía de todo lo que me rodeaba. ¿Por qué razón el hombre se vanagloria de poseer una sensibilidad superior a la del bruto? Si nuestros impulsos se limitaran al hambre, la sed y el deseo, seríamos casi libres; pero nos conmueve la más ligera brisa, y tan sólo una palabra o la imagen que ésta despierta en nosotros, inquieta nuestro espíritu.

Descansamos, y un ensueño tiene el poder de envenenar nuestro sueño.

Despertamos, y un vago pensamiento quizá nos estropeará toda la jornada.

Sentimos, concebimos o razonamos; reímos o lloramos;
abrazamos contentos un dolor o alejamos de nosotros la zozobra.

Es lo mismo, porque sea pena o alegría,
el sendero de su olvido permanece siempre abierto.

El ayer del hombre nunca podrá ser igual a su mañana.

¡Nada es perdurable sino la mutabilidad!

Era ya casi mediodía cuando llegué al fin de mi ascensión; me senté en una roca, desde donde dominaba el mar de hielo. La niebla continuaba envolviéndolo todo, pero una brisa que se levantó en aquel momento alejó a las nubes y pude descender hasta el glaciar. Éste era muy irregular, y su superficie se asemejaba a las olas de un mar revuelto; descendía muy baja, intercalándose con rocas y cruzando por profundas grietas. Necesité casi dos horas para atravesarlo, aunque apenas tiene una legua de ancho. Al otro lado se erguía, desnuda, la montaña. Frente a mí estaba el Montanvert, y a una cierta distancia se levantaba, inmenso y abrumador, el Mont Blanc. Me deslicé hacia una hoquedad de la roca y permanecí allí un buen rato contemplando el paisaje. Mi corazón, poco rato antes dominado por el dolor, se conmovía ahora con un sentimiento muy parecido al gozo, que me hizo exclamar:

—¡Espíritus errantes! Si en verdad sois libres de marchar de un lado a otro, concededme un poco de esa ligera felicidad o llevadme con vosotros como compañero, lejos de las alegrías de la existencia.

No acababa de decir esto, cuando vi a un hombre que avanzaba hacia mí con una velocidad sobrehumana, sorteando con gran facilidad las mismas resquebrajaduras del hielo sobre las que yo había andado con tanto cuidado. A medida que se acercaba su estatura adquiría proporciones anormales. Los ojos se me nublaron y estuve a punto de desfallecer, pero el frío cortante impidió que perdiera el sentido y me reanimó rápidamente. Cuando aquel hombre estaba ya muy cerca de mí pude ver, ¡terrible visión!, que se trataba del monstruo a quien yo había dado vida. Temblé de ira y de horror, y me decidí a esperarle para entablar una lucha mortal con él. Su rostro expresaba una amarga angustia, que se entremezclaba con desdén y maldad, y su fealdad, ultraterrena, le hacía demasiado espantoso para que los ojos humanos pudieran contemplarle. Apenas me di cuenta de sus rasgos, y la rabia y el odio me privaron por un momento del habla; cuando por fin pude recobrarme, le expresaba lo mucho que le detestaba y despreciaba.

—¡Ser demoníaco! ¿Cómo osas acercarte a mí? ¿Acaso no temes que caiga sobre tu cabeza la terrible venganza de mi brazo? ¡Aléjate, insecto vil! ¡O mejor quédate, para que pueda reducirte a polvo! ¡Oh! ¡Si pudiera poner fin a tu inmunda existencia y devolver así la vida a quienes tan miserablemente has asesinado!

—Esperaba una acogida semejante por tu parte —dijo el monstruo—. Todos los hombres odian a un ser desgraciado. ¡Cuánto debes odiarme a mí, miserable entre los miserables seres vivos! Tú, mi creador, rechazas tu propia obra, me rechazas a pesar de estar ligado a mí por vínculos que sólo se romperán con la muerte de uno de nosotros. Acabas de decir que tienes intención de matarme... ¿Cómo puedes disponer de una vida así como así? Cumple antes el deber que tienes para conmigo y yo cumpliré con el mío, hacia ti y hacia el resto de la humanidad. Si llegamos a un acuerdo, te dejaré en paz a ti y a los tuyos; pero si te niegas, haré trabajar a la guadaña de la muerte hasta que ésta se haya embriagado con la sangre de quienes te quieren.

—¡Monstruo aborrecible! ¡Ser criminal! Las torturas del infierno son demasiado suaves para vengar tus crímenes. ¡Demonio despreciable! Maldigo el día que te creé. ¡Ten para que pueda extinguir la llama de vida que en un momento de delirio hice descender sobre ti!

Así diciendo, salté sobre él movido por un odio ciego y por el deseo de ver destruido al monstruo, pasiones ambas que pueden levantar el brazo de un ser humano contra otro. Me eludió con gran facilidad y me dijo:

—¡Cálmate! Te ruego me escuches antes de dar rienda suelta a tu odio. ¿Acaso no he padecido yo lo indecible para que tú vengas a aumentar estos sufrimientos? Amo la vida, pese a que no es más que un cúmulo de angustias, y la defenderé. Recuerda que tú has sido quien me ha hecho más poderoso que un hombre cualquiera; mi talla es superior y mis músculos más flexibles, pero no por eso voy a luchar contra ti. Soy tu criatura y te debo sumisión y afecto, dos cosas que daré a mi señor si él no es remiso a cumplir con sus deberes para conmigo. ¡Oh, Frankenstein! No seas ecuánime con todos menos conmigo; me debes justicia, clemencia y afecto. Eres quien me ha creado y yo debería ser como tu Adán; pero por desgracia soy el ángel caído, y me privas sin motivo alguno de la alegría que tienen los otros seres creados. Veo, allá donde voy, una felicidad de la que me siento excluido. Cuando me creaste era dulce y bueno, pero los sufrimientos han hecho de mí lo que soy: un enemigo. Dame, pues, la felicidad, y seré virtuoso de nuevo.

—¡Aléjate de mí! ¡No quiero escucharte! No hay ningún lazo de unión entre tú y yo, somos enemigos irreconciliables. Márchate o deja que midamos nuestras fuerzas en una lucha que destruirá a uno de los dos.

—¿Cómo podría llegar a tu alma? ¿No hay palabras suficientes para hacerte comprender que debes volver tus ojos hacia una criatura, tu propio hijo, que te implora bondad y compasión? Créeme, Frankenstein, mi alma era amorosa; pero, no ves que estoy irremisiblemente solo? Si hasta tú, mi creador, me aborreces, ¿qué crees que puedo esperar de tus iguales, que nada me deben? El desprecio y el miedo es lo que experimentan ante mí; tan sólo los glaciares y las altas montañas son mis compañeros, mi refugio. Hace días que ando por estas soledades, viviendo en grutas heladas; son el único sitio donde me siento seguro, los únicos parajes que el hombre no me niega. El cielo gris, la nieve, todo esto, merecen mi respeto y mi adoración porque me tratan con más consideración que tus propios semejantes. Si las gentes supiesen de mi existencia harían lo mismo que tú: levantarían su brazo contra mí. ¿No crees que es lógico que yo, a mi vez, les corresponda con el mismo odio que ellos me tienen? ¿Cómo puedo ser benevolente con mis enemigos? Soy un ser desgraciado, y ellos compartirán mis sufrimientos. No obstante, en tus manos está el liberarme de este padecimiento y librarlos a ellos de un mal que tú harás tan grande como quieras. Y no sólo a tu familia, sino a muchos otros hombres que ni tan siquiera conoces y que perecerán en el frenesí de mi ira vengadora. ¡Deja actuar a la compasión y no me desprecies así! Escucha mi relato, y cuando lo hayas hecho abandóname o compadéceme según creas en él o no. Pero, por favor, ¡escúchame! Hasta los condenados a muerte tienen derecho a ser oídos; las leyes de los hombres, a pesar de lo sangrientas que son, no le niegan esta oportunidad de defenderse antes de la condena. ¡Frankenstein, tú me acusas de ser un asesino, y sin embargo, cometerías un crimen, con la conciencia libre de remordimientos, en la persona del ser que creaste! ¡Alabemos la eterna justicia del hombre! No te estoy pidiendo tu perdón, sino que sólo quiero que me escuches y que luego, si puedes y quieres, destruyas tu trabajo con tus propias manos.

—¿Por qué reavivas mis recuerdos? —le respondí—. ¿Por qué traes a mi memoria unas circunstancias que, sólo pensar en ellas, me hacen temblar? ¡Maldigo una y mil veces el día en que tus ojos se abrieron a la vida! ¡Maldigo las manos que te han creado! Me has convertido en el hombre más desgraciado que hay sobre la tierra, me has incapacitado para juzgarte con justicia. ¡Vete! ¡Libra mi vista de tu asquerosa figura!

—Así lo haré, creador mío —dijo él, colocando una de sus aberrantes manos sobre mi hombro, que yo aparté con violencia—. Tan sólo deseo que me escuches, y entonces te libraré de una visión que aborreces. Por las virtudes que una vez me caracterizaron te pido esto: escúchame, oye mi relato, que es largo y extraordinario. Pero la temperatura que reina aquí no es lo que más conviene a tu salud, ya tan débil. Ven a la cabaña que tengo en el monte. El sol está todavía alto, y antes de que se oculte para ir a iluminar otros rincones del mundo, habrás oído mi relato y podrás tomar una decisión. De ti depende que abandone estos lugares tan próximos al hombre para emprender una existencia pacífica, o el que me convierta en el azote de la humanidad y en el autor de tu inmediata destrucción.

Comenzó a cruzar el campo de hielo y yo le seguí. Mi corazón latía apresuradamente. No sabía qué responder a sus manifestaciones y ruegos. Mientras andaba, fui considerando los distintos argumentos que me había expuesto, y decidí escuchar sus quejas. En parte me movía la curiosidad, pero también es cierto que sentía un alto grado de compasión. Hasta entonces había creído que él era el criminal autor de la muerte de William, y pensé que al fin saldría de dudas al oírle desmentir o confirmar mi suposición. Por vez primera me di cuenta de la responsabilidad que debe tener un creador para con su criatura, y de que, antes de quejarme de sus maldades, mi obligación era hacerle feliz. Todos estos motivos contribuyeron con mucho a modificar mi actitud para con él. Seguimos andando. El aire era frío y la lluvia caía con pertinaz insistencia. Penetramos al fin en su cabaña y, una vez allí, el monstruo manifestó su orgullo mientras yo caí en el anonadamiento más completo. Pero seguía estando dispuesto a escucharle. Me senté junto al fuego que mi odioso compañero había encendido, y me dispuse a escuchar todo cuanto tuviera que decirme.

Capítulo XI

«Con grandes dificultades puedo recordar la primera parte de mi existencia, puesto que todos los acontecimientos de aquella época se reproducen en mi mente con paradójica confusión. Me acuerdo de que una extraña multiplicidad de sensaciones se apoderó de mí. Podía ver, oír y oler sin que distinguiese estas sensaciones entre sí. También me acuerdo de que hubo un momento en el que una luz excitó mis nervios hasta el punto de obligarme a cerrar los ojos, y que la oscuridad que se produjo me asustó. Apenas había cerrado los ojos, los volví a abrir y la luz me cegó de nuevo. Pero, ya no me molestaba. Me levanté y empecé a caminar, creo que bajé una escalera, lo cual me produjo nuevas sensaciones. Hasta entonces había estado rodeado de cuerpos oscuros que para mí eran imperceptibles; pero de pronto, descubrí que podía andar libremente de un lado para otro, sin tropezar con obstáculos que no pudiera vencer. La luz llegó a serme tan opresiva, y su calor tan insistente, que me vi obligado a buscar la oscuridad. Luego he sabido que me tendí a descansar en un bosque próximo a Ingolstadt, hasta que la sed y el hambre me atormentaron. Busqué alimento en las moras silvestres y apagué mi sed en un riachuelo. Luego, volví a tener sueño y me tendí para descansar hasta quedarme dormido.

«Cuando desperté estaba muy oscuro y me atemoricé al encontrarme solo y transido de frío. Ya antes había abandonado tu casa con esta misma sensación, viéndome obligado a apropiarme de algunas ropas que eran obviamente insuficientes. Me sentí una pobre criatura desamparada y desgraciada, que nada sabía ni conocía a nadie, y dominada por un malestar tan grande que acabé por sentarme a llorar de angustia.

«Poco después, empezó a extenderse una claridad que iluminó el cielo, produciéndome con ello una sensación de placer. Levanté la cabeza para ver qué era aquello, y pude distinguir como un disco elevándose entre los árboles (la luna). Lo estuve observando en medio de mi asombro, hasta que comprobé que la claridad que despedía me permitía ver todo lo que había a mi alrededor. Entonces me puse a buscar moras otra vez para comer algo. Tenía todavía mucho frío, pero al pie de un árbol encontré un capote del que me apoderé para abrigarme. Mi mente era un torbellino de confusiones; todavía estaba lejos de poder discernir, aunque apreciaba la luz y la oscuridad, sentía hambre y sed, podía oír los innumerables ruidos que llegaban hasta mí y oler los distintos perfumes que despedían los bosques.

«Después, se sucedieron varios cambios, de la oscuridad a la claridad, hasta que pude notar cómo la duración de la oscuridad había disminuido grandemente. Insensiblemente, comencé a distinguir con nitidez el arroyo junto al cual me había acostado y la silueta de los árboles que me protegían. Descubrí también y con no poca alegría, que los ruidos que me asaltaban de vez en cuando procedían de la garganta de unos animales cubiertos de plumas que, en más de una ocasión, habían interceptado la luz. Empecé a percibir con más detalle las formas de lo que me rodeaba, e intenté determinar los límites de la bóveda de luz que se extendía sobre mi cabeza. Creo que incluso probé a imitar los sonidos de los pájaros; pero fue inútil porque la rudeza y aspereza de los sonidos que pude pronunciar me asustaron y me callé.

«La luna desaparecía y volvía a mostrarse algún tiempo después, mientras yo seguía en el bosque. Por fin pude reconocer cada una de mis sensaciones dándome cuenta de que mi mente recibía cada día otras nuevas. Mis ojos distinguían ya los insectos de las briznas de hierba y también unas matas de otras. Y en cuanto a mi oído, aprendió que el gorrión emite sonidos ásperos, mientras que el mirlo y el tordo producen un cantar dulce y agradable.

«Un día en que el frío me acosaba más de lo que hasta entonces lo había hecho, descubrí un fuego que, sin duda, había sido abandonado por unos leñadores, y percibí la sensación del calor. Lleno de alegría, metí la mano en él pero la retiré al instante, con un grito de dolor. ¡Qué extraño me pareció que una cosa pudiera ofrecer dos efectos tan distintos! Vi que aquel fuego había sido hecho con trozos de madera, y rápidamente intenté encender uno; pero las ramas estaban mojadas y no podían arder. Me desanimé. Luego me senté para ver cómo era posible que aquello sucediese y vi que poco a poco las ramas mojadas que yo había colocado junto al fuego se secaban y comenzaban a arder también. Esto me llevó a reunir ramas para ponerlas a secar y poder tener así con qué calentarme. Por la noche, temiendo que el fuego se extinguiera, lo cubrí con ramas secas que tapé con hojas húmedas, y extendí en su proximidad mi capote para disponerme a dormir.

«Cuando desperté ya era de día. Lo primero que hice fue ver si el fuego estaba apagado; lo destapé, y un vientecillo suave hizo que surgiesen otra vez llamas de él. Observando este fenómeno pensé en que necesitaba también aire para mantener el fuego, por lo que junté algunas hojas en forma de abanico, que utilicé para animar las brasas cuando estaban a punto de apagarse. La noche me enseñó que el fuego, además de dar calor, iluminaba cuanto había a mi alrededor, así como que los residuos abandonados por los viajeros habían sido asados con el fuego y sabían mejor que las moras que yo comía. Por lo tanto, coloqué sobre las brasas esos frutos, pero me quedé muy desilusionado al descubrir que se estropeaban. Sin embargo, no me desanimé, pudiendo comprobar pronto que a las nueces y raíces que había puesto al fuego, junto con las moras, no les ocurría lo mismo, sino todo lo contrario.

«No obstante, el alimento fue escaseando y me pasaba el día entero buscando en vano algunas bellotas con que calmar mi hambre. Como me era difícil continuar sin comer, decidí abandonar el lugar para buscar un sitio que pudiera serme más habitable. Entonces se me planteó el problema de prescindir del fuego, que había descubierto casualmente y que no podía volver a producir, puesto que no sabía como hacerlo. Pasé varias horas dedicado a considerar este inconveniente tan grave para mí, pero tuve que desistir de todo intento de proporcionármelo. Así fue como me dirigí hacia el sol poniente, cruzando el bosque. Caminé durante tres días, hasta que llegué a un campo que la nieve había cubierto y que ofrecía un aspecto desolador. Mis pies estaban helados por causa de aquella sustancia blanca, fría y húmeda, que cubría el suelo.

«Serían las siete de la mañana, y yo necesitaba urgentemente encontrar con qué alimentarme y donde guarecerme. De pronto, un poco lejos todavía, divisé una cabaña que parecía el refugio de algún pastor. Aquello fue una nueva experiencia. Al llegar, me dediqué a examinar con curiosidad como estaba construida. Toqué la puerta y ésta cedió a mi presión, por lo que entré en el interior de la choza. Había un hombre sentado junto al fuego, sobre el que se cocía alguna cosa. Al entrar yo, se volvió y lanzando un grito de terror salió corriendo hasta cruzar el campo, a una velocidad que parecía increíble dado lo achacoso de su aspecto. Era un ser distinto de los que estaba acostumbrado a ver hasta entonces, y tanto su huida como su aspecto me desconcertaron un poco. No obstante, la choza me pareció una maravilla, pues evitaba que continuara mojándome y pasando frío. Tanto me gustó el lugar, que lo consideré como los diablos infernales debieron considerar el Pandemónium después de sufrir en el lago de fuego. Devoré ansiosamente la comida del pastor, compuesta de pan, queso, leche y un poco de vino, aunque este último no me agradó, y vencido al fin por el cansancio de la larga caminata, me dormí sobre un montón de paja que había en un rincón.

«Cuando desperté era ya mediodía. Animado por el calor que daba el sol, me decidí a proseguir mi marcha. Puse los restos de la comida en un zurrón que encontré, y avancé por campos y más campos durante varias horas, hasta que, a la caída del sol, llegué a un minúsculo pueblo. ¡Qué lindo me pareció aquello! Las cabañas, los hotelitos más acomodados y las grandes mansiones, me llevaron de asombro en asombro. Podía ver las plantas de los jardines, las verduras de los huertos, los quesos y los jarros de leche dispuestos en los alféizares de muchas de las casas, cosas estas que despertaron mi apetito. Penetré en una casa que me pareció muy hermosa, pero apenas puse el pie en el umbral, unos chiquillos que allí jugaban empezaron a gritar aterrados, y una mujer que estaba con ellos se desmayó. Ante tal griterío acudieron los vecinos, y mientras unos huían enloquecidos, otros me atacaron con palos y piedras hasta que, malherido, tuve que huir en busca de refugio. Lo encontré en un cobertizo muy bajo, cuyo aspecto, comparado con el de las lindas casas, no me pudo parecer más horrible. Dicho cobertizo estaba construido pared por pared contra una cabaña de agradable aspecto; pero después de la experiencia anterior no quise entrar en ella. El lugar apenas me permitía permanecer sentado sin tener que agachar la cabeza, el suelo era de tierra, y el viento penetraba por las grietas de las paredes. Pero preferí quedarme allí antes que sentirme otra vez en medio de la lluvia y el frío.

«Así pues, me tumbé a descansar, considerándome afortunado por haber hallado un sitio, por miserable que éste fuese, que me protegería de las inclemencias del tiempo y, sobre todo, de la barbarie y crueldad de los hombres.

«Con las primeras luces del alba me deslicé fuera de aquel cuchitril, para poder inspeccionar el chalet y tratar de averiguar si me sería posible permanecer en el cobertizo sin ser visto por nadie. Mi refugio lindaba con una charca de agua clara por un lado, y con una pocilga por el otro, y yo me había introducido en él por uno de esos lados, que estaba abierto. Lo primero que hice fue tapar aquel agujero con piedras y barro, con objeto de que nadie pudiera verme, pero de forma que me fuese posible salir y entrar si así lo deseaba. La única luz que llegaba hasta mí era a través de la pocilga aunque esto me bastaba por el momento.

«Una vez arreglado mi alojamiento y después de haber recogido paja limpia, me escondí en su interior al ver acercarse a un hombre. El trato que de aquellos seres había recibido no era como para arriesgarse a estar de nuevo en su presencia. Por suerte, y en previsión de tal eventualidad, anteriormente me había aprovisionado de algunos alimentos, que conseguí en la cabaña, así como de una taza que me permitiera recoger el agua del arroyo que fluía junto a mi refugio. Mi escondite tenía la ventaja de estar justo al otro lado de la chimenea de la cabaña, por lo que la temperatura del lugar hacía tolerable mi estancia en él.

«Por el momento disponía de una habitación aceptable, y decidí permanecer en ella en tanto no se produjera algún acontecimiento que me obligase a cambiar tal determinación. Aquel cobertizo era un paraíso si se le comparaba con el desértico bosque que había sido mi residencia hasta entonces, donde la lluvia me había empapado y la humedad calado mis huesos. Consumí parte de los alimentos, y cuando estaba a punto de quitar los elementos de la improvisada puerta para salir en busca de agua, oí unos pasos. Miré por una rendija, y pude ver a una muchacha con un cubo en la cabeza, que pasaba por delante de mi escondite. La criatura en cuestión era de corta edad y su apariencia me pareció muy agradable, radicalmente distinta a la de los habitantes de las casas, así como también a la de las sirvientas de las granjas que después tuve ocasión de ver. Iba pobremente vestida, con sólo una falda de tela ordinaria y una chaquetilla de lienzo. Su pelo, rubio, lo llevaba trenzado, pero no ostentaba ningún adorno y su expresión era de tristeza y resignación a la vez. Desapareció de mi vista, y al poco rato la volví a ver pasar, con el cubo ahora parcialmente lleno de leche, caminando con dificultad debido al peso de su carga. Un hombre, joven también, cuyo aspecto parecía menos resignado que el de la muchacha, salió a su encuentro y después de pronunciar algunos murmullos en un tono que me pareció apesadumbrado, cogió el cubo y lo llevó hasta la cabaña. Ella le siguió, desapareciendo en el interior. Al poco rato, el joven volvió a salir portando unos extraños utensilios, y cruzó el campo que había detrás de la cabaña, mientras la muchacha se ocupaba, tan pronto fuera como dentro de la casa, en diversos trabajos.

«Me dediqué a examinar más atentamente mi alojamiento y descubrí que una de las ventanas de la cabaña, precisamente la que daba al cobertizo, había sido cubierta con algunas maderas. Pero en una de las tablas había una rendija por la que podía mirar.

al interior, y así lo hice. Pude ver una habitación limpia y blanqueada, casi desprovista por completo de muebles, en uno de cuyos rincones, cerca de un pequeño fuego, se sentaba un anciano con la cabeza apoyada en las manos, en actitud de desconsuelo. La muchacha arreglaba la casa. Cuando acabó de hacerlo, sacó algo de un cajón y se sentó al lado del anciano, moviendo las manos. El hombre asió un instrumento y supo arrancar de él unos sonidos más bellos que los que yo había podido oír en los ruiseñores o los mirlos. Incluso para mí, ¡pobre ser desamparado!, aquel fue un cuadro conmovedor como nunca me había sido dado contemplar. El cabello plateado del anciano, lo mismo que su aspecto benévolo, ganaron mi respeto; y en cuanto a la muchacha, su dulce acritud despertó en mí sentimientos de amor. El anciano continuó tocando, pero esta vez el aire dulce y triste de su melodía provocó lágrimas en la muchacha, de las que el hombre no se apercibió hasta que se convirtieron en un sollozo ahogado. Él emitió algunos sonidos mientras ella, dejando lo que sus manos sostenían, se arrodilló a sus pies. Luego, el anciano la levantó sonriendo con tanto afecto, que comencé a experimentar unas sensaciones desconocidas para mí. Lo que entonces me ocurrió fue una mezcla de dolor y placer que jamás había sentido antes, ni siquiera cuando sufría hambre, sed, frío o algo parecido. Me separé de la ventana, incapaz como me sentía de soportar por más tiempo tal emoción.

«Poco después de esta escena entró el joven, cargando sobre sus espaldas un haz de leña. La muchacha se le acercó y le ayudó a descargarlo, cogiendo después unas ramas para ir a colocarlas en el fuego del hogar. El joven se dirigió a un rincón de la cabaña, y volvió con una gran hogaza de pan y un pedazo de queso que ella recibió con satisfacción, saliendo luego afuera, donde arrancó del suelo plantas y raíces que luego colocó en un recipiente con agua sobre el fuego. La joven prosiguió con su tarea, en tanto que el muchacho salió afuera otra vez y estuvo un buen rato arrancando hierbas de la tierra.

«Mientras, el anciano había permanecido pensativo, aunque, según pude ver, al regreso de sus compañeros adquirió una expresión de alegría. Luego, todos juntos, se sentaron ante una mesa para disponerse a comer, acabando pronto con la frugal comida. La muchacha prosiguió con sus quehaceres dentro de la casa, y el anciano, cogido del brazo del joven, salió al sol y paseó durante un pequeño rato por delante de la cabaña. El contraste que ofrecían aquellas dos personas no podía superar en belleza a ningún otro. Una de ellas era vieja, su cabeza estaba rodeada por un halo de cabellos blancos y su rostro expresaba amor y benevolencia; la otra era esbelta y de movimientos graciosos, y su rostro estaba perfectamente modelado aunque sus ojos expresaran desaliento y desdicha. Cuando volvieron a la cabaña, el anciano se sentó otra vez junto al fuego y el joven salió de nuevo, llevando consigo unos útiles distintos de los anteriores, con los que se alejó a través del campo.

«Casi sin darme cuenta, la noche cayó sobre nosotros. Entonces pude ver cómo los habitantes de la cabaña conseguían mantener la luz dentro de ella mediante el uso de velas, lo que me produjo una inmensa alegría puesto que de este modo podría seguir observando a mis vecinos después de la puesta del sol. Los dos jóvenes se dedicaron a ocupaciones cuyo sentido era desconocido para mí, mientras que el anciano volvió a tocar el instrumento, reproduciendo aquellos sonidos que me habían fascinado antes. Cuando acabó, el joven estuvo durante un tiempo articulando unos sonidos monótonos, que en nada se parecían a los que el anciano extraía del instrumento, ni tampoco a los que yo conocía de los pájaros. Más tarde aprendería yo que no hacían otra cosa que leer en voz alta; pero por aquel entonces aún desconocía todo lo referente a la ciencia de las palabras y las letras.

«Al cabo de un rato de esta ocupación, los miembros de aquella familia apagaron las velas y según creí comprender, se retiraron a descansar.

Capítulo XII

«Al igual que ellos, me dispuse a descansar tendiéndome en la paja; pero no podía dormirme, pensando en los diversos acontecimientos acaecidos durante el día. Lo que más impresión me había causado era el suave comportamiento de aquellas personas, y hubiera querido unirme a ellos para ser un miembro más de su familia, pero no me atrevía a intentarlo porque me acordaba muy bien del trato que se me había dado la noche anterior por parte de los bárbaros habitantes del pueblecito. Estaba decidido, fuera cual fuese el curso que tomaran los acontecimientos, a permanecer en el cobertizo observando a mis vecinos e intentando descubrir y comprender las causas que determinaban sus acciones.

«Los habitantes de la cabaña se levantaron antes del alba. La muchacha se dedicó a arreglar la casa y a preparar el alimento, mientras que, después de tomar el desayuno, el joven se fue.

«El día transcurrió igual al anterior. El joven trabajaba fuera de casa y la muchacha hacía diversos trabajos dentro de ella. En cuanto al anciano, que pronto comprendí era ciego, pasaba la mayor parte de su tiempo meditando o dedicado a tocar aquel instrumento. Tanto el amor como el respeto que los jóvenes demostraban sentir por su venerable compañero parecían no tener límites, y todo cuanto por él hacían respiraba el mayor de los afectos, cariño que el anciano pagaba siempre con benévolas sonrisas.

«A pesar de todo, no parecían ser completamente felices. Los dos jóvenes se escondían a menudo en algún rincón para llorar, sin que yo pudiese comprender cuál era la causa de su dolor, lo cual no me impedía sentirme también afectado por su desgracia. Pensaba que si tan magníficas personas podían ser desgraciadas, era lógico que yo, ser imperfecto y solitario, lo fuese mucho más todavía. Pero, ¿por qué unos seres tan bondadosos podían sufrir así? Vivían en una hermosa casa, por lo menos así me lo parecía, y gozaban de la comodidad necesaria; tenían fuego para calentarse y alimento para comer, sus vestidos eran de buen tejido y, sobre todo, disfrutaban de una maravillosa compañía, podían hablar y cambiar miradas entre sí, y decirse palabras de afecto y bondad. Así pues, ¿qué significaban aquellas lágrimas? ¿Era dolor lo que significaban? Al principio me fue imposible responder a estas preguntas, pero el tiempo y la continua observación a que les sometí me dieron la explicación de muchas cosas que me habían sido imposibles de comprender.

«Pasaron muchos días antes de que descubriera que la pobreza era una de las razones de la tristeza de tan amable familia. Contrariamente a lo que había imaginado, el único alimento que podían ofrecerse eran los vegetales que les proporcionaba su huerto y la leche de una vaca que en invierno, precisamente cuando más la necesitaban, daba muy poca cantidad de ella. Creo que sufrían con mucha frecuencia periodos de hambre, en especial la pareja de jóvenes, pues a menudo les vi colocar alimentos ante el anciano mientras ellos permanecían sin comer nada.

«Esta manifestación de suprema bondad me afectó mucho, porque durante la noche yo acostumbraba robarles parte de la comida con la que cubrían sus necesidades, para atender yo a las mías propias. No obstante, cuando me di cuenta de que aquello les perjudicaba, dejé de hacerlo y empecé a alimentarme, una vez más, de moras, nueces y raíces que encontraba en el bosque vecino.

«Prosiguiendo con mis observaciones descubrí un modo de aliviar su malestar. Había podido ver cómo el joven empleaba gran parte del día en recoger leña para el fuego de la casa, así es que por las noches me apoderé de sus herramientas, cuyo uso aprendí muy pronto, y reuní leña suficiente para varios días.

«Recuerdo muy bien que la primera vez que hice esto, al abrir la puerta por la mañana, la muchacha demostró un gran asombro viendo ante la casa aquel enorme montón de leña. Lanzó tales exclamaciones que atrajo la atención de su compañero, quien al salir y ver aquello dio las mismas pruebas de asombro. Aquel día, el muchacho lo dedicó a realizar pequeñas reparaciones en la casa y a cultivar el huerto.

«Días más tarde hice aún otro descubrimiento, quizá más importante que el que acabo de contar. Me di cuenta de que aquellas personas se comunicaban entre sí por medio de unos sonidos especiales. Vi también que las palabras que pronunciaban provocaban pena o alegría en quien las escuchaba, o bien sonrisa o tristeza. Me pareció ésta una ciencia divina, que despertó en mí el afán de poseerla. No obstante, todos los intentos que hice me desconcertaron profundamente. Pronunciaban los sonidos rápidamente, y lo que decían no parecía tener relación alguna con objetos tangibles. No había, por tanto, ningún indicio por el que averiguar la clave de aquel misterio. Se produjeron varios cambios de luna, y con mucha concentración conseguí aprender los nombres que daban a los objetos más familiares en sus conversaciones. Aprendí a aplicar las palabras *fuego, leche, pan* y *leña*. También aprendí sus nombres: los jóvenes llamaban *padre* al anciano, pero ellos respondían por más de uno: *hermana* o *Agatha*, en el caso de la muchacha, y *Félix, hermano* o *hijo*, en el del joven. No creo posible expresar la alegría que me inundó cuando entendí estas palabras y, lo que es más, aprendí a pronunciarlas. Había aún otros sonidos que no conseguía comprender ni utilizar; eran, entre otros, *bueno, querido, desgraciado*.

«Así transcurrió todo el invierno. Los modos afables y llenos de dulzura de los habitantes de la cabaña hicieron que llegara a quererles. Cuando eran desgraciados, yo me sentía deprimido; y cuando la alegría imperaba entre ellos, yo participaba de su felicidad. Además, fuera de ellos veía a muy pocos seres humanos. De vez en cuando venía alguna persona, y con sus rudas maneras no hacía sino confirmar la alta consideración que me merecían aquellos tres seres. El anciano se esforzaba con frecuencia por conseguir que sus hijos apartasen de sí la tristeza; les hablaba en un tono dulce y animado, y sus rasgos reflejaban tanta bondad que para mí era un placer contemplarle. Agatha le escuchaba con gran respeto, y muchas veces incluso con los ojos inundados de lágrimas, que secaba furtivamente; pero su rostro y los matices de su voz eran más alegres después de que su padre le hubiera hablado. En cambio, Félix era distinto. Era el más triste de los tres y pese a mi poca experiencia parecía ser el que más sufría. De todos modos, aunque su rostro demostrara tristeza, su voz, sobre todo cuando se dirigía al anciano, era más alegre que la de la muchacha.

«Hay miles de pequeños hechos que darían testimonio de la excelente disposición de aquellas buenas gentes. Por ejemplo, un día Félix apareció muy contento con la primera florecilla blanca que había asomado a través de la capa de nieve que aún lo cubría todo, y ello a pesar de su pobreza y su miseria. Por la mañana temprano, antes de que la muchacha se hubiera levantado, limpió de nieve el camino, sacó agua del pozo y recogió la leña, que una mano desconocida depositaba cada noche en el establo. Creo que el joven debía trabajar también para un granjero vecino, porque muchos días se iba por la mañana temprano y no volvía a aparecer hasta la hora de la cena. El que no trajera leña es lo que me induce a creer que debía trabajar para otro; aunque no siempre era así, pues además se encargaba de su propio huerto y a veces, cuando la estación invernal lo impedía, pasaba el día leyendo para el anciano y Agatha.

«Al principio, estas lecturas me tenían muy intrigado; pero poco a poco fui observando que empleaban en ellas palabras que se asemejaban a las que emitían hablando. Entonces pensé que sobre el papel habría unos signos que se podían pronunciar. ¡Cuánto deseé conseguir hacer lo mismo! Pero, ¿cómo iba a ser posible que yo lo hiciera si no conocía los sonidos que representaban aquellos signos? Aunque lentamente, hice algunos progresos en esta ciencia, que, sin embargo, no fueron suficientes para poder seguir una conversación, a pesar de mis esfuerzos por lograrlo. Mi empeño era muy grande, pues era consciente de que si quería presentarme ante ellos no debía hacerlo hasta que mis conocimientos de ese idioma pudiesen vencer la repugnancia que mi deformidad iba a causarles.

«Una de las cosas que más me habían impresionado era la perfección de las formas de mis vecinos, su gracia, su delicada complexión. ¡Qué horror sentí al ver mi propio rostro reflejado en el agua! La primera vez que lo contemplé, retrocedí asustado e incapaz de creer que aquella faz fuese la mía; pero cuando me convencí de que el monstruo que había visto en el espejo del agua era yo, me sentí decepcionado e invadido por las más amargas sensaciones de desaliento y amargura. ¡Y pensar que aún no había ni tan sólo sospechado los desastrosos efectos que mi maldita deformidad tendría para mí!

«El sol brillaba y calentaba cada día más, los días eran más largos y la nieve llegó a fundirse, permitiéndome ver los árboles y el oscuro color de la tierra. Entonces Félix tuvo mucho más trabajo fuera de casa, y las conmovedoras muestras de hambre que había visto en ellos comenzaron a desaparecer, pues aun cuando el alimento diario de mis vecinos no dejó de ser frugal, lo cierto es que era sano y suficiente. Sí, en el huerto empezaron a brotar otros tipos de plantas que ellos usaron para variar su comida. Además, a medida que la primavera iba avanzando, se podía notar en la casa la influencia benéfica del cambio de estación.

«Cuando no llovía, el anciano paseaba con su hijo por los alrededores de la cabaña; pero la lluvia se sucedía día tras día, empapando la tierra y obligando a permanecer guarecido. Finalmente empezaron a soplar unos vientos bastante fuertes que secaron todo, y el tiempo acabó siendo mucho más agradable de lo que había sido hasta aquel momento.

«Aunque yo me encontraba siempre recluido en el cobertizo, por las mañanas me dedicaba a observar a mis vecinos. Mi vida era muy uniforme. Dormía cuando sus ocupaciones les llevaban fuera de la casa, y volvía a mi observatorio cuando, al anochecer, se reunían otra vez dentro. Mientras dormían, y si la noche era propicia, salía y me dirigía al bosque en busca de mi alimento y de combustible para ellos. Al volver de tales expediciones, si había nieve en el camino, la quitaba o realizaba cualquier tarea de las que había visto hacer a Félix. Así pude apreciar cómo los traba-jos que yo efectuaba les causaban un gran asombro, y hablaban de ellos con las palabras *espíritu del bien* o *maravilla*, cuyo significa-do aún no había llegado yo a comprender.

«Mi cerebro desarrollaba cada vez una actividad mayor. De-seaba con ardor saber por qué Félix tenía siempre aquella expresión de desaliento y por qué Agatha parecía sentirse siempre triste. Incluso llegué a creer, ¡pobre de mí!, que estaba en mis manos de-volver la felicidad a quienes tanto la merecían. Aun en sueños tenía ante mí la venerable figura del anciano, la grácil figura de Agatha o la del hermoso Félix, a quienes creía seres superiores que acabarían convirtiéndose en mis bienhechores. Aparecían en mi imaginación dando muestras de terror al verme por primera vez, pero dejando que me ganara su confianza con mi comportamien-to dócil, para finalmente concederme su amor.

«Estos pensamientos alegraban mi vida y me alentaban a seguir aplicándome más y más en el estudio de su idioma. Los sonidos que yo emitía eran en realidad, muy rudos; pero aun cuando mi voz no poseía en modo alguno los matices cálidos de las suyas, ya empezaba a pronunciar con cierta habilidad las palabras que me eran conocidas. Eramos como los personajes de la fábula del asno y el perro faldero... Las maneras del asno eran toscas, pero su indudable buena fe le hacía merecedor de algo mejor que palos e insultos.

«Las refrescantes lluvias y la temperatura templada de la pri-mavera cambiaron por completo el aspecto de la tierra. Los hom-bres, que durante el invierno parecían estar ocultos, se dispersaron por todas partes, dedicándose a cultivar la tierra. Los pájaros emitían sonidos más alegres, y las hojas cubrían con su hermoso color verde las ramas de los árboles. ¡Qué regocijada parecía esta la tierra, pocos días antes tan sumida en la tristeza! Mis sentidos se extasiaban ante la magnificencia de la naturaleza. El pasado empezaba a borrarse de mi memoria, para dar paso a un presente tranquilo y a un porvenir pleno de brillantes esperanzas.

Capítulo XIII

«**D**ebo apresurarme ahora para relatar la parte que creo más conmovedora de mi historia, puesto que en ella se produjeron acontecimientos tan importantes que me impresionaron hasta convertirme en lo que soy ahora.

«La primavera estaba ya muy entrada, y el tiempo había mejorado considerablemente, apareciendo el cielo limpio de nubes. Yo no salía de mi asombro al ver cómo lo que hasta entonces había considerado un desierto blanco era ahora un paraíso de verdor, en el que florecían las más lindas florecillas. Mis sentidos iban encontrando placer en los perfumes, en los cantos y en el panorama que la naturaleza ofrecía.

«El día a que me quiero referir era uno de aquellos en que los tres habitantes de la cabaña descansaban del trabajo, dedicándose el anciano a tocar la guitarra y sus hijos a escucharle ensimismados en sus pensamientos. Félix parecía estar más triste que de costumbre, porque suspiraba con mayor frecuencia que los otros días. Tanto fue así, que su padre interrumpió el concierto para preguntarle, según me pareció entender, el porqué de aquella amarga pena. Félix le respondió con acento alegre, y el anciano, satisfecho con la respuesta volvió a pulsar las cuerdas del instrumento. Entonces, alguien llamó a la puerta.

«Al abrirse ésta pude ver en su marco a una dama montada a caballo y acompañada de un campesino que conducía la montura. Vestía un elegante traje oscuro, y se cubría el rostro con un gran velo muy tupido. Agatha le preguntó algo, a lo que la dama respondió pronunciando con mucha lentitud el nombre de Félix. Su voz era melodiosa, pero sonaba muy distinta de la de mis amigos. Al oír su nombre, Félix salió apresuradamente, y al verlo la dama levantó el velo que le cubría la cara, apareciendo entonces un rostro lleno de belleza y dulzura. Sus cabellos eran negrísimos, brillantes, y estaban trenzados de una forma muy curiosa. Tenía unos inmensos y resplandecientes ojos oscuros, y tanto sus facciones como su cutis daban una sensación de maravillosa frescura.

«Félix parecía haberse vuelto loco de alegría. Todos los rasgos de melancolía desaparecieron súbitamente de su rostro, y su felicidad pareció alcanzar un grado tal que yo nunca hubiera sido capaz de imaginar. Sus ojos brillaban como el fuego y sus mejillas se habían coloreado de placer, lo que le hacía parecer tan bello como la extranjera. Ésta, por su parte, estaba embargada por toda clase de sentimientos y emociones. Se secó las lágrimas que rodaban por sus mejillas y tendió la mano a Félix, quien la besó apasionadamente, al tiempo que la llamaba su dulce musulmana. Ella no pareció entender lo que el joven le estaba diciendo, lo cual no impidió que su cara se iluminase con la más resplandeciente de las sonrisas. Félix despidió al campesino que la había acompañado, y la hizo entrar en la cabaña, acompañándola hasta donde se hallaba el anciano. Tras intercambiar unas palabras con él, la joven se arrodilló a sus pies; pero pronto fue vivamente obligada a levantarse por el anciano, quien la abrazó emocionado.

«Al pronto comprendí que, aunque la recién llegada articulaba también sonidos, éstos no eran entendidos por mis amigos, a quienes ella a su vez parecía no comprender. A pesar de los muchos signos con que procuraban entenderse, yo no pude descifrar ninguno, lo cual, desde luego, no fue obstáculo para que percibiera la alegría que reinaba en la casa por su aparición. En especial Félix, que daba la impresión de estar extraordinariamente contento, y sus sonrisas eran una renovada bienvenida para la hermosa dama. Agatha, la sin par Agatha, besó las manos de la extranjera y le indicó con gestos que su hermano había sido muy desgraciado antes de que ella llegara. Yo veía la expresión de alegría que despedían sus miradas, pero no podía comprender su causa, aunque la frecuente repetición de los sonidos de mis amigos me hizo comprender que intentaban enseñar a la dama su idioma, cosa que iba a ser muy beneficiosa para mí. En efecto, así lo hicieron, y en la primera lección la extranjera aprendió unas veinte palabras que me eran ya conocidas; sin embargo, pude retener otras nuevas.

«Al caer la noche Agatha y la musulmana se retiraron, no sin que antes Félix besara la mano de ésta y le dijera: "Buenas noches, mi dulce Safie". Luego, él estuvo mucho tiempo despierto hablando con su padre, y como sea que repetía con mucha frecuencia el nombre de Safie, creí comprender que ésta era el principal motivo de su conversación. A pesar de que deseaba ardientemente saber lo que decían, ello me fue imposible.

«A la mañana siguiente, Félix salió a trabajar como siempre, mientras que Agatha ejecutaba sus tareas diarias. Safie se sentó a los pies del anciano y tomó la guitarra, arrancando de ella unos aires tan fascinadores que, sin darme cuenta, me encontré llorando de pena y alegría a la vez. La extranjera empezó a cantar con una voz cadenciosa, y con una gama de sonidos tan extensa que parecía un ruiseñor silvestre.

«Cuando acabó sus canciones ofreció la guitarra a Agatha, quien al principio rehusó; pero después acabó por tomarla para tocar unas canciones muy sencillas, cantándolas con una dulce voz que, sin embargo, no podía compararse con la de Safie, tan cálida y armoniosa. El anciano disfrutaba como nunca, y dijo algunas palabras a Agatha para que las transmitiera a la otra joven. Me pareció que expresaban el placer que le había producido oírle cantar tan lindas canciones.

«Los días volvieron a seguir su curso normal, y la única variación que habían sufrido mis amigos era que la alegría había sustituido a la pena en aquel feliz hogar. Safie estaba siempre contenta y, lo mismo que yo, hacía grandes progresos en el conocimiento del idioma. Tanto fue así que, dos meses después de su llegada, yo era capaz de comprender todo lo que decían mis protectores.

«Mientras duraba nuestro aprendizaje, la tierra se cubrió de una capa de brillante hierba salpicada por toda clase de tiernecillas flores, convirtiéndose en el mejor de los regalos que la naturaleza ofrecía a nuestros ojos. El sol era más cálido y las noches más templadas y serenas, por lo que mis salidas nocturnas eran mucho más agradables; pero no se producían con tanta frecuencia como antes, pues el sol se ponía más tarde y amanecía muy pronto. Nunca me atreví a permanecer a la luz del día por temor a recibir el trato salvaje que se me dio la noche de mi llegada al hermoso pueblecito.

«Mi vida no me parecía monótona porque giraba en torno al aprendizaje de la lengua de mis vecinos. Puedo decir con orgullo que mis progresos eran más veloces que los de la joven musulmana, pues mientras que ella pronunciaba mal y no acababa de comprender el exacto sentido de las palabras, yo entendía la mayor parte del vocabulario que usaban y era capaz de repetir correctamente casi todas las palabras que había escuchado. También me familiaricé con el alfabeto, que mis vecinos enseñaban a Safie, y como consecuencia de todo ello ante mí se abrió un vasto campo de maravillas y sorpresas.

«El libro que Félix usaba para instruir a Safie llevaba por título *Meditaciones sobre las revoluciones de los imperios*, que nunca hubiera llegado a comprender de no mediar en la lectura las cuidadosas explicaciones del joven. Dijo haberlo elegido porque su estilo declamatorio estaba inspirado en los relatos orientales. Por medio de esta lectura adquirí nociones de historia y una visión, aunque superficial, de los distintos imperios que en el mundo existen. Con él aprendí a diferenciar las costumbres, los gobiernos y las religiones de las distintas naciones de la tierra, enterándome también de la negligencia del pueblo asiático, del genio y de la actividad intelectual de los griegos antiguos, de las guerras y virtudes de los romanos clásicos, de la decadencia del poderoso imperio por ellos erigido, así como del modo en que nacieron la cristiandad, las órdenes de caballería y las monarquías. Aprendí cómo había sido descubierta América y lloré, como Safie, por la desgraciada suerte de los naturales de aquella tierra.

«Aquellas apasionantes narraciones llegaron a confundirme; porque, ¿cómo era posible que el hombre tuviese tanto poder, estuviese tan lleno de virtud y, al mismo tiempo, fuera tan vil y rastrero? Algunas veces lo veía como un instrumento del espíritu del mal, y, por el contrario, otras lo imaginaba noble y virtuoso. Me parecía que la nobleza y la virtud debían ser los dos atributos por los que un hombre puede luchar, pero que ser vil y rastrero, como tantos hombres habían sido según explica la Historia, parecía la peor de las degradaciones, mucho peor que la condición del gusano o de la serpiente. Pasé mucho tiempo sin entender por qué un ser humano era capaz de matar a un semejante, sin ver la necesidad de leyes y gobiernos; pero cuando aprendí detalladamente cómo se producían los sanguinarios actos de los hombres, mi incomprensión cesó y me sentí lleno de vergüenza y horror.

«Mi espíritu estaba tan ávido de conocimientos que cada nueva conversación mantenida por los habitantes de la cabaña era fuente de maravillas. Y fue atendiendo las explicaciones que Félix daba a Safie como empecé a comprender el extraño sistema con que se rige la sociedad humana. Me enteré de la división de las propiedades y de los bienes, de cómo existen grandes fortunas y extrema pobreza, y también de lo que son las clases sociales, la nobleza y el rango.

«Aquellos conocimientos me hicieron reflexionar sobre mí mismo. Sabía ya que una de las cosas más apreciadas por los hombres era una ilustre ascendencia, unida a la riqueza material. Si un hombre era poseedor de una de estas cualidades, se le respetaba; pero si alguien se veía desposeído de ellas, entonces sus congéneres le consideraban un vagabundo, un esclavo que debía emplear sus energías en el enriquecimiento de los elegidos. Pero entonces, ¿quién era yo? Ignoraba todo lo que se refería a mi creador, aunque sabía que no tenía dinero, ni amigos, ni propiedad alguna. Además, mi figura era repugnante y mi constitución distinta de la de los demás hombres. Es cierto que les aventajaba en agilidad y que podía vivir con una dieta más precaria que ellos, así como que podía soportar mejor las duras condiciones atmosféricas y que mi talla era superior. Nunca había oído hablar de un ser parecido a mí. Por tanto, ¿era un monstruo, un fenómeno repugnante del que todos los hombres huirían aterrados y que nunca podría ser amado por otro ser?

«Al llegar a este punto de mi reflexión no pude más y lloré de dolor. Intenté, en vano, desterrar estos pensamientos, pero a medida que mis conocimientos aumentaban, crecía también mi desaliento. ¡Oh! Si me hubiese quedado para siempre en el bosque natal, aun sin conocer otras sensaciones que las del hambre, la sed, el frío y el calor...

«¡Cuan extraña es la naturaleza del saber! Se aferra a la mente como el musgo a la roca. Muchas veces intenté ahuyentar tan tristes pensamientos, pero había aprendido que sólo existe un modo de vencer el dolor, y es morir, palabra a la que aun no comprendiéndola del todo bien temía con todas mis fuerzas. Mi alma admiraba la virtud y los buenos sentimientos, amaba las maneras afables y la gentileza de mis vecinos; pero, a pesar de todo, me estaba prohibido vivir en su compañía, a no ser que lo hiciera como hasta entonces, a escondidas y permaneciendo en la ignorancia de todos, cosas ambas que aumentaban, si es que esto era posible, mis deseos de ser aceptado por los demás seres para convertirme en uno de ellos. Pensé con tristeza que las dulces palabras de Agatha, las amorosas sonrisas de la hermosa Safie, las benevolentes actitudes del anciano y las inteligentes explicaciones de Félix nunca serían para mí. ¡Cuan triste y desgraciado me sentía!

«Después de éstas, otras enseñanzas causaron una mayor impresión en mí. Aprendí las diferencias de los sexos, cómo nacen y crecen los hijos, cómo el padre disfruta con la alegría y las ocurrencias de sus chiquillos, cómo la vida de una madre está siempre pendiente de tan preciosa misión, cómo se desarrolla la inteligencia en los jóvenes... Entendí, en fin, lo que significan las palabras hermano y hermana, los lazos que unen a unos seres humanos con otros.

«¿Dónde estaban, pues, mis amigos y mis parientes? No había tenido padre que riera mis gracias ni madre que vigilara mi crecimiento. Y aunque los hubiese tenido, estaban sumidos en las tinieblas de mi vida pasada, en una nada de donde no me llegaba recuerdo alguno. La imagen más remota que había en mi memoria me representaba tal como ahora soy, y nunca había visto un ser que se me pareciera o que quisiera tener relación conmigo. ¿Qué era yo? Con lo único que podía responder a esta obsesionante pregunta era con lamentaciones.

«Pronto sabrás hasta qué limite me condujeron estos pensamientos; pero antes volveré a hablarte de los habitantes de la cabaña, cuya historia provocaba en mí sentimientos de placer, indignación y asombro, aunque también consiguió que aumentara mi afecto y mi respeto hacia mis protectores (así era como les llamaba, engañándome inocentemente).

Capítulo XIV

«Transcurrió todavía algún tiempo antes de que llegara a conocer la historia de mis amigos, pero cuando me enteré de ella permaneció grabada para siempre en mi memoria. Las circunstancias en que se había dado eran, para un ser tan falto de experiencia como yo, maravillosas y apasionantes.

«El anciano, cuyo apellido era De Lacey, pertenecía a una de las más nobles familias de Francia, donde había vivido siempre con la estima de sus iguales y el respeto de sus superiores. Su hijo había sido educado para el servicio a su país, y Agatha frecuentaba a las damas de la mejor sociedad. Poco antes de que yo descubriera el cobertizo donde me refugiaba, la casa en que vivían era lujosísima y estaba en una gran ciudad llamada París. Sus amigos se contaban entre la gente más escogida y ellos vivían con todos los placeres que proporcionan la virtud, la inteligencia, el refinamiento y una considerable fortuna.

«La situación en la que se encontraban ahora había sido causada por el padre de Safie. Éste era un comerciante turco que había vivido también en París durante muchos años. Pero, por algún motivo, que no pude averiguar, de pronto aquel hombre fue considerado por el Gobierno como indeseable, siendo detenido y encarcelado justo el mismo día en que Safie llegaba de Constantinopla para vivir con él. Se le juzgó y condenó a muerte, pero tan evidente fue la injusticia cometida con él, que todo París reaccionó indignado y consideró que las únicas causas de su juicio habían sido su religión y sus riquezas.

«Félix había presenciado el proceso, y su horror e indignación no tuvieron límites al escuchar de labios del juez la sentencia. Siguiendo los dictados de su pensamiento, en la misma sala del tribunal hizo voto de liberar al condenado, e inmediatamente empezó a buscar los medios para conseguirlo. Después de varios intentos de penetrar en la prisión, en una parte poco vigilada del edificio carcelario encontró una ventana provista de recios barrotes de hierro que se abría a la celda del infortunado musulmán. Éste esperaba el cumplimiento de la sentencia cargado de cadenas. A través de esta ventana, Félix pudo comunicar al prisionero sus proyectos, que el hombre recibió con alegría y prometiendo a su libertador riquezas sin fin para que perseverara en su noble propósito. Félix rechazó con vehemencia el ofrecimiento. Pero cuando vio a la hermosa Safie, única persona que podía penetrar en la cárcel para visitar a su padre, agradecerle con gestos los riesgos que él iba a correr por éste, no pudo evitar pensar que sólo un tesoro podría recompensar sus esfuerzos con creces. Esa fortuna era aquella hermosa mujer.

«El turco comprendió inmediatamente la atracción que Félix experimentaba por su hija, y con objeto de ligarle más a su juramento, le prometió la mano de ella para cuando él fuese conducido a lugar seguro. La delicadeza de Félix era demasiado grande como para aceptar este ofrecimiento, pero no por ello dejó de acariciar esta posibilidad, convirtiéndola en su sueño dorado.

«En los días que siguieron, y mientras preparaba la evasión el joven, veía su empeño aumentado por las cartas que Safie le hacía llegar, con la ayuda de un viejo sirviente que conocía el idioma en que su amante se expresaba. En tales misivas, ella le agradecía con palabras ardorosas el servicio que se proponía prestarles, al mismo tiempo que deploraba su propia suerte.

«Tengo en mi poder copias de estas cartas, pues durante mi estancia allí encontré el medio de proporcionarme los utensilios que usaban para escribir, y estas cartas estaban a menudo en las manos de Félix o de Agatha. Ellas serán la prueba que te entregaré para que veas cuan verdad es lo que te estoy contando... Pero como veo que el sol está próximo a desaparecer, solamente recordaré lo más relevante de su contenido.

«Safie explicaba en ellas que su madre era una árabe cristiana, raptada y convertida en esclava por los turcos. Siendo mujer de extraordinaria belleza, logró cautivar al padre de Safie hasta conseguir que éste la hiciese su esposa. La muchacha hablaba de ella con devoción. Aquella mujer, nacida libre, menospreciaba la esclavitud que había sufrido e instruyó a su hija en los principios de su religión, enseñándole a perseguir y obtener la independencia espiritual negada a las mujeres que siguen a Mahoma. La madre de Safie murió, pero en la muchacha habían quedado impresas las profundas huellas de los conocimientos que ella le había inculcado. No quería volver a Asia, porque la suerte que le esperaba era encerrarse en un harén y entretener su ocio con juegos pueriles que no ligaban en absoluto con su temperamento, acostumbrado ya a las nobles ideas de la virtud. La atraía la posibilidad de contraer matrimonio con un cristiano y vivir en un país donde las mujeres ocuparan un puesto en la sociedad.

«El día de la ejecución fue fijado. Pero antes de que pudiera cumplirse la sentencia, el turco desapareció misteriosamente de su celda, y para cuando asomaba el sol se hallaba a muchas leguas de París. Félix se había provisto de salvoconductos a nombre suyo, de su padre y de su hermana, y gracias a ello tanto De Lacey como Agatha habían podido abandonar en secreto su casa de París.

«El muchacho condujo al turco y a su hija a través de Francia hasta llegar a Lyon, desde donde, por el Mont Genis, les hizo llegar a Leghorn. Allí el comerciante decidió esperar la aparición de una ocasión propicia que le permitiera llegar a su país.

«Safie decidió quedarse con su padre hasta que éste partiera, y el turco renovó la promesa hecha a Félix de concederle la mano de su hija. Así pues, Félix continuó con ellos aguardando el momento en que esto sucediese, mientras dedicaba su tiempo a conversar con la joven árabe por medio de un intérprete. No obstante, la mayoría de las veces tan sólo intercambiaban miradas que eran suficientemente elocuentes; o bien la muchacha ejecutaba para él las más dulces melodías de su tierra natal.

«El turco permitía que esta intimidad fuera desarrollándose, aumentando con ello las esperanzas de los jóvenes amantes; pero en su interior trazaba unos planes completamente opuestos. En realidad, la idea de que su hija se casase con un cristiano le era insoportable, aunque, por otra parte, se encontraba en manos de su salvador. En efecto, si éste quería denunciarle a las autoridades italianas, en cuyo territorio se hallaban, podía muy bien hacerlo, y con consecuencias fatales para él. Por ello entretejió miles de planes que le permitieran dar largas al asunto, prolongando el engaño tanto tiempo como fue necesario. Y no necesitó esperar mucho, pues las malas noticias procedentes de París vinieron a favorecer su proyecto de llevarse secretamente a Safie cuando llegara el momento de partir.

«El Gobierno francés se había indignado con la fuga del turco y no cesó hasta hallar la identidad del liberador. Una vez se hubo averiguado que éste era Félix, las represalias cayeron sobre De Lacey y su hija, que fueron encarcelados. Esta noticia tuvo la virtud de arrancar a Félix de su nube de amor, pues su anciano padre ciego y su dulce Agatha habían sido encerrados en una mazmorra mientras él disfrutaba de la felicidad y se hallaba en compañía de la mujer que amaba. Ante tal situación cuya sola idea le torturaba hasta lo indecible llegó a un acuerdo con el turco: si la ocasión para la huida de éste se presentaba antes de que Félix regresara, él debería ocuparse de que Safie le esperase alojada en un convento de Leghorn. Una vez ultimados todos los detalles, Félix partió inmediatamente hacia París con objeto de entregarse. Confiaba en que así podrían quedar libres su padre y su hermana.

«Sin embargo, su acción no modificó las cosas, sino más bien todo lo contrario. Permanecieron los tres encerrados durante cinco largos meses, al cabo de los cuales fueron juzgados y condenados a la privación de todos sus bienes y al destierro.

«Una vez en el exilio encontraron refugio en aquella miserable choza, en Alemania que era donde yo les conocí. Félix tuvo noticias de la traición del turco, causa de su ruina, cuando éste, al saber que la familia De Lacey había perdido el honor y todos los bienes, y tras haber abandonado Italia con su hija, le insultó con el envío de una cantidad de dinero que, se decía en la nota que le acompañaba, le permitiera asegurarse un medio de subsistencia.

«Estos y no otros fueron los tristes acontecimientos que consiguieron menguar la alegría de Félix, convirtiéndole en el más desgraciado miembro de su familia. Hubiera sido capaz de soportar la pobreza y la desgracia, pero no pudo resistir la pérdida de su amada y la traición del musulmán, cosas ambas demasiado amargas e irreparables. Ahora, la inesperada llegada de la joven árabe le devolvía parte de su vida y consolaba su alma, tan mortalmente herida.

«El que la joven volviera a Félix sucedió como sigue. Algún tiempo después de la partida de Félix, las noticias de su detención en Francia llegaron hasta el turco, quien ordenó a su hija que olvidara al joven y se preparase para volver al país natal. La apasionada naturaleza de Safie hizo que discutiera esa decisión con su padre, pero todo fue inútil. Él se negó a todo comentario, renovando su tiránica orden.

«Pasaron unos días hasta que, finalmente, el turco irrumpió en la habitación de su hija, ordenándole hiciera los preparativos para una marcha inminente, pues creía que su presencia en Leghorn era peligrosa, ya que les habían descubierto y al parecer las autoridades tenían orden de entregarles al Gobierno francés. Para evitar tal situación, el musulmán había fletado un barco que le conduciría a Constantinopla y que estaba a punto de zarpar. Le manifestó su deseo de dejarla bajo el cuidado de un viejo sirviente de su confianza, con objeto de que ella pudiera seguirle tranquilamente y sin peligro en compañía de la mayor parte de sus riquezas, que todavía no habían llegado a Leghorn.

«Cuando Safie se encontró sola, y dueña por tanto de sus actos, meditó lo que mejor convenía a sus deseos. La idea de regresar a Turquía le resultaba aborrecible, porque su religión y sus gustos eran contrarios a los de aquel país. Descubrió en el dormitorio de su padre algunos documentos que la informaron de la desgracia en que había caído su amante, y averiguó también el sitio donde residía. Por un tiempo permaneció indecisa, pero al fin tomó una resolución. Reunió algunas joyas y el poco dinero que pudo y que le pertenecía, abandonando rápidamente Italia. Acompañada de una sirvienta que había contratado en Leghorn, y que sabía las suficientes palabras para comprenderla, se dirigió a Alemania.

«Cerca ya de donde se encontraba la familia De Lacey, la pobre muchacha cayó enferma de gravedad y, a pesar de los infinitos y dulces cuidados que Safie le prodigó, murió. Sola e ignorante del idioma del país, tuvo la buena fortuna de que la dueña de la pensión donde se alojaban conociera por la criada el lugar adonde se dirigían. Así pudo llegar Safie, sin ningún tropiezo, a la cabaña de su amado.

Capítulo XV

«**E**sta es la triste historia de mis vecinos, que tanta impresión me causó. En ella aprendí cuan grande era su virtud y el desprecio que merecen los vicios que asolan a la Humanidad.

«Hasta entonces yo consideraba el crimen como un mal que no hacía referencia a mí. La benevolencia y generosidad que eran la pauta en la relación de mis vecinos, y que yo podía contemplar, despertaron en mí mayores deseos todavía de ser uno de los actores de aquella escena donde tan admirables cualidades encontraban su mejor expresión. Antes debo relatarte un acontecimiento que sucedió durante el desarrollo de mi inteligencia, es decir, a principios del mes de agosto del mismo año.

«Una noche en que me hallaba ocupado en el bosque cercano, recogiendo mi sustento diario, encontré una maleta de cuero que contenía algunas prendas de abrigo y libros. Me apoderé de ella ávidamente y regresé a mi cobertizo. Los libros estaban escritos en el mismo idioma que yo conocía y se titulaban *El paraíso perdido, Vidas paralelas* y *Las desventuras del joven Werther*. Me entregué de lleno a su lectura, sin esperar ni un instante, mientras mis vecinos se dedicaban a sus tareas habituales.

«No me es posible describirte el efecto que estos libros causaron en mí, provocando imágenes y sentimientos nuevos que no había experimentado todavía y que me exaltaban o me sumergían en los abismos de la melancolía. Especialmente *Werther*, ya que aparte del interés intrínseco de esta simple y afectiva historia, se

exponen en ella tantas opiniones y se proyecta una luz tan radian
te sobre los temas que para mí permanecían en la más intens
oscuridad, que el libro me pareció una fuente inagotable de me
ditación. Las costumbres gentiles y domésticas que en él se des
criben, unidas a los más altos sentimientos, coincidían con lo qu
yo había experimentado en la cabaña y eran algo que mi alm
echaba constantemente en falta. Sin embargo, *Werther* se m
aparecía como algo mucho más divino y mejor que todo lo qu
hasta entonces me había sido dado contemplar. Su carácter since
ro penetraba en mi alma, y sus agudas reflexiones sobre la muer
te y el suicidio me daban la impresión de estar hechas ex profes
para despertar mis sentimientos y llenarme de dudas. No tuve l
pretensión de juzgar aquel caso; lo único que hice fue sentirm
identificado con el protagonista, por cuya muerte lloré aun si
haberla comprendido con exactitud.

«Al leer lo hacía a través de mis propios sentimientos y trist
condición, y así llegué a encontrarme parecido, al mismo tiemp
que distinto, de los seres que protagonizaban tales historias o d
aquellos cuyas conversaciones escuchaba; aunque simpatizab
con ellos y les comprendía, mi espíritu no estaba todavía lo sufi
cientemente cultivado como para percibir la relación e interde
pendencia que ha de existir entre las personas. "El camino de m
partida estaba libre", pero no quedaría nadie que llorase mi de
saparición. ¿Qué podían suponer mi gigantesca estatura y la horri
ble fealdad de mis facciones? ¿Quién era yo? ¿De dónde procedía
¿A dónde me llevaba mi destino? Seguía sin encontrar respuest
alguna para tales preguntas, a pesar de mis esfuerzos por saber l
verdad de mí mismo.

«El volumen de las *Vidas paralelas* contenía la historia de lo
fundadores de las antiguas repúblicas, y me produjo un efect
completamente distinto al de *Werther*. Las fantasías de éste m
habían mostrado la decepción y la tristeza, mientras que Plutarc
elevó mis pensamientos, consiguiendo apartarme de mis reflexio
nes para que admirara y amara a los héroes de épocas anteriore
Es evidente que muchísimas cosas escapaban a mi comprensió
pues en aquel tiempo yo sólo tenía una vaga y confusa noción d

lo que representaban los reinos, las amplias extensiones de territorios, los poderosos ríos y los anchos mares. Ignoraba todavía todo lo referente a las ciudades y las grandes concentraciones humanas. La única escuela en la que había podido estudiar la naturaleza del hombre era la cabaña de mis vecinos, y aquel libro me hablaba de escenas grandiosas y de nuevos horizontes. En sus páginas leí sobre los hombres que se ocupan de los asuntos públicos, gobernando o aniquilando a su propia especie; y sentí el más grande entusiasmo por la virtud, a la vez que el más sincero aborrecimiento por el vicio, todo ello dentro de los límites de mi comprensión de aquellas palabras, que yo aplicaba al placer y al dolor que pudiera experimentar en cada caso. Así pues, inducido por estos sentimientos, dediqué mi admiración a los legisladores como Numa, Solón o Licurgo, prefiriéndoles a Rómulo y Teseo y dejando que la existencia patriarcal de mis protectores consolidara estas impresiones en mi espíritu. Si mis primeros pasos entre los hombres los hubiese dado guiado por un joven soldado ambicioso de gloria y de poder, es posible que mis impresiones hubieran sido distintas.

«Por lo que se refiere al *Paraíso perdido*, debo decir que mis emociones fueron diferentes y mucho más profundas. Lo leí, al igual que los otros dos libros, creyendo que era una historia real, y provocó el más grande estupor que había experimentado hasta entonces. La imagen de un dios omnipotente luchando contra sus propias criaturas evocó en mí sentimientos de temor, mientras que la semejanza de algunas situaciones con las que yo mismo había vivido me turbaba. Porque, al igual que Adán, aparentemente yo no tenía nada que ver con cualquier otro tipo de existencia, aunque en todas las demás circunstancias su situación era muy distinta a la mía. Adán había salido de las manos de Dios como una criatura perfecta, feliz y próspera, a la que nada faltaba y que disfrutaba del cuidado especial de su creador, quien le había dotado de conocimientos superiores a su naturaleza; por el contrario, yo era un desgraciado, falto de toda ayuda y abandonado por los demás. Frecuentemente llegué a considerar a Satanás como el ser que personificaba mejor mi triste condición, puesto que, como él, yo conocía el sabor amargo de la envidia al contemplar la felicidad de mis protectores.

«Hubo aún otra circunstancia que contribuyó a que estos sentimientos se fortalecieran y enraizaran en mí. Cuando hui precipitadamente del laboratorio, en la prenda que cogí para abrigarme, encontré unos papeles a los que no presté ninguna atención porque entonces era incapaz de descifrarlos. Pero al estar en condiciones de entender lo que en ellos se decía, los leí y supe que se trataba de un fragmento de tu diario. En el mismo hablabas con detalle de los cuatro meses que precedieron a mi creación, y describías minuciosamente cada uno de los pasos que habías dado antes de conseguir tu propósito, todo ello mezclado con datos de tu propia vida cotidiana. Debes recordar este diario. Aquí lo tienes, con la relación completa de mi desgraciado origen y de cuantas vicisitudes desagradables pasaste. No falta ni la detallada descripción de mi repugnancia y de mi odiosa personalidad, hecha con el lenguaje de tu propio horror. Su lectura me puso enfermo. "¡Maldito el día en que recibí un soplo de vida! —exclamé en mi agonía—. ¡Maldito sea mi creador! ¿Por qué formaste un ser tan desagradable que incluso tú huyes de él? Dios, en su bondad, hizo al hombre bello, a su imagen y semejanza; tú, en cambio, hiciste de mi figura una repelente reproducción de la tuya, tanto más horrible cuanto que se te asemeja. Satanás tiene compañeros que le admiran y le siguen, pero yo estoy solo y todos me detestan".

«Estos pensamientos invadían mis horas de soledad y reflexión. Cuando contemplaba las virtudes de mis vecinos, su ánimo amable y benévolo, intentaba convencerme de que en cuanto conociesen mi admiración se compadecerían de mí y olvidarían mi deformidad. ¿Acaso era posible que expulsaran de su hogar a alguien, por monstruoso que les pareciese, si ese alguien sólo quería de ellos su compasión y su amor? Hice acopio de fortaleza para no desesperarme, y decidí prepararme concienzudamente en todos los aspectos que consideré oportunos, con vistas a la entrevista que deseaba tener con ellos y en la que se decidiría mi destino. Pasaron algunos meses sin que me atreviera a hacer frente a tal acontecimiento, pues me sentía dominado por el temor de que resultara un fracaso. Además, como quiera que mis progresos aumentaban diariamente, me resistía a dar el paso decisivo hasta tanto no fuera más sagaz, cosa que conseguiría con unos pocos meses más de práctica y estudio.

«En ese tiempo, en la cabaña se produjeron algunos cambios. Ya he dicho que la presencia de Safie había llenado de felicidad a mis vecinos, pero pude apreciar que también reportó una mayor abundancia. Félix y Agatha empleaban mucho más tiempo en conversar y en practicar juegos, puesto que ahora tenían criados que les ayudaban en sus quehaceres. No es que pareciesen ricos, sino que estaban contentos y felices. Su aspecto era más sereno, mientras que mis sentimientos se hacían cada día más tumultuosos, dado que el constante aumento de conocimientos tan sólo me llevaba a ver con mayor claridad mi desgracia y mi calidad de proscrito. Es cierto que acariciaba una esperanza, pero no lo es menos que cuando me veía reflejado en el estanque, ésta desaparecía con la rapidez del rayo.

«Me esforcé por borrar aquellos temores y, mientras me disponía para la terrible prueba que iba a sufrir, permití que mis sentimientos vagaran por los prados del paraíso que era mi imaginación, hasta llegar a ver cómo hermosas criaturas me tomaban por amigo y consolaban mi tristeza con sus angelicales sonrisas. ¡Pero no eran más que sueños! Ninguna Eva mitigaba mis penas o compartía mis sentimientos. ¡Estaba completamente solo! Entonces recordé la petición de Adán a su Creador...; pero, ¿dónde estaba el mío? Me había abandonado y le maldije por ello.

«Casi sin darme cuenta llegó el otoño y vi, no sin sorpresa, cómo las hojas cambiaban su color verde por otro marrón para acabar cayendo muertas, y cómo la naturaleza perdía su tinte cálido para cubrirse otra vez con un sudario gélido. No obstante, no fue el cambio de tiempo lo que más me hizo sufrir, pues ya me había acostumbrado a soportar el calor y el frío; lo peor fue que la diversión que me proporcionaban los pájaros, las flores y todo el alegre conjunto del verano huía del lugar y me obligaba a prestar nuevamente la atención a los habitantes de la cabaña. Ellos no parecían notar la desaparición del verano, porque se amaban entre sí y, en consecuencia, su felicidad sólo dependía de ellos mismos, no de lo que les rodeaba. Esto se convirtió en mi calvario, puesto que cuanto más los veía más aumentaba mi deseo de formar parte de su sociedad, de sentirme protegido por ellos. ¡Cómo llegué a desear que aquellas buenas gentes me conociesen y me amasen! Ansiaba tener el consuelo de su bondad, saber que sus dulces miradas se posaban en mí con afecto, y ante la firmeza de tales ambiciones no me atrevía ni tan sólo a pensar que cerraran los ojos al verme. Nunca vi a un mendigo que llamara a su puerta marcharse con las manos vacías... Claro que yo, en verdad, les pediría tesoros más preciados que un poco de pan o descanso junto al fuego. ¿Quería su amor, su simpatía, y no me consideraba indigno de ello!

«El invierno siguió avanzando, y finalmente se completó el ciclo de estaciones que la naturaleza recorre cada año, por vez primera desde que yo abriera mis ojos a la luz. Toda mi atención se centraba en la preparación del plan que había ideado para presentarme ante mis benefactores. De los muchos proyectos que forjé, el que decidí emplear fue el de entrar en la cabaña cuando el anciano estuviese solo, pues ya me había dado perfecta cuenta de que la principal causa del espanto que yo causaba a los hombres era mi repulsivo aspecto. Mi voz, aunque ruda, no era desagradable, y pensé que en ausencia de los hijos conseguiría ganarme con ella la voluntad del anciano. Quizá De Lacey podría, con su influencia, conseguir que los jóvenes me aceptasen.

«Un día en que el sol brillaba, cubriendo con sus rayos las hojas rojas que alfombraban el suelo y difundiendo alegría, aunque no demasiado calor, Safie, Agatha y Félix salieron a dar un largo paseo por el campo. El anciano se quedó en casa, pues no deseaba acompañarles, y cuando los jóvenes hubieron partido, tomó la guitarra para tocar varias canciones tristes a la vez que hermosas, mucho más tristes y hermosas que cuantas le había oído tocar nunca. Al principio, su rostro parecía alegre, pero poco a poco esta alegría se fue apagando hasta que la tristeza le sumió en profundas reflexiones.

«Mi corazón latía apresuradamente. Había llegado el momento de poner en práctica el plan, tan cuidadosamente trazado, que iba a confirmar mis esperanzas o, por el contrario, a destruirlas. Todo permanecía en silencio; era la gran ocasión tantas veces soñada. Sin embargo, cuando me dirigía hacia la cabaña, mis piernas se doblaron por efecto del miedo y caí de bruces. Rápidamente volví a levantarme, dominando mis sensaciones con la ayuda del aire fresco, que me devolvió parte de mi fortaleza y renovó mi determinación. Por fin logré llegar ante la puerta. Llamé.

«—¿Quién está ahí? —preguntó el anciano—, ¡Entre!

«Obedecí.

«—Perdonad mi intromisión —dije—. Soy un viajero y desearía descansar un ratito al lado del fuego. Os agradecería muchísimo que me lo permitierais.

«—¡Acérquese, acérquese! —respondió De Lacey—. Y procure satisfacer su deseo como mejor le parezca. Mis hijos han salido y yo estoy ciego. Así pues, me temo que no podré facilitarle comida.

«—No se preocupe por eso; sólo deseo calor y descanso. De todos modos, muchas gracias.

«Me senté y permanecí en silencio. Sabía muy bien que cada minuto que transcurría era precioso para mí, a pesar de lo cual no lograba hallar la forma exacta de expresar mis deseos. Entonces, el anciano me dijo:

«—Por su forma de hablar se diría que es usted compatriota mío. ¿Nació en Francia?

«—No, pero he sido educado por una familia francesa y este es el único idioma que comprendo. Voy en busca del auxilio de una familia muy querida para mí y que, por lo menos es lo que espero, querrán ayudarme.

«—¿Son alemanes acaso?

«—No, son franceses. Pero me gustaría cambiar de tema. Soy un desgraciado y estoy solo. No tengo a nadie en el mundo, ni parientes ni amigos. Estas buenas gentes que acabo de nombraros ni siquiera me conocen. El miedo me tiene aterrorizado porque, si me rechazan, estaré condenado para toda la vida a ser un proscrito.

«—¡No pierda las esperanzas! Desde luego que el carecer de amigos es una gran pena, pero el alma de los hombres está llena de amor y de caridad. Tenga confianza, y si esos amigos suyos son buenos y caritativos, no debe desesperarse...

«—¡Son buenos! —exclamé—. Son lo mejor que he visto en el mundo. Pero, por desgracia, tienen ciertos prejuicios contra mí. Yo estoy bien dispuesto hacia ellos y jamás hice daño a nadie. Tanto es así que su vida hasta ahora ha sido casi inútil... A pesar de todo, un velo fatal nubla sus ojos y, donde debieran ver un amigo sensible y bueno, ven tan sólo a un monstruo detestable.

«—Realmente es usted muy desgraciado. Pero si de verdad es inocente, ¿no podría convencerles de ello y demostrarles su error?

«—Precisamente es lo que trato de hacer; por eso aumentan mis temores. Les quiero de verdad y, sin que ellos lo supiesen, he podido apreciar durante mucho tiempo sus buenas costumbres y sus amables maneras. Ellos, sin embargo, creen que deseo hacerles daño. Ese prejuicio que tienen respecto a mí, esa desconfianza es lo que deseo vencer por sobre todas las cosas.

«—¿Dónde viven sus amigos?

«—Muy cerca de aquí —respondí, ansioso.

«El anciano guardó silencio unos instantes para proseguir luego:

«—Si usted quisiera revelarme los detalles de su caso, quizá pudiera hacer algo para ayudarle. Yo estoy ciego y no puedo sentirme afectado por su aspecto; sin embargo, aprecio algo en las palabras de usted que me convence de su sinceridad y bondad. Soy viejo y estoy exiliado, pero me produciría un gran placer poder ser útil a un ser humano que está sumido en la desgracia.

«—¡Qué bueno sois! ¡Qué gran corazón el vuestro! Os doy un millón de gracias y acepto vuestro ofrecimiento. La bondad que demostráis me arranca del cieno en el que estoy hundido. Ahora, con vuestra ayuda, puedo abrigar esperanzas de no ser rechazado en la sociedad humana.

«—¡Dios le libre de ser rechazado por sus semejantes! Aunque fuera un criminal, esto le conduciría a la desesperación en vez de excitar en usted la virtud. También yo me siento desgraciado. Mi familia y yo hemos sido condenados, de forma injusta, a pesar de nuestra inocencia. ¿Quién, pues, podrá comprenderle mejor que nosotros?

«—¿Cómo os agradeceré lo que estáis haciendo por mí? Sois mi único defensor. De vuestros labios he oído, por primera vez en mi vida, a la voz de la bondad dirigiéndose a mí. Sé que os lo voy a agradecer eternamente. Vuestras palabras me garantizan el éxito cuando me enfrente con mis amigos.

«—¿Querría decirme el nombre y el lugar donde viven?

«Permanecí en silencio por unos momentos. Había llegado el momento decisivo en que la felicidad vendría a mí o se alejaría de mi alcance para siempre. Luché inútilmente por reunir fuerzas para responder a su pregunta, pero todos mis esfuerzos no lograron sino acabar con mis últimas energías. Abatido, comencé a sollozar. De pronto oí los pasos de mis jóvenes protectores. No debía perder ni un instante, y, cogiendo las manos del anciano, grité:

«—¡Ha llegado el momento! ¡Salvadme! ¡Protegedme! Vos y vuestros hijos sois los amigos que busco. ¡No me dejéis solo ahora!

«—¡Buen Dios! —exclamó el anciano, al tiempo que posaba sus manos sobre mi cabeza—. ¿Quién sois?

«En aquel instante, la puerta de la cabaña se abrió y Félix, Agatha y Safie penetraron en la estancia. ¿Cómo explicarte el horror que sintieron al verme? Agatha se desmayó y Safie salió huyendo, mientras Félix se lanzaba hacia mí y, en un esfuerzo sobrehumano, me arrancaba de las rodillas de su padre, que yo estaba estrechando. Me arrojó al suelo y me golpeó con una estaca. Si hubiera querido habría podido destrozarle como una pantera a un gamo; pero mi corazón, aunque lleno de amargura, no le odiaba. Iba a golpearme otra vez cuando, dominado por la pena y la angustia, huí de la cabaña entre el tumulto que había ocasionado. Conseguí deslizarme hasta mi cobertizo sin ser visto.

Capítulo XVI

«¡**M**aldito, maldito creador! ¿Para qué, con qué objeto vivía yo? ¿Por qué motivo no destruí en aquel preciso instante la vida que me habías dado de manera tan irresponsable? No lo sé. La desesperación no se había apoderado todavía de mí, y era ira, acompañada de un fuerte deseo de venganza, lo que albergaba mi corazón. ¡Qué placer hubiera experimentado entonces destruyendo la cabaña y disfrutando con los gritos de dolor de sus habitantes!

«Cuando anocheció, salí de mi escondrijo y anduve deambulando por el bosque. Ya no temía que me descubrieran, por lo que daba libre curso a mis lamentos de angustia. Me sentía cual una bestia salvaje que se hubiese liberado de sus ataduras y de cuantas trampas le habían tendido para evitar que escapase y que corriera por el bosque con la rapidez de una gacela. ¡Qué terrible noche! Las trémulas estrellas y los árboles parecían burlarse de mí. El inmenso silencio que me rodeaba quedaba roto únicamente por el suave canto de algún pájaro. Todos, menos yo, estaban en aquel momento disfrutando o reposando; tan sólo yo, criatura demoníaca, enemigo de mí mismo, llevaba en mi interior un fuego abrasador. Viéndome despreciado y atacado, deseaba destruir todo lo que hallaba a mi paso para poder gozar después de la ruina causada.

«Pero este torbellino de sensaciones no podía durar mucho tiempo sin que acabara sintiéndome agotado; y, en efecto, al fin caí sobre la húmeda hierba, enfermo de impotencia y desesperación. Entre los millones de seres que poblaban la tierra, no había ni uno sólo que fuese capaz de comprenderme y de sentir piedad por mí. ¿Por qué tenía yo que ser bueno y tolerante con quienes eran mis enemigos encarnizados? No. Desde aquel mismo instante me declaré en guerra constante contra todo el género humano, y particularmente centré mi odio en aquel que me había dado vida para condenarme a vivir en un mundo del que sólo recibía miseria y tormento.

«Salió el sol. Escuché voces humanas y comprendí que me sería imposible volver a mi refugio sin ser descubierto, por lo menos durante el día. Así pues, me escondí en la espesura del bosque, con el firme propósito de dedicar todo el tiempo que necesitase al examen de mi situación.

«La tranquilidad que exigía mi estado de ánimo me fue devuelta por la grata temperatura y el purísimo aire reinantes en el lugar donde me refugié. Y cuando consideré lo que había ocurrido en la cabaña, no pude por menos de reconocer la precipitación con que había obrado. Indudablemente había obrado con imprudencia. Era evidente que mi conversación había interesado al anciano, así como que la torpeza cometida al exponerme al horror de sus hijos había sido mayúscula. Lo mejor hubiera sido conseguir que el anciano De Lacey se familiarizase conmigo, y luego dejar que, poco a poco, él mismo hubiese revelado mi vida a su familia, preparándolos para que yo pudiera presentarme ante ellos sin miedo. Creí que mis errores no eran irreparables, y me dispuse a volver a la cabaña para hablar de nuevo con el anciano. Deseaba atraerlo hacia mi causa.

«Estos pensamientos me tranquilizaron un tanto, de forma que, cerca ya del mediodía, acabé por dormirme. No obstante, la fiebre que me consumía impidió que tuviera sueños agradables. La horrible escena del día anterior se reproducía constantemente en mi cerebro, hasta que desperté, agobiado. Era ya negra noche. Salí, pues, de mi escondrijo y busqué algo con qué alimentarme.

«Cuando sacié el hambre, dirigí mis pasos hacia el sendero que tan bien conocía. El silencio más absoluto rodeaba la cabaña. Con gran cuidado me introduje en el cobertizo, esperando la hora en que la familia tenía por costumbre levantarse. Pero salió el sol y los habitantes de la cabaña todavía no habían aparecido por ningún lado. Pensando que una nueva desgracia se hubiese añadido a la anterior, empecé a temblar. El interior de la casa estaba a oscuras, y no podía apreciarse ningún signo de vida. Aquella quietud me sumió en una agonía inenarrable.

«Al cabo de un rato oí unas voces muy cerca de la choza. No podía entender muy bien lo que decían porque hablaban en el idioma del país, que era distinto del de mis protectores. Luego vi aparecer a Félix acompañado de otro hombre, cosa que me llenó de desconcierto, ya que no le había visto abandonar la casa por la mañana. Esperé, devorado por la impaciencia, y sin comprender la violenta gesticulación con que ambos hombres acompañaban sus palabras. Algún detalle me aclararía lo que estaba ocurriendo.

«—¿No ve usted —decía el campesino— que tendrá que pagar tres meses de renta y que, además, va a perder todos los productos del huerto? No quisiera aprovecharme de lo que no me corresponde, y por este motivo le pido que reconsidere tan pronta determinación.

«—¡No tengo nada que pensar! —respondió Félix—. No podemos bajo ningún concepto seguir viviendo aquí. La vida de mi padre ha corrido un grave peligro por todo lo que ya le he explicado. Mi esposa y mi hermana no sé si conseguirán reponerse del horror. Así pues, le ruego no me hable más de ello. Quédese con su casa y permítanos marchar.

«Al decir esto, Félix temblaba violentamente. Luego, los dos hombres entraron en la cabaña, permanecieron en ella durante un momento y al final se marcharon. Nunca más volví a ver a un miembro de la familia De Lacey.

«El resto de la jornada permanecí escondido en mi refugio, abandonado a los sentimientos de congoja y desesperación que me habían asaltado. Mis protectores, con su huida, habían roto el único lazo de unión que me ataba al mundo. Por vez primera el odio y la venganza que albergaba mi corazón corrían libremente por mis venas, sin que intentara detenerlas; al contrario, me abandoné a ellas y, arrastrado por su ímpetu, concebí ideas de destrucción y muerte. Sin embargo, cuando, a pesar mío, recordaba la agradable voz de De Lacey, los dulces ojos de Agatha y la hermosura de Safie, las ideas de destrucción desaparecían para dar paso a un torrente de lágrimas que, en cierto modo, me servían de consuelo. Pero cuando por mi mente cruzaba otra vez la idea de que me habían abandonado, el odio me dominaba de nuevo y lo descargaba en los objetos que me rodeaban, puesto que no podía hacerlo sobre los seres humanos. A medida que la noche fue avanzando, acumulé toda clase de materiales alrededor de la cabaña y destruí toda la vegetación del huerto.

«Comenzó a soplar un fuerte viento que dispersó las nubes, alejando cualquier posibilidad de que lloviera y ejerciendo sobre mí una influencia maligna. Entonces, presa mi mente de una locura vengadora, encendí una rama seca de árbol y, habiendo perdido todo el control sobre mí mismo, empecé a danzar alrededor de aquella querida cabaña. Tenía los ojos fijos en el punto donde la luna iba a unirse con el horizonte. Por fin, cuando la luna se ocultó por el Oeste, agité la rama encendida y comencé a gritar al tiempo que prendía fuego a la paja, al brezo, a la madera y a todo cuanto había amontonado cuidadosamente momentos antes. El viento avivaba las llamas y la cabaña se encontró en pocos segundos sumida en un fuego destructor que, aferrándose con sus lenguas a cada objeto, destruía la casita en la que había sido tan feliz y, finalmente, tan desgraciado.

«Así, una vez convencido de que nadie podría impedir ya la completa aniquilación de la cabaña, abandoné el lugar y busqué refugio en los bosques.

«El mundo se abría ante mí; pero, ¿a dónde iba a encaminar mis pasos? La primera decisión fue huir lo más lejos posible del lugar que había sido testigo de mis desdichas; pero pronto comprendí que para mí, el odio y el desprecio estarían en cualquier país al que me dirigiese, siempre prestos a recibirme. Entonces fue cuando me acordé de ti y decidí buscarte. Tus escritos me habían hecho saber que eras mi creador, mi padre. Por tanto, ¿a quién podía yo recurrir, en busca de socorro, mejor que al hombre que me había creado? Las enseñanzas que Félix había vertido sobre Safie incluían también nociones de geografía, por lo que me había sido posible aprender, poco más o menos, la situación de los distintos países del mundo. En tu diario había podido leer varias veces el nombre de Ginebra, que citabas como tu ciudad natal. Así pues, sin pensarlo dos veces, decidí emprender el camino hacia allí.

«Te preguntarás cómo podía orientarme, ¿verdad? En realidad sólo sabía que debía dirigirme al Sudoeste para alcanzar mi destino, con el sol como único guía, pero desconocía el nombre de las ciudades que tenía que cruzar y, además, me era imposible preguntar a alguien. Sin embargo, todo esto no logró hacerme desesperar. Mi corazón estaba animado por el odio y tú eras el único que podía proporcionarme ayuda. Fuiste mi creador sin conciencia, me diste capacidad para discernir y sentir, y luego me arrojaste a un mundo en el que los hombres me odiarían y temerían. Esto me daba derecho a esperar piedad y también a exigirte una reparación... Así es que me decidí a obtener la justicia que los demás me negaban y que con tanta inutilidad había pretendido obtener.

«El viaje fue penoso y los sufrimientos que tuve que padecer, enormes. El otoño estaba en su apogeo cuando abandoné la región, por lo que me vi obligado a caminar de noche ante el temor de encontrarme algún ser humano. La naturaleza estaba cambiando a mi alrededor; el sol, perdido todo su ardor, no tardó en dar paso a las lluvias y nieves invernales, que helaban la superficie de los ríos y despojaban de todos sus encantos a la tierra, convertida ahora en algo duro y desabrido. Cada vez me resultaba más difícil encontrar un lugar donde cobijarme. ¡Ah, cuántas veces estalló entonces mi ira contra aquel que me había dado vida! Toda la bondad de mi carácter había desaparecido, dando paso a una amargura que pronto se convirtió en odio. La nieve caía con mayor frecuencia cada vez y el hielo se hacía más sólido; pero ninguno de estos fenómenos me arredró. Mi deseo de venganza iba en aumento a medida que me acercaba a tu tierra natal. No cejé ni un momento en mi empeño y continué avanzando, guiado por algunos detalles y por un mapa que poseía, aun cuando eso no impidió que a menudo me extraviara. La agonía en que vivía no me permitía descansar un solo instante, contribuyendo más y más a mantener en mí la llama que tales dificultades no hacían sino avivar. Cuando, en los alrededores de la frontera suiza, el sol había vuelto a calentar y los campos empezaban a cubrirse de verdor, ocurrió un incidente que acabó por confirmar mis propósitos.

«Mi norma de conducta era descansar durante el día y viajar por la noche, aprovechando que la oscuridad era mi protectora. Pero un día encontré un camino que se adentraba en un hermoso bosque y pensé que podía aventurarme por él aun después de la salida del sol. Lo espléndido de la temperatura, en aquel inicio de la primavera llegó a alegrarme y por un momento hizo renacer en mi corazón los sentimientos de gozo que casi se habían borrado de mi memoria. En un arrebato, me dejé arrastrar por ellos al tiempo que olvidaba mi soledad y mi aspecto monstruoso. Volví a sentirme feliz, y lágrimas de ternura corrieron por mis mejillas cuando levanté los ojos hacia el sol, como queriendo agradecerle el pequeño placer, para mí tan importante, que me estaba proporcionando con su calor.

«Continué por el sendero hasta que llegué al linde del bosque, recorrido en toda su amplitud por un profundo río de corrientes muy rápidas. Los árboles encorvaban sus ramas, en las que los retoños pugnaban por brotar, hasta tocar el agua. Me detuve un instante para tratar de ver qué dirección iba a tomar, cuando oí voces y decidí encaramarme a un árbol apresuradamente. Apenas me había ocultado, llegó corriendo una pequeñuela que parecía jugar con otra persona y que, cuando estuvo junto a la margen del río, resbaló y cayó al agua. Inmediatamente salí de mi escondrijo, corriendo hacia el lugar para intentar sacar a la pequeña del agua, lo que conseguí después de denodados esfuerzos. Ya en la orilla vi que había perdido el sentido y traté de volverla en sí con mis rudimentarios conocimientos. De pronto apareció un patán, quien al verme, se precipitó contra mí, arrancándome a la niña de los brazos y huyendo hacia lo más espeso del bosque. Corrí tras él todavía no sé exactamente por qué y cuando el hombre observó mi avance, se detuvo, me encañonó con un arma que llevaba e hizo fuego. Caí herido mientras el hombre proseguía su huida hacia la espesura.

«¡He aquí la recompensa que tuvo mi benevolencia! Acababa de salvar a un ser humano de la muerte, cuando otro, en agradecimiento, me había herido. Ni que decir tiene que todos los sentimientos de dulzura que momentos antes me embargaban desaparecieron por completo, para dar paso al feroz odio que me hacía rechinar los dientes. Excitado por el dolor físico y moral, juré no cejar hasta sentirme vengado de la raza humana. Pero la herida me dolía tanto que pronto caí desmayado.

«Pasé así algunas semanas, escondido en el bosque y tratando de sanar. Sabía que la bala había entrado en mi hombro, pero no si había salido fuera o permanecía allí. De todos modos era igual; tampoco tenía medio alguno para extraerla. Al dolor que sentía se añadían la ingratitud y la injusticia, que no me permitían hallar la serenidad necesaria en mi estado, sino que, por el contrario, despertaban en mí deseos de venganza, de una venganza que me resarciese de todo lo que había sufrido.

«Después de unas semanas, durante las cuales mi herida se curó, por fin pude reanudar mi viaje. El sol calentaba y la brisa primaveral soplaba dulcemente, pero ya nada mitigaba los sufrimientos de mi espíritu. Todo cuanto podía haberme causado placer se me antojaba un insulto, pues me recordaba que yo no podía disfrutar de ningún placer terrestre.

«No obstante, mi viaje estaba a punto de llegar a su fin. En efecto, al cabo de dos meses me encontré a las puertas de Ginebra.

«Cuando llegué, el sol casi se había ocultado por completo. Me dirigí, pues, hacia el bosque, con objeto de meditar la mejor forma de acercarme a ti. El cansancio y el hambre me oprimían tanto que ni siquiera observé la maravillosa escena que ofrecía el sol al ponerse detrás de las montañas del Jura.

«Me sentí invadido por un sueño liviano, que vino a ahuyentar un poco mis tormentos; pero no tardó en ser interrumpido por la presencia de un hermoso chiquillo que había llegado corriendo hasta mí, lleno de vida y resplandeciente de salud. Pensé que aquel niño era todavía muy pequeño para sentir prejuicio alguno, pues no había vivido todavía lo bastante como para saber diferenciar la belleza de los hombres de mi monstruosa fealdad, y tuve la idea de apoderarme de él y acostumbrarle a mi compañía; si lo hacía, ya nunca más me vería forzado a estar solo.

«Instigado por este pensamiento, atrapé al chiquillo cuando pasaba por mi lado y le atraje hacia mí. Él, tan pronto me vio, se tapó los ojos con sus manos y en su rostro vi expresado el profundo horror que le inspiraba. Lanzó un grito, pero le obligué a destaparse los ojos mientras le decía:

«—Niño, no temas. No voy a hacerte ningún daño. Escúchame.

«Estas palabras, lejos de calmarle, le hicieron forcejear para soltarse de mis manos. En sus esfuerzos por liberarse pedía que le dejase ir y me insultaba diciendo que yo le quería comer.

«—¡Eres un monstruo! ¡Ogro! —gritaba—. Déjame ir o se lo diré a mi papá.

«—Tienes que venir conmigo, niño. Debes olvidar a tu padre y acompañarme. Yo te necesito.

«—¡Monstruo! Suéltame. Mi papá es síndico, es el señor Frankenstein y te castigará si no me dejas ir.

«—¡Frankenstein! ¿Eres de la familia de mi enemigo? He jurado vengarme de él y tú serás mi primera víctima.

«Los insultos del pequeño me producían todavía más furor y encendían mi desesperación. Gritaba tanto que le cogí por el cuello, para obligarle a callar... Sin saber cómo, de pronto le vi caer sin vida a mis pies.

«Contemplé el cuerpecito exánime de mi víctima, y mi corazón se llenó de alegría al contemplar el triunfo infernal que había alcanzado. Entonces, agitando mis manos, exclamé:

«—¡También yo soy capaz de crear destrucción y muerte! ¡Mi enemigo no es invulnerable! ¡Esta muerte le hundirá en la desesperación y atraerá sobre él mil tormentos!

«Al volver a mirar al niño observé que algo resplandecía colgado de su cuello. Lo tomé y vi que era el retrato de una preciosa mujer, cuya expresión consiguió calmarme por unos instantes. Contemplé con admiración sus ojos oscuros, rodeados de sedosas pestañas, así como sus bien dibujados labios; pero esto duró un instante, porque repentinamente recordé que para mí estaba prohibido disfrutar de los placeres que tales criaturas pueden ofrecer. Pensé que si aquel rostro pudiera verme, cambiaría su expresión de dulzura por la del terror y el asco.

«¿Crees que es extraño que aquellos pensamientos me llenasen de ira? Lo único que no comprendo es cómo en aquellos momentos no me lancé a destruir a la Humanidad, pereciendo yo con ella. En lugar de hacer eso empecé a lamentarme de nuevo y a llorar por mi desgracia.

«Sumido en estos negros pensamientos, me alejé del lugar donde había cometido el crimen, para buscar otro más seguro donde ocultarme. Entré en un tapadizo que me pareció vacío, pero encima de un montón de paja dormía una linda muchacha que, aunque no tan hermosa como la del medallón, tenía un agradable aspecto producto de su belleza y juventud.

«—He aquí —me dije—, un rostro radiante al que asoman sonrisas capaces de hacer la dicha de cualquiera, pero que me están prohibidas. Me incliné sobre ella y murmuré:

«—Despierta, hermosa muchacha, tu amante está aquí. Daría gustoso su vida por obtener de tus ojos una mirada de amor. Despierta, amada mía.

«En aquel momento, la muchacha se agitó y esto provocó en mí un escalofrío de terror, pues pensé que si despertaba, al verme gritaría de espanto; incluso era probable que llegara a denunciarme como el asesino del niño. Por mi mente no asomó ni por un instante la duda de que quizá no obraría así; hasta este extremo estaba seguro de que sería como todos los demás. Me desesperé, pero pronto renació en mí el ansia de venganza. Por esta vez no sería yo quien sufriría, sino ella. Haría que apareciese, como autora del crimen que yo había cometido precisamente por estarme vedado el acceso al más sencillo placer de la vida. Sería ella quien pagaría por mi crimen, puesto que, como mujer, era la verdadera causa de que lo cometiese. Gracias a las lecciones de Félix sobre

las sanguinarias leyes humanas conocía el modo de crear la falsedad. Así, pues, me incliné sobre la muchacha y coloqué en uno de
sus bolsillos el retrato que quité al niño.

«Pasé varios días vagando por aquellos parajes, escenario de
mi crimen. Dudaba entre buscarte o abandonar un mundo tan
lleno de miseria. Finalmente llegué hasta estas montañas, por las
que no he dejado de deambular, consumido por una pasión que
sólo tú puedes mitigar. No me separaré de ti hasta que me prome-
tas realizar lo que te pido. Estoy completamente solo y me siento
desgraciado. Ningún hombre quiere relacionarse conmigo. Pero
si hubiera un ser tan horrible como yo, estoy seguro de que él no
se negaría a ser mi compañero, porque su misma soledad le uniría
a mí. Así pues, mi semejante deberá tener los mismos defectos que
yo; tiene que ser de mi misma especie. Sólo tú puedes crearlo.
¡Hazlo!

Capítulo XVII

Así habló el repugnante monstruo, mientras me miraba con sus ojos clavados en los míos, esperando una respuesta a su proposición. Yo estaba perplejo y era incapaz de ordenar mis ideas para medir el alcance de sus palabras.

—Tienes que crear una hembra —prosiguió, con la que yo pueda vivir e intercambiar las muestras de afecto de las que no quiero prescindir. Sólo tú puedes conseguirlo. Tengo el derecho de pedírtelo.

La última parte de su relato había despertado mi cólera, poco antes desvanecida al oírle contar su pacífica vida entre los habitantes de la cabaña. ¡Pero esto ya era demasiado! Su proposición hizo que el odio volviera a aflorar en mi espíritu.

—¡Me niego rotundamente a secundarte! —le contesté—. Y debo decirte que no hay tortura en el mundo que me obligue a obedecerte. Podrás convertirme en el hombre más desgraciado de la tierra, pero lo que no conseguirás nunca es convertirme en un desalmado, en un ser despreciable a mis propios ojos. ¿Cómo crees que podría crear un ser tan miserable como tú, para que juntos sembrarais el terror en el mundo? ¡Márchate! Esa es mi respuesta. Aunque me tortures, jamás consentiré.

—Estás completamente equivocado —respondió—. Quiero tratar contigo esta petición, no intento conseguir nada con amenazas. Mi maldad es consecuencia de mi desgracia, de mi infelicidad. ¿No comprendes que mi perversidad es producto del constante desprecio que me hacen todos? Mi mismo creador no dudaría ni un momento en destruirme. Reflexiona, pues. ¿Cómo puedo ser generoso con los demás si los demás se muestran implacables conmigo? Si tú me precipitaras por estos barrancos helados, o me destrozaras con tus manos, ¿verdad que no lo considerarías un crimen? ¿Por qué, pues, he de respetar yo a quien me desprecia? Haz que el hombre, en vez de odiarme, me acepte e intercambie conmigo sus bondades, y verás que en lugar del mal puedo atraer sobre él toda clase de beneficios y bendiciones. Pero sé muy bien que esto no puede realizarse, porque los sentimientos que animan al hombre son un muro invencible para nuestra unión. Yo no estoy dispuesto a someterme a la esclavitud más abyecta. Vengaré todas las injurias que se me hagan, y si no puedo inspirar amor, inspiraré terror. Y es a ti, creador y enemigo, a quien empiezo jurando odio eterno. ¡Tú lo has querido! Escucha bien. He de forjar tu destrucción, pero no de una manera rápida, sino lenta, pausadamente, para que puedas maldecir en más de una ocasión la hora en que viraste al mundo.

Dijo estas palabras poseído de un furor endemoniado, contrayendo su rostro en una horrible mueca nunca vista por un ser humano. Al cabo de unos segundos, esta expresión desapareció de su cara, y siguió diciendo:

—Estoy dispuesto a razonar. Sé bien que la cólera que siento me perjudica más que me favorece. Aunque no lo creas, tú eres la causa de mi mal. Si alguien fuera capaz de sentir benevolencia hacia mí, se la devolvería cien veces mayor. Por esa única criatura, para agradar a ese ser, sería capaz de hacer las paces con la humanidad entera. Mas esos sueños no podrán realizarse nunca. Mi propuesta no carece de lógica y no es nada extraordinario para ti el satisfacerla. Quiero una criatura de sexo femenino tan horrible como yo. Creo que es lo menos que puedo pedir, y con ser tan poca cosa, bastará para satisfacerme. Es verdad que seremos dos monstruos, dos seres distintos de cualquier persona humana; pero eso es precisamente lo que nos unirá. Nuestras vidas podrán no ser felices, pero lo que si serán es inofensivas y estarán, sobre todo, libres de la miseria y del padecimiento que hoy me aquejan. Y tú, mi creador, puedes hacer realidad este deseo. Permíteme que esta sea la única cosa por la que pueda ofrecerte mi agradecimiento. ¡Haz que por lo menos un ser vivo sienta simpatía y amor por mí! Es el único favor que te pido.

Sus palabras me conmovieron, pero al pensar en las terribles consecuencias que mi consentimiento podía acarrear, temblé de miedo. Veía claramente que muchos de sus argumentos eran justos y razonados puesto que su relato y sus palabras demostraban fehacientemente que era capaz de concebir sentimientos refinados. Por mi parte, ¿podía negar que todo creador debe tratar de hacer feliz a su criatura? Al darse cuenta del giro que habían tomado mis pensamientos, añadió:

—Si consientes en realizar mi petición, ni tú ni ningún ser humano sabrá de nosotros jamás. Nos iremos a las regiones inhabitadas de América del Sur. Mi alimento no es el del hombre, puesto que no me es preciso matar un cordero para comer; me bastan las nueces y las moras. Mi compañera, pues, al ser de mi misma condición se contentará con lo mismo. Nuestro lecho serán las hojas secas, y el sol brillará para nosotros al igual que para los demás seres, haciendo crecer y madurar nuestros alimentos. Podrás ver que mis deseos respiran tranquilidad y humanidad; sólo tú, por afán de poder o por crueldad, puedes negarte a concederme lo que pido. A pesar de la poca consideración que has tenido para conmigo, he visto brillar en tus ojos una chispa que me hace pensar que sientes compasión por mí. Debes permitirme que aproveche esta oportunidad, que considero favorable para conseguir lo que con tanto ardor deseo.

—Intentas huir de la compañía de los hombres para vivir en la selva, donde las fieras serán tus únicos vecinos —le contesté—. ¿Cómo puedes decir eso tú, que aspiras a la benevolencia? ¿Cómo te será posible vivir en ese destierro, cuando lo que deseas es la amistad y el amor? Tus pasiones se desencadenarán de nuevo, y esta vez contarás con una compañera de infortunio que te ayudará a destruirlo todo. Ya ves que no puedo consentirlo. No me es posible concedértelo.

—¡Qué variables son tus sentimientos! Hace tan sólo un momento mis lamentaciones te conmovían. ¿Por qué te niegas ahora a complacerme? Te juro por la tierra donde vivo, y por ti, que fuiste quien me creó, que si me das una compañera abandonaré la compañía del hombre para vivir en el lugar más salvaje que exista bajo la capa del firmamento. Mis bajas pasiones me abandonarán, porque tendré quien me dé afecto; y mi vida transcurrirá dulcemente hasta que, en el instante de mi muerte, no tendré motivo de maldecir a quien me dio la vida.

Sus palabras me produjeron un extraño efecto. Sentí conmiseración por él, y hasta empecé a querer consolarle. Pero mis buenos propósitos se diluyeron al contemplar cómo hablaba y se movía aquella repugnante masa. Sentí que mis sentimientos volvían a ser los mismos de antes. Me esforcé en comprender que, si bien no podía tener contacto alguno con él, tampoco tenía ningún derecho a privarle de una parte de felicidad que estaba en mis manos concederle.

—Juras ser inofensivo —le dije—, pero lo haces sin darte cuenta de que has demostrado la suficiente maldad como para inspirar desconfianza. ¿Cómo puedo asegurarme de que todo esto no es una trampa construida por ti mismo para aumentar tu destrucción?

—¿Qué significan tus palabras? No intentes jugar conmigo. Exijo una respuesta. Si me veo privado de todo lazo de afecto con otro ser como yo, nadie podrá culparme de que en mi pecho sólo se albergue el odio. El amor de otro semejante bastaría para destruir la causa de mi desesperación y hacer posible que me convirtiera en alguien ignorado por todos. Si soy perverso es porque me veo obligado a vivir en la soledad que aborrezco; por tanto, la consecuencia de que mi soledad desaparezca será el renacer de mis virtudes por causa del afecto que me unirá a otro ser. Sentir amor por otro me colocará en el engranaje de la existencia que llevan los demás, y de la que ahora estoy excluido.

Durante unos momentos permanecí reflexionando sobre cuanto me había explicado y sobre la validez de sus argumentos. Pensé en que las virtudes que él poseía habían desaparecido cuando sus protectores le maltrataron, y calculé la potencia de sus amenazas. Evidentemente, una criatura de su constitución, que podía vivir en cuevas heladas y ocultarse en los riscos inaccesibles al hombre, era un ser con el que sería muy difícil competir. Por fin, después de meditar sobre todo esto, llegué a la conclusión de que debía dar satisfacción a su demanda, por la justicia que se le debía, tanto a él como a mis semejantes.

—Bien, haré lo que me pides —le respondí—. Pero debes prometerme que abandonarás Europa para siempre, así cómo también cualquier otro lugar cercano al hombre, tan pronto como te entregue a tu compañera de destierro.

—¡Juro por el sol y por el cielo —gritó—, por el amor que arde en mi pecho, que si me concedes lo que tanto anhelo jamás volverás a verme, mientras estos sentimientos existan! Sigue, pues, con tus trabajos, que yo esperaré con ansiedad los progresos que hagas. Y no temas, porque tan pronto como concluyas tu obra, llegaré para llevarme a mi compañera.

Tras estas palabras desapareció de mi vista, temiendo sin duda que yo cambiara de parecer. Le vi descender por la montaña con la misma rapidez con que el águila traza su vuelo, y le perdí de vista en las olas de aquel mar de hielo.

Su relato había durado lo que el día; cuando me abandonó, el sol ya se ocultaba tras el horizonte. Tenía que apresurarme en llegar al valle, pues de lo contrario la oscuridad me rodearía completamente. Pero me sentía agobiado y mi caminar era lento; además, debía poner atención en colocar correctamente los pies para no caer despeñado, y esto representaba hacer un gran esfuerzo. La noche estaba muy avanzada cuando llegué al refugio situado a medio camino y caí sentado junto a la fuente. Las estrellas titilaban en el cielo, oculto intermitentemente su fulgor por las nubes al pasar ante ellas; los abetos impresionaban por su altura, aunque de vez en cuando alguno de ellos aparecía muerto a los pies de los demás; en fin, todos estos detalles hacían que la escena adquiriera una gran solemnidad, que provocaba en mí reacciones extrañas. Me eché a llorar amargamente, mientras en un gesto de desesperación exclamé:

—¡Oh! ¡Estrellas, nubes, viento! Parece que os habéis confabulado para mofaros de mí. ¿Qué os importan mis tormentos? Si en verdad me compadecieseis, me libraríais de recuerdos y dejaríais que me hundiera en la nada. ¡Marchaos lejos y dejadme en las tinieblas!

Sé que éstos eran pensamientos insensatos, pero no puedo explicarte por qué el parpadeo de las estrellas hería mis ojos y el silbido del viento me parecía ser el siroco que quisiera destruirme.

Llegué a la aldea de Chamonix antes del amanecer, y sin descansar en absoluto emprendí de inmediato el viaje de regreso a Ginebra. No me era posible explicarme a mí mismo las sensaciones que pesaban en mi alma y que casi anulaban mi agonía. En este estado de ánimo llegué a mi hogar, con un aspecto tan huraño y desagradable que despertó la intranquilidad de los míos. Me sentía totalmente incapaz de responder a sus preguntas, por lo que apenas pronuncié unas palabras de salutación. Tenía la sensación de estar marginado, de ser como un proscrito a quien se le niega, todo derecho al calor humano, prohibiéndosele la compañía de los hombres para toda la eternidad. No obstante, la adoración que sentía por mis semejantes, en lugar de verse disminuida, había aumentado con mi deseo de salvarles, y ello me empujaba a entregarme de lleno, sin demora alguna, a la aborrecible tarea que había prometido realizar. La perspectiva de ocuparme en cualquier otro trabajo circunstancial de la vida se me antojó como un sueño apenas perceptible. Sólo aquella tarea tenía para mí reflejos de realidad.

Capítulo XVIII

Después de mi regreso a Ginebra, las semanas fueron transcurriendo, día tras día, sin que pudiera encontrar el suficiente ánimo como para empezar mis trabajos. Temía la venganza del odioso ser si no cumplía lo que le había prometido, pero me era imposible vencer la repugnancia que me producía entregarme a la actividad que me había impuesto. Me di cuenta de que no llegaría a crear una hembra de la misma especie que el monstruo, sin dedicar antes muchos meses al estudio y a la investigación. Había oído hablar de ciertos descubrimientos hechos por un sabio inglés, que me serían imprescindibles si deseaba alcanzar el éxito, y por ello pensé en pedir permiso a mi padre para visitar Inglaterra. A pesar de ello, me aferraba a cualquier acontecimiento, por pequeño que fuera, para justificar el retraso del viaje. Mi salud, antes tan precaria, se había restablecido considerablemente; y mi ánimo, antes tan decaído, se elevaba cuando mi mente no estaba sometida a la morbosa influencia del recuerdo de mi promesa. Mi padre observaba este cambio con satisfacción, y procuraba suprimir cuanto creía la causa de mi desasosiego. Por mi parte, cuando me asaltaba el pesimismo, me refugiaba en la más completa soledad; pasaba días enteros navegando por el lago, y mi única actividad era observar el cielo y escuchar el murmullo de las aguas, que parecían inamovibles e indiferentes a todo. El aire puro y el brillo del sol me animaban en parte, y permitían que, al volver a casa, recibiese los saludos de todos mis amigos con gran alegría.

Un día, cuando regresaba de una de estas excursiones, mi padre me llamó a su gabinete y me dijo:

—Mi querido hijo, me siento realmente feliz al observar que has recobrado gran parte de tu vitalidad. Con todo, no pareces ser absolutamente dichoso, y a veces incluso huyes de nuestra compañía. He meditado muchísimo acerca de esto, haciendo toda clase de suposiciones, y por fin ayer se me ocurrió algo que, de ser cierto, te pido me lo confirmes con toda franqueza, porque una reserva por tu parte sólo conseguiría traernos disgustos a todos.

Temblé al oír sus palabras, pensando que podía haber descubierto mi secreto, pero él continuó:

—Debo decirte, hijo mío, que siempre he deseado que se realizara tu matrimonio con nuestra querida Elizabeth, pues ese iba a ser el apoyo de mi felicidad en los días que me queden de vida. Os queréis desde vuestra infancia, estudiasteis juntos y parecéis tener las mismas preferencias. Pero el hombre es a veces tan ciego, que quizá yo creí contribuir mejor a la realización de mi plan, cuando lo que en realidad estaba haciendo era destruirlo por completo. Es muy posible que consideres a tu prima como a una hermana, y que no desees en absoluto verla convertida en tu esposa. También puede ser que hayas posado tus ojos en otra mujer, que estés enamorado de ella y que, al considerarte ligado a Elizabeth por una cuestión de honor, sufras al buscar una salida honorable a tal problema.

—Querido padre, no debes preocuparte por eso. Amo a mi prima con ternura y sinceramente. Nunca vi otra mujer que fuera capaz de encender en mi corazón la llama que Elizabeth aviva. No deseo otra cosa para mi futuro que unirme a ella en matrimonio.

—Oírte hablar así, Víctor, me hace experimentar un placer olvidado desde hace muchos años. Si tus sentimientos son como dices, llegaremos a ser de nuevo felices, a pesar de lo que hayamos podido sufrir durante estos últimos tiempos. Mi mayor deseo sería verte perder esta tristeza que te consume y que me dijeras si quieres celebrar vuestra boda inmediatamente. Hemos padecido grandes desgracias, hijo mío, que nos han alejado de la necesaria tranquilidad que precisan mis años y mi estado de salud. Eres joven y posees una fortuna considerable, por lo cual no creo que el matrimonio sea incompatible con los planes que hayas forjado para tu futuro. Al decirte esto no deseo en modo alguno influir en ti para adelantar el acontecimiento. Quiero que mis palabras expresen tan sólo la ilusión por verte de nuevo feliz, y te ruego que me contestes con sinceridad.

Había estado escuchando lo que mi padre decía, y por unos momentos me vi incapaz de responder. En mi cabeza bullían toda clase de pensamientos, a través de los cuales me esforzaba por entrever algo claro. ¡Dios mío! Ante la sola idea de llegar a una unión inmediata con Elizabeth, mi mente se horrorizaba. Estaba atado por una promesa que aún debía cumplir y que no me atrevía a romper porque, de hacerlo, una multitud de desgracias caerían sobre mí y los míos. Por otra parte, ¿acaso era posible festejar un acontecimiento tan maravilloso mientras sobre mi cabeza pendía el filo de tan terrible secreto? Primero era preciso que cumpliera con lo prometido y dejara que el monstruo se alejase con su compañera a otras latitudes. Luego podría entregarme sin reserva al feliz momento de una unión de la que tanto esperaba.

Pero otro factor a tener en cuenta era el viaje que debía hacer a Inglaterra, aunque también podía intercambiar correspondencia con el sabio inglés, con objeto de obtener los datos imprescindibles para mi trabajo. Pero esto último era en extremo lento e incompleto. No obstante, lo que más influía en mi decisión era que sentía un reparo enorme a trabajar en la misma casa de mi padre, manteniendo con él y con los demás el habitual trato familiar de siempre. Sabía que el hecho de permanecer en el hogar paterno podía ser causa de que se produjera algún acontecimiento que hiciera descubrir las terribles actividades conmigo relacionadas. Además, durante mi trabajo me vería frecuentemente asaltado por pérdidas de dominio de mí mismo, que sin duda alguna no podría disimular. Así pues, llegué a la conclusión de que era preciso abandonar a los míos, por el bien de todos. Luego, una vez cumplida mi promesa, me vería libre del monstruo para siempre, e incluso era posible (¡cómo me complacía pensar esto!) que ocurriese algún accidente que le destruyese, con lo cual acabaría para siempre la esclavitud a que me veía sometido.

Por lo tanto manifesté a mi padre mis deseos de visitar Inglaterra, poniendo buen cuidado en no exponerle el verdadero propósito de dicho viaje y en demostrarle el interés suficiente para que diese su consentimiento con facilidad. El largo periodo de melancolía que me había asaltado, y que aún no había perdido por completo su intensidad y sus efectos, hicieron que su decisión no fuese difícil. Él esperaba que este viaje me devolviera a ellos totalmente restablecido, puesto que era algo que yo quería hacer voluntariamente.

La duración de mi ausencia quedaba fijada por mí mismo, aunque yo creía que no pasaría de un año. Por su parte, mi padre había tomado una decisión muy paternal: la de proporcionarme un compañero de viaje. Él y Elizabeth, sin contar para nada conmigo, habían persuadido a Clerval para que se reuniese conmigo en Estrasburgo. Esta decisión contrariaba mis planes, pues yo hubiera preferido estar solo; pero por lo demás la agradecía, porque la compañía de mi mejor amigo haría menos penosa la primera parte de mi viaje, evitándome muchas horas de reflexiones angustiosas. Quizá la presencia de Henry lograra que el monstruo se inmiscuyera menos en mis proyectos, ahorrándome la desagradable experiencia de estar solo y expuesto mucho más fácilmente al indudable control que pretendería ejercer sobre los progresos que yo hiciese en mis trabajos.

Así pues, partí hacia Inglaterra habiendo decidido de antemano que mi boda con Elizabeth se celebraría inmediatamente después de mi regreso. Mi padre, influido por su avanzada edad, era remiso a cualquier retraso; y yo mismo me sentía alentado por algo lo suficientemente valioso como para desear ansiosamente la llegada del momento en que se pudiera celebrar dicha ceremonia. Sí, porque aquél sería el día en que, libre de mi promesa, podría estrechar finalmente entre mis brazos a mi adorada Elizabeth, y olvidar así mi triste pasado.

Hice los preparativos para el viaje, no sin verme asaltado por una sorda angustia. Dejaba a mi familia en completa ignorancia, a merced del monstruo y sin protección contra los ataques que en él provocaría la desesperación de mi partida. No obstante, había prometido seguirme adonde yo fuese, por lo que era muy posible que viniese también a Inglaterra. Esta idea era espantosa, pero me tranquilizaba por lo que representaba de seguridad para los míos. Me resigné pronto a tener que dejarme llevar por mis inclinaciones del momento, por lo menos mientras fuese esclavo de la horrible criatura creada por mí. De este modo creía poder contar firmemente con que ésta me siguiera donde quiera que yo fuera, y eso libraría a mi familia de sus propósitos.

Abandoné otra vez mi país a finales de septiembre. La idea del viaje y la decisión de hacerlo eran personalmente mías, por lo que Elizabeth se resignó, no sin experimentar una ligera angustia ante los sufrimientos que yo pasaría estando lejos de ella. Su preocupación por mi bienestar había sido la causa de que me viera acompañado por Clerval, aunque ella sabía muy bien que el hombre no se da cuenta de mil pequeños detalles que sólo una mujer sabe satisfacer. Seguramente hubiera querido rogarme que acortara la duración del viaje, pero sujeta como estaba a un cúmulo de emociones diversas, sólo pudo ofrecerme una silenciosa despedida, los ojos llenos de lágrimas.

Me introduje precipitadamente en el interior del coche que me alejaría de mi hogar, sin saber apenas adonde me dirigía y sin preocuparme por lo que ocurría a mi alrededor. Apesadumbrado por mis cavilaciones, pasé por lugares de belleza incomparable, que mis ojos no fueron capaces de apreciar. Mi pensamiento se centraba en el motivo de mi viaje y en el triste y repugnante trabajo que tendría que realizar mientras durase mi ausencia. Pasados unos días, en los que me hallé sumido en una absoluta indolencia, llegué a Estrasburgo y esperé a mi amigo Clerval por espacio de dos días. Por fin llegó. ¡Qué diferencia había entre ambos! Ningún espectáculo ofrecido por la naturaleza le era indiferente. En él, la avidez y el entusiasmo desbordaban, y cuando contemplaba el amanecer o el cálido brillar del sol disfrutaba del todo. Me señalaba cualquier detalle, como el cambiante color del paisaje o el aspecto del cielo.

—¡Esto es vivir, querido amigo! —decía—. Ahora es cuando disfruto de la vida, de lo que la existencia tiene de maravilloso. ¿Y tú, mi estimado Frankenstein, por qué estás tan abatido?

En realidad, mi ensimismamiento era tan grande que no me daba cuenta del paso de un color a otro, o de la aparición de la primera estrella, o de los reflejos del sol naciente sobre las aguas del Rin. Seguro que te divertiría mucho más, mi querido amigo, el relato que podría hacer Clerval; él observaba cuanto le rodeaba con los ojos de la felicidad, no como el ser desgraciado y perseguido por la maldición que yo era.

Habíamos tomado la decisión de descender en barco por el Rin, desde Estrasburgo hasta Rotterdam, donde encontraríamos pasaje para Londres. El viaje costeaba pequeñas islas, llenas de sauces y preciosas ciudades. Nos detuvimos una jornada entera en Manheim, y después de cinco días de viaje, llegamos a Maguncia. En este punto el curso del río es mucho más pintoresco, porque va serpenteando entre colinas no muy elevadas, pero sí cortadas y escarpadas, de cuyos riscos cuelgan castillos en ruinas y rodeados de oscuras selvas. Esta parte del Rin ofrece una constante variación, y en ella pueden verse tanto montañas llenas de precipicios como bosques tupidos y castillos ruinosos, mientras que el río serpentea por entre innumerables recovecos. De pronto aparecen verdes prados, dorados viñedos, y el curso del río ya no cesa de deslizarse suavemente, bañando las pobladas ciudades que cruza.

Era la época de la vendimia, y mientras íbamos en el barco, llegaba a nuestros oídos el canto de los vendimiadores, tan alegre que yo mismo me sentí invadido por la dicha y olvidé mis lúgubres pensamientos. Tendido en la cubierta, con los ojos puestos en el cielo azul, me embebía de aquella dulce tranquilidad tanto tiempo extraña para mí. Si éstas eran mis sensaciones, ¿cómo serían las de Henry? Se creía transportado al reino de las maravillas, y gozaba de una felicidad que a pocos hombres les es dado disfrutar.

—He podido contemplar —me dijo— los más bellos paisajes de nuestra tierra; he visitado los lagos de Lucerna y de Uri, donde las montañas nevadas descienden casi hasta el agua, proyectando sus oscuras sombras en ella y llegando a sobrecoger el espíritu de quienes no alegran la vista con las brillantes y verdes islas que salpican sus contornos; he admirado el lago agitado por la tempestad y el viento levantando remolinos de agua; he visto a las olas chocar violentamente contra las rocas de las montañas, allí donde perecieron el monje y su amada, cuyas voces en petición de socorro pueden escucharse todavía, según se dice, cuando ruge el viento; me he sentido empequeñecido por las montañas de La Valais y del País de Vaud... Pues bien, estos lugares me seducen aún mucho más. Las montañas de Suiza son majestuosas, pero este río ostenta un encanto que no creo tenga parangón. Fíjate en aquel castillo que cuelga al borde del abismo, y en aquel otro, casi oculto por el follaje de los árboles; mira ese grupo de vendimiadores, caminando entre los viñedos hacia aquel precioso pueblo casi escondido tras la ladera... No hay duda de que el espíritu que reina en estos lugares es más propicio al hombre que aquel que guarda los hielos de los picos inaccesibles de nuestras montañas.

¡Ah, Clerval, mi más querido amigo! ¡Todavía gozo, ahora, con el recuerdo de tus palabras de entonces, y te colmo de las alabanzas que tan justamente mereces! Henry era una persona formada en el auténtico espíritu de la «poesía de la naturaleza». Su fogosa imaginación se compaginaba con una sensibilidad extrema, su alma desbordaba afecto, y su amistad llena de devoción era de esas que tan sólo se buscan en el mundo de la fantasía. Pero la simpatía humana no bastaba para dar satisfacción a su espíritu. El espectáculo de la naturaleza, que para otros era motivo de simple admiración, para él era motivo de la mayor pasión.

La estruendosa catarata
le conmovía como una pasión: la roca elevada,
la montaña, y el bosque umbrío y profundo,
sus colores y sus formas, eran para él
un anhelo; un sentimiento y un amor

que no requerían de otros encantos
producto de la imaginación, o cualquier otro motivo
que no le ofrecieran sus ojos.

¿Dónde estará ahora? ¿Acaso he perdido para siempre a tan gentil y encantador ser? Aquella mente tan llena de hermosas ideas y de fantásticos pensamientos, capaces de dar colorido propio a mundo personal de su creador, ¿acaso había perecido? ¿Quizá y sólo existe en mi recuerdo? Aunque tu materia, tan bellamente forjada, hubiera desaparecido, tu espíritu estaría todavía consolando a tu infeliz y desdichado amigo.

Perdona este estallido de dolor, querido amigo; estas míseras palabras apenas son el pequeño tributo que puedo dedicar a incomparable valor de Henry, aunque ciertamente me sirven de consuelo cuando le recuerdo. Mas debo continuar mi relato.

Nos alejamos de Colonia para descender a las llanuras de Holanda, y una vez allí decidimos continuar el viaje en una silla de postas, pues el viento nos era desfavorable y la corriente demasiado lenta para poder ayudarnos.

A partir de aquel momento, el viaje perdió todo el atractivo que hasta entonces había tenido merced a la magnificencia de los paisajes que habíamos admirado. En unos pocos días llegamos a Rotterdam, desde donde embarcamos para Inglaterra. Al fin, una diáfana mañana de finales de diciembre pudimos ver los blancos acantilados de la isla británica. Las orillas del Támesis nos ofrecieron un espectáculo distinto, pues aunque llanas parecían fértiles, y casi todas las aldeas que allí anidaban guardaban el recuerdo de algún acontecimiento histórico. Vimos el fuerte Tilbury, que nos hizo recordar a la Armada Invencible española, y también Grave-send, Woolwich y Greenwich, ciudades de las que ya había oído hablar en mi país.

Por último contemplamos los innumerables tejados de Londres, entre los que destacaban la cúpula de San Pablo y la no menos famosa Torre de Londres, tan plena de recuerdos para la historia de Inglaterra.

Capítulo XIX

La primera etapa de nuestro viaje era Londres, y en esa bella ciudad decidimos permanecer algunos meses. Clerval deseaba frecuentar la compañía de los hombres de talento que la habían hecho famosa; pero para mí eso tenía un interés muy secundario, pues mi primera y única preocupación era hacerme con los datos suficientes para comenzar mi trabajo. Así pues, me dispuse a hacer uso inmediato de las cartas de presentación que llevaba conmigo, dirigidas a los naturalistas más famosos del país.

Si este viaje lo hubiera efectuado en mis primeros años de estudiante, me habría proporcionado un placer inenarrable; pero ahora pesaba sobre mi cabeza una horrible maldición, por lo que el único motivo de que me entrevistase con aquellos grandes sabios era el deseo de obtener la información que tanto precisaba y que tan sólo ellos podían facilitarme. La simple relación con otras personas carecía de atractivo para mí, porque mi mente estaba llena de mil cosas distintas. Únicamente Henry me tranquilizaba y me alegraba, aunque la paz que yo vivía cuando estábamos juntos era tan engañosa como transitoria. Por el contrario, las alegres caras de las gentes desconocidas avivaban la amargura de mi situación. Entre yo y mis semejantes se alzaba una infranqueable muralla, salpicada con la sangre de William y de Justine, y cuando pensaba en los tristes acontecimientos protagonizados por estas dos personas, mi alma se llenaba de una angustia terrible.

En Clerval veía la imagen de lo que yo mismo había sido antes de mi tragedia, es decir, un ser al que todo le parecía digno de interés y que deseaba ardientemente adquirir experiencia y sabiduría. El comportamiento de los ingleses, tan distinto del nuestro, era para él una fuente inagotable de instrucción y diversión. Fiel a un propósito concebido tiempo atrás, mi buen amigo tenía proyectado visitar la India, convencido de que el conocimiento que tenía de sus diversas lenguas, junto con los estudios que había realizado sobre sus distintas sociedades, le serían de mucha ayuda para colaborar al progreso de la colonización y el comercio europeos. El convencimiento de que solamente en Inglaterra podría ver satisfecho su sueño le tenía ocupado todo el día, y su único motivo de preocupación era mi constante estado de tristeza y pesar. Yo trataba de ocultarle cuanto podía mis sufrimientos, en un intento de que él pudiera disfrutar plenamente de los placeres naturales que nos ofrece la vida cuando entramos en una nueva faceta de la misma, y firme en mi propósito, rehusaba acompañarle a muchos lugares pretextando algún compromiso. Entretanto, había empezado a reunir los materiales que me eran precisos para mi trabajo, lo cual me proporcionaba nuevas torturas. Cada pensamiento dedicado a mi tarea, cada palabra pronunciada con relación a ella, me hacían temblar y conseguían que mi corazón latiese anormalmente.

Habían transcurrido algunos meses de nuestra estancia en Londres, cuando un día recibimos una carta de un amigo escocés que tiempo atrás nos había visitado en Ginebra. Elogiaba las bellezas naturales de su país, y nos preguntaba si ellas y sus palabras serían motivo suficiente para que prolongáramos nuestro viaje hacia el norte, hasta Perth concretamente, donde él residía. Clerval se mostró entusiasmado con la invitación, y aunque para mí cualquier relación social resultase aborrecible, me dejé vencer por el deseo de contemplar otra vez los montes y los ríos, maravillas con que la Naturaleza adorna sus lugares favoritos.

Habíamos llegado a Inglaterra a primeros de octubre y estábamos ya en febrero; así pues, decidimos empezar nuestro viaje un mes más tarde. En lugar de seguir la ruta de Edimburgo, optamos por el camino que nos permitiera visitar Windsor, Oxford, Matlock y los lagos de Cumberland, para llegar a nuestro destino a finales de julio. Así pues, preparé todos mis instrumentos químicos y los materiales que había ido obteniendo con objeto de acabar mi obra en cualquier olvidado rincón de Escocia.

Dejamos Londres el 27 de marzo, y pasamos unos pocos días en Windsor, paseando y admirando sus hermosos bosques. Aquel era un paisaje del todo nuevo para unos montañeses como nosotros, por lo que los robles, la abundancia de venados y los frondosos bosques constituyeron un espectáculo desconocido.

Luego partimos hacia Oxford, donde con sólo ver sus murallas revivió en nuestra imaginación el recuerdo de los importantes acontecimientos que habían tenido lugar allí, un siglo y medio atrás. En esta ciudad fue donde Carlos I de Inglaterra reunió a sus tropas, y donde encontró la única muestra de fidelidad para su causa, cuando todo el país le abandonaba con objeto de unirse al Parlamento y bajo la bandera de la libertad. La rememoración de aquel desgraciado monarca y de sus compañeros, el amable Falkland, el insolente Goring, la reina, su hijo, procuraban un interés a cada rincón de la villa. El espíritu de aquella época parecía no haberse borrado, y fue para nosotros motivo de sumo placer encontrar el rastro de cada una de sus andanzas. Pero, aun cuando estos sentimientos no hubieran bastado a la imaginación, el aspecto de la ciudad en sí poseía la suficiente belleza como para ganar nuestra admiración. Así nos lo demostraron los antiguos y pintorescos edificios de la Universidad, las hermosas calles y el delicioso curso del Isis, que corre por los prados y se extiende hasta un tranquilo lago, espejo de torres y veletas enmarcadas por los árboles centenarios que lo circundan.

El goce que me produjo admirar aquel paisaje no disminuyó mi amargura, y ello tanto por causa del recuerdo del pasado como por el pensamiento del sombrío futuro que se abría a mis ojos. Había sido educado para disfrutar de una felicidad tranquila; durante mi infancia y mi juventud nunca había tenido oportunidad de sentir descontento por nada, y si alguna vez el *ennui*, el aburrimiento me había atrapado en sus redes, la simple contemplación de las bellezas naturales y el estudio de la excelente obra del hombre, junto con la flexibilidad de mi espíritu, lo alejaban de mí al instante. Sin embargo, ahora era como un árbol herido por un rayo de amargura, y me creía obligado a vivir para mostrar lo que muy pronto dejaría de ser, es decir, un miserable ejemplo de humanidad derrotada, tan digno de compasión para los demás como intolerable para sí mismo.

Pasamos varios días en Oxford, recorriendo sus rincones y tratando de identificarlos con las pasadas épocas de la historia de Inglaterra. A veces, todas estas exploraciones nuestras nos llevaban muy lejos de la ciudad. Visitamos la tumba del ilustre Hampden, y el campo donde el patriota sacrificó su vida. Por un momento, mi alma se vio libre de sus viles terrores al admirar las ideas de libertad y el desinteresado sacrificio de unas gentes, que aquellos lugares evocaban sin cesar. Por un momento rompí las cadenas que me ataban y pude contemplar con espíritu libre todo cuanto me rodeaba; pero los grilletes de tales cadenas se habían clavado en mi carne, y pronto volví a caer, tembloroso y apesadumbrado, en implacable pesimismo.

Abandonamos Oxford con un sincero pesar, y partimos para Matlock. El paisaje que rodea esta ciudad es parecido al de Suiza, aun cuando todo es a escala reducida y las verdes colinas no soportan el peso de las nevadas cimas de los Alpes, que en mi país pueden verse siempre por detrás de los montes. Visitamos la gruta y el museo de Historia Natural, donde las curiosidades están expuestas del mismo modo que en Servox y Chamonix. Este último nombre me hizo temblar al oírselo pronunciar a Henry, pues trajo a mi memoria la horrible escena con el monstruo que allí había tenido lugar, y salí apresuradamente de Matlock.

Proseguimos nuestro viaje hasta Derby, siempre siguiendo la ruta hacia el norte, y de allí llegamos a Cumberland y Westmoreland, donde pasamos un par de meses como si nos halláramos entre las montañas de Suiza. Me complacía contemplar las pequeñas manchas de nieve en lo alto de los montes, los abundantes lagos y la violencia de los torrentes pedregosos, tan familiares para mí. Allí entablamos algunas relaciones que casi consiguieron devolverme una poca de felicidad y que encantaron a Clerval, más predispuesto a esas cosas que yo. Su talento se ponía de manifiesto cuando estaba en contacto con hombres de genio, demostrando así que su valía era muy superior cuando no tenía que contrastarla con seres inferiores a él.

—Sería capaz de pasarme aquí toda la vida —me dijo—. Entre estas montañas casi no echo de menos Suiza y el Rin.

No obstante, se daba perfecta cuenta de que la vida del viajero implica también sinsabores. Su propósito le obliga a marchar, y cuando el cansancio le hace detenerse en algún lugar, a la hora de abandonarlo no puede hacerlo sin pena. El afán de nuevas cosas que atraen su atención y que ha de abandonar cuando encuentra otras novedades le atormenta.

Apenas habíamos visitado los diversos lagos de Cumberland y Westmoreland, y entablado lazos de amistad con algunos de sus habitantes, cuando tuvimos que abandonarlo todo y proseguir nuestro viaje, empujados por la invitación de nuestro amigo escocés. Yo no experimenté un gran pesar, porque había olvidado un poco el motivo que gobernaba mi vida y temía que esta negligencia acarrease la ira del monstruo. Pensé que quizá estuviera en Suiza y que desencadenara su odio contra mi familia, idea que me perseguía atormentándome constantemente. Esperaba la llegada del correo con verdadera angustia, y si había algún retraso, ello me producía un desasosiego que no se calmaba hasta ver la firma de Elizabeth o de mi padre al pie de las cartas, cuyo contenido no me atrevía a leer normalmente; por miedo a lo que dijera. Otras veces me obsesionaba la idea de que el monstruo me iba siguiendo y, ante el retraso en el cumplimiento de mi promesa, se vengaba asesinando a mi compañero. En estas ocasiones no dejaba solo a Henry ni por un instante, le seguía como si fuese su sombra y acudía con él a todos los sitios con el propósito de defenderle de las iras del ser monstruoso y destructor. Mi conciencia me martirizaba como si hubiese cometido un crimen, y si bien es verdad que no lo había cometido, no lo es menos que yo mismo había atraído la mortal maldición que sufría, tan terrible como el mismo asesinato.

Cuando llegamos a Edimburgo, yo vivía influenciado por estos pensamientos, que me incapacitaron para contemplar las hermosuras de la ciudad. A Clerval pareció gustarle menos que Oxford, aunque la belleza y regularidad de la parte nueva de la ciudad, el romántico castillo y los alrededores, formados por los más bellos parajes del mundo, como la Silla de Arturo, la fuente de San Bernardo y las montañas de Pentland, le compensaron de la antigüedad de Oxford y le llenaron de alegre admiración.

Yo estaba impaciente por llegar al término de nuestro viaje. Salimos de Edimburgo tras una estancia de una semana, y cruzamos Coupar y Saint Andrew. Luego, bordeando la orilla del Tay, llegamos por fin a Perth, donde nuestro amigo nos estaba aguardando. Mi humor no era el propicio para charlar y bromear, ni tampoco para participar en los sentimientos y proyectos que se experimentan y forjan con el entusiasmo que reina entre amigos. Lógicamente, pues, le dije a Clerval que deseaba efectuar la gira por Escocia completamente solo.

—Disfruta cuanto puedas —dije— y que sea aquí donde volvamos a reunirnos después de nuestra separación, que puede durar dos meses aproximadamente. No trates de averiguar dónde estoy, por favor. Déjame disfrutar de la solitaria paz por algún tiempo. Cuando regrese, me encontrarás más optimista y más dispuesto a compartir tus goces.

Henry intentó disuadirme por todos los medios, pero al ver mi empeño por llevar aquel deseo adelante, dejó de insistir. Me rogó tan sólo que le escribiese con frecuencia.

—Sabes que preferiría acompañarte en tu solitario vagabundeo —me explicó—, y dejar a estos escoceses a quienes apenas conozco. Date prisa, querido amigo, y vuelve pronto para que tu compañía pueda llenar el vacío que produce el estar lejos de nuestro país.

Tan pronto me hube separado de mi amigo, busqué un lugar adecuado donde poder terminar mi trabajo en completa soledad. Estaba seguro de que el monstruo habría venido tras de mí, y que se presentaría pronto para hacerse cargo de su compañera.

Con este convencimiento recorrí las tierras altas de Escocia, y escogí uno de los islotes de las Orkneys como escenario de mi labor. El lugar estaba perfectamente de acuerdo con mis proyectos, pues no era mucho más que una roca cuyos flancos soportaban constantemente el batir de las olas. El suelo de la isla era yermo casi por completo y apenas daba pasto para cuatro miserables vacas, además de una poca cantidad de avena para sus habitantes, cinco míseras personas cuyos secos miembros eran testimonio palpable de su escasa participación en los bienes terrenales. Las verduras y el pan, así como el agua potable, eran lujos que debían traerse de tierra firme, a cinco millas de distancia.

En toda la isla había tan sólo tres chozas, una de las cuales fue la que alquilé porque estaba vacía al llegar yo allí. Constaba de dos habitaciones, en las que la extrema miseria había dejado huellas indelebles. El tejado estaba hundido, las paredes no habían sido encaladas nunca, y la puerta colgaba fuera de sus goznes. Ordené todo lo necesario para que la repararan, y después de comprar algunos muebles me instalé en ella. Si los vecinos no hubiesen estado indiferentes a todo, por causa de su miseria, hubieran considerado mi llegada allí con sorpresa; pero no fue así, y gracias a ello pude vivir entre aquellas gentes sin temor a sentirme vigilado. Incluso recibieron sin ninguna muestra de agradecimiento las ropas y la comida que mandé distribuir. ¡Cuánto debilita el sufrimiento la capacidad de sentir!

Aislado en aquel refugio, consagraba las mañanas al trabajo y por las tardes, si el tiempo lo permitía, me dedicaba a pasear por la pedregosa playa, escuchando el murmullo de las olas. Aquella era una escena monótona, pero que ofrecía constantes y pequeñas variaciones. Pensaba a menudo en Suiza, tan distinta de aquel lugar deprimente y recordaba sus montes, sus viñedos, el reflejo del sol en las aguas de sus lagos suavemente agitadas por el viento..., o al menos así me lo parecía ahora, cuando veía la violenta brusquedad con que las gigantescas olas del océano chocaban contra los riscos.

Así transcurrieron bastantes días, pero los progresos que hacía en mi laboratorio convertían mi trabajo en algo cada vez más repugnante y difícil de proseguir. El entusiasmo que otrora me permitió llevar adelante mis primeras experiencias había desaparecido, y ahora veía con exactitud lo espantoso de mi ocupación. Entonces me animaba un propósito exaltado, y mis ojos se negaban a ver el horror de los detalles; ahora en cambio, tenía que desarrollar mi tarea fríamente, sin ningún entusiasmo, y me veía incapaz de dominar el asco que me producían mis manos al manejar lo necesario para cumplirla.

Como es lógico, mi ánimo empezó a decaer al hallarme en tal situación, aislado como estaba de cualquier otra ocupación que pudiera distraerme. Me encontraba intranquilo, muy nervioso, y a cada instante aumentaba el temor de encontrarme en presencia de mi perseguidor. A veces, si estaba sentado con la vista fija en el suelo, temía levantar los ojos por miedo a encontrarme cara a cara delante de él. Ni siquiera me atrevía a alejarme de mis pocos vecinos para evitar que el monstruo me hallase solo cuando viniera a reclamar a su compañera.

En los momentos en que estas sensaciones me dejaban libre, trabajaba intensamente con objeto de alcanzar un punto bastante avanzado. Deseaba ardientemente la conclusión de mi tarea, sin atreverme a poner en duda la validez de su resultado. Pero la impaciencia que sentía estaba mezclada con oscuros presentimientos, que me hacían desfallecer con su sola idea.

Capítulo XX

Un anochecer, me encontraba en mi laboratorio esperando que la luna asomara por entre las aguas, pues la luz era demasiado débil para poder trabajar, y dudando sobre si sería más conveniente seguir trabajando para acabar lo antes posible o retirarme a descansar. De pronto, en mitad de tales reflexiones, di en calcular las posibles consecuencias de mi obra. Tres años antes había creado un monstruo cuya malignidad me había sumido en la desesperación, llenando mi mente para siempre de los mayores remordimientos; y ahora me encontraba a punto de dar la vida a un nuevo ser, cuyas características futuras permanecían en el más completo incógnito. Podía suceder que este ser que estaba creando fuese mil veces peor que su compañero, y que encontrara placer en el crimen por el crimen mismo. El monstruo me había jurado abandonar la vecindad del hombre si le proporcionaba una compañera; pero ésta no había podido hacerla todavía, y era probable que cuando se viera siendo un ser capaz de razonar por sí mismo, rehusase cumplir una cosa acordada sin su consentimiento. También cabría otra posibilidad y es que al verse se odiasen mutuamente teniendo en cuenta que el monstruo ya existente odiaba su propio aspecto. ¿No sería lógico, por tanto, que llegase a odiarlo todavía más al tenerlo frente a sus propios ojos y en forma de mujer? Del mismo modo, ella podía percibirse de la belleza superior del hombre. Y si ella le abandonaba, él se encontraría otra vez solo y su exasperación no tendría límites al verse rehuido por un ser de su misma especie.

Pero aún había mucho más. Suponiendo que ella aceptase abandonar Europa y acompañarle hasta los desiertos del Nuevo Mundo, uno de los primeros resultados de esta decisión y de sus demoníacos anhelos sería el nacimiento de hijos, lo cual daría lugar a que se propagara sobre la tierra una raza que haría la vida del hombre sumamente peligrosa. ¿Tenía yo algún derecho a considerar únicamente mi interés y a lanzar esta maldición sobre generaciones venideras: Las argucias del ser creado por mí habían llegado a conmoverme, y sus infernales amenazas a impresionarme; pero ahora, la insensatez de mi promesa se me aparecía con toda clarividencia. Me asusté ante la posibilidad de que hubiera generaciones enteras de hombres que me maldijeran como causante de su desgracia, como ser egoísta que había comprado su propia tranquilidad al precio de los sufrimientos de la humanidad.

Creí desfallecer cuando, al levantar la cabeza para respirar mejor, vi al monstruo en el quicio de la puerta, iluminado por la luz de la luna. Estaba lívido, y su rostro se contraía en una horrible mueca, mientras me asaeteaba con sus ojos. Venía a contemplar los progresos hechos en mi trabajo. Era verdad, me había seguido, deambulando por los bosques y escondiéndose en cuevas, y ahora aparecía para comprobar la veracidad de mi misión y exigirme cumplirla hasta el final.

Sus rasgos, al mirarme, expresaban perfidia y malicia. Por mi mente cruzó como un rayo la idea de que mi promesa suponía una locura, y en un arrebato de emoción destrocé todo el trabajo realizado. Al verme hacer aquello el monstruo profirió un alarido demoníaco, de desesperación por la destrucción de aquello en lo que él había puesto todas sus esperanzas, y también de vengativa amenaza. Luego se fue.

Salí de mi laboratorio, cerrándolo con llave y haciéndome el firme propósito de no volver a comenzar tan aborrecible tarea. Mis piernas apenas me sostenían, por lo que me retiré a mi dormitorio. Estaba solo, sin nadie cerca de mí para consolarme y liberarme de la opresión que suponían mis horribles pensamientos.

Estuve durante dos horas asomado a la ventana, contemplando el mar. Sus aguas permanecían casi inmóviles, apenas acunadas por la leve brisa. Lo más relevante del paisaje era la silueta de unos botes de pesca, la voz de cuyos ocupantes ofrecía el único murmullo que se podía apreciar. Tan profundo era el silencio, que sólo me di cuenta de él cuando mis oídos percibieron el rumor de unos remos. Pocos momentos después oí crujir la puerta de la choza, como si alguien intentase abrirla despacio.

Al presentir la identidad de mi visitante estuve a punto de pedir socorro a mis vecinos más próximos; pero no pude hacerlo, porque el terror paralizaba mis miembros. Era algo muy similar a la sensación de impotencia que se experimenta a veces en algunas pesadillas, cuando se quiere huir de algún peligro y nuestros miembros no obedecen, pareciendo como si nuestros pies estuvieran pegados al suelo.

Unos pasos apagados resonaron en el corredor, y finalmente se abrió la puerta de mi alcoba, apareciendo en ella, tal como yo me había temido, el monstruo. Se acercó donde yo estaba, y en un tono de voz extremadamente apagado, dijo:

—Has destruido tu obra. ¿Qué es lo que te propones? ¿Vas a faltar a tu palabra? Sabes que he pasado miseria sin fin. Salí de Suiza tras de ti, me arrastré por las orillas del Rin, trepé por las colinas inglesas y viví largo tiempo en los desiertos de Escocia. He soportado hambre, sed y frío... ¿Y todo para que ahora tú te atrevas a destrozar mis esperanzas?

—¡Márchate! Sí, me niego rotundamente a cumplir lo que en un momento de debilidad te prometí. ¡Jamás crearé otro ser de tu especie!

—¡Esclavo! —rugió—. Intenté razonar contigo y lo único que demuestras es ser indigno de mi condescendencia. Recuerda que me has creado poderoso. Sí, ahora te consideras desgraciado, pero piensa que yo puedo hacerte mucho más infeliz todavía. Tú eres mi creador, pero yo soy tu dueño. ¡Obedéceme!

—Estás equivocado. La hora de mi indecisión ha pasado, lo mismo que la de tu poder. Tus amenazas no conseguirán que lleve a cabo un acto tan demencial como el que me pides, porque son la confirmación de lo correcto de mi negativa. ¿Cómo puedo dar vida, fríamente, a un ser que gozará con el mal? ¡Vete ya! Mi decisión es firme, y tus palabras sólo consiguen exasperarme más de lo que estoy.

El monstruo pudo confirmar el rigor de mi decisión con la expresión que mi rostro le ofrecía al hablar de ese modo, y rechinando los dientes en su impotencia, dijo:

—Uno tras otro, todos los seres de la creación van encontrando su compañera. Cada bestia encuentra con quien aparejarse. Sólo yo tengo prohibido este sentimiento natural. Cuando amé a alguien, él me hizo objeto de su desprecio. ¡Tú, el hombre, me odias! Pero escúchame bien y no olvides lo que voy a decirte. Pasarás cada minuto de tu vida en constante temor, y muy pronto caerá sobre ti la piedra que destruirá definitivamente tu dicha. ¿Habías creído que te permitiría ser feliz mientras yo me veía consumido por los pesares? Podrás anular todas mis pasiones, pero no la sed de venganza que me ahoga. Sí, la venganza será la más querida de mis pasiones. La preferiré a la luz del día, a mi propio sustento. Es posible que yo muera, pero antes que esto suceda, tú, mi creador y mi verdugo, maldecirás la luz del sol que será testigo de tu desdicha. Soy poderoso porque nada tengo que perder. Te lo advierto, voy a vigilarte como la víbora a su presa antes de destruirla. ¡El mal que me has hecho te pesará dolorosamente!

—¡Calla, demonio infame! No envenenes el aire con tus abyectas palabras. Te he comunicado mi decisión y no soy tan cobarde como para rendirme ante tus amenazas. Soy inexorable.

—Bien, me iré. Pero antes recuerda estas palabras: estaré contigo en tu noche de bodas.

Al oír esto, salté iracundo sobre él, gritando:

—¡Villano! ¡Traidor! Antes de que firmes mi sentencia de muerte, ponte tú mismo a salvo.

Me disponía a atacarle, pero me esquivó con facilidad y abandonó la choza precipitadamente. Instantes después podía verle a través de la ventana, surcando las aguas a bordo del bote, como una exhalación. No tardó en perderse entre las olas.

El silencio imperaba de nuevo, pero el eco de sus palabras martilleaba en mis oídos. Me exasperaba la impotencia de no poder seguirle para hundirle en el océano. Recorría a grandes zancadas la habitación, mientras en mi imaginación se sucedían mil imágenes a cuál más cruel. ¿Por qué no le había seguido para entablar con él un combate mortal? Le había visto marchar hacia tierra firme, y el pensamiento de quién sería la primera de sus víctimas me hizo temblar... «Estaré contigo en tu noche de bodas». ¡Ese era el plazo que me había concedido para que mi destino se fijara de una vez! ¡Ese era el momento elegido por él para mi ejecución! Comprendí que sólo entonces saciaría el odio que me profesaba. La idea de ver a mi amada Elizabeth horrorizada y desesperada ante el espectáculo de mi destrucción en manos del monstruo, me desesperaba. Decidí caer sobre mi enemigo y entablar con él una dura lucha.

La noche murió, apareció el sol, y con su calor mis sentimientos se calmaron un poco, si es que puede llamarse calma a la sola desesperación, exenta ya de ira. Salí de la choza y vagué por la playa mirando aquel océano que se me antojaba como una muralla infranqueable entre mis semejantes y yo. ¡Ojalá lo hubiera sido! Mi único deseo entonces era permanecer allí, lejos de todos, hastiado, pero libre de nuevas desgracias. Sabía que si regresaba sería para ver morir a mis seres más queridos, o para ver mi propio sacrificio oficiado por el demonio a quien yo mismo había dado la vida.

Erré por la isla como un alma en pena, sufriendo en mi soledad hasta que, cerca ya del mediodía, me eché en la hierba vencido por el sueño y el cansancio. Dormí y esto me permitió que al despertar estuviese en condiciones de volver a reflexionar sobre cuanto había ocurrido, ahora con algo más de serenidad. Pero las palabras del monstruo no cesaban de resonar en mis oídos; eran para mí como la campana tocando a muerto. Todo aquello parecía un sueño, aun cuando tuviera la precisión de la realidad.

El sol estaba muy alto cuando vi que se acercaba un bote de pesca guiado por un hombre, que saltó a la playa y me entregó un paquete con varias cartas de Ginebra y una de Clerval. Henry me rogaba que volviese a reunirme con él, puesto que los días transcurrían sin ningún atractivo desde que nos habíamos separado. Decía también que los amigos de Londres le habían escrito, pidiéndole que regresara para ultimar las negociaciones que habían iniciado con motivo de su futuro viaje a la India. Viéndose en la necesidad de partir, y creyendo que su viaje se vería complicado por otro más largo, me rogaba le dedicara el tiempo que pudiera antes de su marcha. Para ello, decía, yo podía abandonar de inmediato la isla y reunirme con él en Perth, desde donde descenderíamos juntos hacia el sur. Todo suponiendo, desde luego, que yo estuviese dispuesto a hacerlo. Esta carta fue para mí como una explosión de vida, y decidí partir dos días después.

No obstante, antes de mi marcha era preciso que recogiera los instrumentos que había traído, lo cual representaba entrar otra vez en el laboratorio, triste escenario de mis desgracias. Al amanecer del siguiente día, reuní el valor necesario y penetré en el lugar. Los restos de la criatura que había estado a punto de crear estaban esparcidos por el suelo, y por un momento creí ver un cuerpo humano destrozado en vida. Me detuve por algunos instantes, y luego, con manos temblorosas, fui cogiendo todos los útiles de los que me había valido. Entonces caí en la cuenta de que si dejaba aquel ser allí levantaría las peores sospechas de mis vecinos, por lo cual pensé que lo mejor sería arrojar aquellos restos al mar, colocándolos en un cesto lleno de piedras. Esperé la llegada de la noche sentado en la playa, limpiando y embalando mi instrumental.

Mis sentimientos habían cambiado por completo desde que hablara con el monstruo. Hasta entonces me había sentido esclavo de mi desesperante promesa, pero ahora parecía como si la venda que cubriera mis ojos durante tanto tiempo hubiese caído, siéndome por fin permitido ver con claridad. La idea de reanudar mis trabajos no volvió a asaltarme, a pesar de la amenaza que las palabras del monstruo contenían. Estaba completamente convencido de que no volvería a crear jamás un ser semejante, y me daba perfecta cuenta de que había estado a punto de cometer una atrocidad, la más abyecta que imaginarse pueda. Todo mi empeño lo

onía en evitar que mis pensamientos me llevaran a otra conclu-
ión distinta de ésta.

La luna salió entre las dos y las tres de la madrugada. Enton-
es coloqué el cesto en mi bote y me hice a la mar. Estaba todo
erfectamente solitario, a excepción de algunas pequeñas embar-
aciones que se dirigían hacia la playa y que me obligaron a tomar el rumbo contrario al suyo, con objeto de alejarme de ellas.
Me daba la sensación de estar cometiendo un crimen horrible, y
rocuraba ansiosamente evitar cualquier encuentro que pudiera
mpedirme realizar mis propósitos. Esperé un momento, hasta
que la luna se escondió tras una nube, y lancé mi carga al mar. El
orgoteo del agua se oyó durante unos minutos, y cuando dejó de
ercibirse me alejé de aquel lugar. El cielo se había nublado poco
a poco, pero el aire, aunque frío, era puro a causa de la brisa que
omenzaba a soplar. Esto me reanimó y me dio una sensación tan
agradable, que decidí permanecer embarcado. Dejé el timón fijo,
y cuando las nubes ocultaron la luna por completo me tendí en el
ote. El rumor de las aguas al chocar contra la quilla me sumió,
al fin, en un profundo sueño.

Cuando desperté pude ver el sol en lo alto del cielo. El viento
oplaba ahora con violencia, y las olas hacían peligrar constantemente mi frágil embarcación. Como consecuencia de esto me
había apartado del rumbo que debía seguir, y ahora no me quedaba otro remedio que dejarme llevar por el viento, cosa que no
me produjo ninguna satisfacción. No disponía de brújula y aquella región era poco conocida para mí, por lo que el sol mal me
odía servir de guía. Así pues, corría el riesgo de verme lanzado
al furioso Atlántico y de padecer en él toda clase de penalidades,
dominado como estaba por aquellas olas que me zarandeaban
caprichosamente. Hacía ya mucho que permanecía en el mar, y el
hambre y la sed me atormentaban. Al mirar al cielo lo vi cubierto
de negras nubes que desaparecían con el viento, pero para ser
nmediatamente sustituidas por otras; al mirar al mar vi en él mi
umba. «¡Amigo mío —me dije— tu misión en este mundo se ha
cumplido!» Pensé en Elizabeth, en mi querido padre y en Clerval,
abandonados a la inmunda criatura que saciaría en ellos su pasión

vengadora. La idea quedó clavada en mi mente hasta hacerme olvidar mi precaria situación. Me vi abocado a una situación moral que, todavía hoy, me hace estremecer.

Transcurrieron algunas horas hasta que el viento amainó y se convirtió en una suave brisa. El mar también se apaciguó, quedando tan sólo una marejada que me producía mareos y no me permitía sostener el timón con mucha seguridad. Finalmente, al sur, pude ver la línea oscura de una costa. Estaba tan completamente agotado por la fatiga y la incertidumbre, que aquella repentina e inesperada aparición me hizo derramar lágrimas de alegría.

¡Con qué facilidad varían nuestros sentimientos y qué extrañamente nos aferramos a la vida en momentos de desesperación! Hice una vela con parte de mis ropas y me esforcé en dirigir la embarcación hacia aquella costa. Ésta tenía un aspecto algo salvaje y estaba llena de riscos; pero conforme me iba acercando a ella, pude distinguir que también había prados cultivados y algunas barcas ancladas en la orilla, todo lo cual me demostró que estaba llegando a la civilización. Examiné todos los accidentes del litoral hasta que distinguí el puntiagudo campanario de una iglesia, sobresaliendo por detrás de un promontorio. Apurado por mi extrema debilidad, decidí poner rumbo hacia aquella dirección. Tenía conmigo algo de dinero, y sin duda en aquel lugar encontraría con qué reponer fuerzas. Súbitamente, al rodear el mencionado promontorio, pude ver un pequeño pueblecito con un bonito puerto, al que me dirigí lleno de alegría por haberme librado de una situación tan desesperada.

Mientras amarraba el bote y recogía las velas, un grupo de gente se fue reuniendo cerca de mí. Parecía sorprenderles mi aparición; pero en lugar de ayudarme, murmuraban palabras y gesticulaban de tal forma; que en circunstancias normales me hubiera sentido alarmado. Pude discernir que hablaban en inglés, por lo que me dirigí a ellos en su propio idioma.

—¡Amigos! —dije—. ¿Tendrían la amabilidad de decirme el nombre de este pueblo y en qué región me hallo?

—Pronto lo sabrá —respondió un hombre, bruscamente—. Y hasta es posible que haya llegado usted a un lugar que no le plazca en absoluto. Puedo garantizarle, sin embargo, que su opinión sobre el particular no ha de valerle mucho.

Me sorprendió la respuesta, dicha por un extraño y en ese tono; pero el aspecto poco tranquilizador de sus compañeros me desconcertó todavía más.

—¿Por qué me responde de modo tan grosero? —le pregunté—. Estoy seguro que no es costumbre habitual entre los ingleses recibir así a los extraños que llegan a sus costas.

—No sé las costumbres de los ingleses —dijo el hombre—, pero sí que los irlandeses odian a los criminales.

La gente que me rodeaba había aumentado durante el transcurso de este extraño diálogo, y sus caras eran una mezcla de curiosidad e irritación que me dejó perplejo. Pregunté por la posada, pero nadie me contestó. Al intentar avanzar para dirigirme al pueblo y buscarla, el murmullo de la gente y su actitud me hicieron retroceder. Un hombre de aspecto poco tranquilizador se me acercó, diciendo:

—Venga conmigo, señor. Le llevaré hasta la casa del señor Kirwin, a quien explicará usted algunas cosas.

—¿Quién es el señor Kirwin? ¿Por qué tengo que darle cuenta de mis acciones? ¿Acaso éste no es un país libre?

—Desde luego señor, es un país libre, pero sólo para gentes honestas. El señor Kirwin es el magistrado, y lo que usted debe explicarle es algo referente a la muerte de un caballero que anoche encontramos asesinado.

Esta respuesta me desconcertó por completo, aunque no me intranquilicé. Yo era inocente, y no creía tener dificultad alguna en demostrarlo; así es que seguí al hombre hasta una de las más hermosas casas de la ciudad. Mi aspecto era extremadamente penoso, y la debilidad casi no permitía que me sostuviera en pie; sin embargo, ante aquellas gentes creí preferible aparentar fortaleza para que no tomaran mi flaqueza como prueba de mi culpa. ¡Qué poco imaginaba yo la calamidad que poco después habría

de anonadarme, sumergiendo en horror y desesperación todo el
temor a la ignominia y a la muerte!

Llegado a este punto debo hacer una pausa, pues preciso de
todo mi valor para continuar recordando los angustiosos acontecimientos que tuvieron lugar, y que te relataré con toda minucio-
sidad.

Capítulo XXI

Pronto me hallé en presencia del magistrado, un venerable anciano de aspecto bondadoso y suaves maneras, a quien esas cualidades no le impidieron mirarme severamente. Se volvió a los que me acompañaban y preguntó quién de ellos quería actuar como testigo.

Se adelantaron una media docena de hombres, de los cuales el magistrado eligió a uno para que hablase. El testigo declaró que había estado pescando la noche anterior con su hijo y su cuñado, Daniel Nugent, pero que hacia las diez de la noche se levantó un fuerte viento que les obligó a tocar puerto. La noche era oscura porque la luna no había hecho su aparición. No desembarcaron en el puerto sino, como de costumbre, en un arroyo que está a unas dos millas costa abajo. Él iba delante, y su hijo y su cuñado a alguna distancia, cuando tropezó con algo y cayó al suelo. Sus compañeros corrieron a socorrerle, y al levantarle vieron, a la luz del farol que llevaban, que había tropezado con el cuerpo de un hombre que parecía estar muerto. Al principio creyeron que era un cadáver devuelto por el mar, pero al mirarle mejor vieron que las ropas del muerto estaban secas y que su cuerpo todavía estaba caliente. Lo condujeron de inmediato hasta una cabaña cercana, donde trataron de volverle a la vida. Era un joven de unos veinticinco años, de muy buena presencia, que al parecer había sido estrangulado, pues en la garganta se apreciaban claramente las huellas de unas manos.

La primera parte de aquella declaración, no me interesó, pero al mencionar el hombre las marcas de unas manos en la garganta, recordé de inmediato la muerte de mi hermano, y sin que pudiera remediarlo se apoderó de mí un nerviosismo general. Se me nublaron los ojos y me vi obligado a apoyarme en una silla para no caer. El magistrado, que me había estado observando todo el tiempo, dedujo de mi actitud una consecuencia poco favorable para mí.

El hijo confirmó la declaración del padre, pero Daniel Nugent juró haber visto, poco antes de que su cuñado cayese al suelo y no muy lejos de la playa, un bote tripulado por una sola persona que, a juzgar por lo que vio ayudado por el brillo de las estrellas, era el mismo bote en el que yo había desembarcado aquella mañana.

A continuación declaró una mujer, quien dijo que vivía en la costa y que, mientras esperaba el regreso de los pescadores, apoyada en el quicio de la puerta de su casa, había podido ver adentrarse en el mar un bote con un solo tripulante. Esto había sido como una hora antes de enterarse del descubrimiento del cadáver, y en las proximidades del lugar donde éste fue hallado.

Otra mujer confirmó la declaración del pescador. Era la propietaria de la casa donde habían auxiliado al muerto y explicó cómo le colocaron en una cama y que le friccionaron todo el cuerpo en un intento de salvarle. Daniel incluso fue a buscar al boticario..., pero todo había sido inútil, puesto que el joven había muerto.

Fueron interrogadas varias personas más con respecto a mi desembarco, y todas coincidieron en que la furia del vendaval podía haberme impedido gobernar el bote, obligándome a volver al mismo lugar de donde había salido. Dijeron también que era evidente que yo había traído el cuerpo conmigo para abandonarlo en algún sitio desconocido; así pues, mi ignorancia de aquella zona costera explicaba el que hubiese desembarcado tan cerca del lugar donde había dejado el cuerpo.

Luego, el señor Kirwin decidió que me condujeran en presencia del cadáver, esperando que esto modificaría mi expresión y que él podría observar alguna reacción que confirmase o descartase el sentido del impacto que me causó la revelación de cómo fue cometido el asesinato. Así, me vi conducido a la posada en compañía del magistrado y de otras personas. Me sentía ligeramente turbado por las extrañas coincidencias de aquella noche llena de acontecimientos. Pero recordaba haber estado hablando con mis vecinos de la isla, precisamente a la hora que se dijo había sido cometido el crimen, y esta prueba me mantenía tranquilo respecto de las consecuencias que pudieran desencadenarse.

Me introdujeron en el cuarto donde habían depositado el cadáver, y yo me acerqué al ataúd. ¿Cómo explicar las sensaciones que experimenté al ver el cuerpo que yacía en su interior? Siento de nuevo el horror que me acometió entonces. Todo, interrogatorio, magistrado, testimonios, absolutamente todo dejó de tener importancia para mí al ver en el féretro el cuerpo sin vida de Henry Clerval. Me arrojé sobre él, gritando: —¡También a ti, mi querido Henry, han llegado mis criminales maquinaciones! ¡Dos de mis seres queridos han sido ya destruidos, y hay otras víctimas aguardando a que se cumpla el mismo destino! Pero tú, Clerval, buen amigo, mi benefactor. Pocos seres humanos son capaces de soportar tales golpes sin conmocionarse. Tuve que ser sacado de la habitación, presa de terribles convulsiones. La fiebre apareció, y durante dos meses estuve a las puertas de la muerte. Según me contaron después, mis delirios eran divagaciones en las que me acusaba de la muerte de William, de Justine y de Clerval. Suplicaba a mis cuidadores que me ayudasen a destruir al monstruo causa de mis tormentos, y en algunos momentos sentía como si los dedos de éste atenazasen mi garganta, lo que me hacía gritar despavorido. Por fortuna, en los delirios hablaba en mi propio idioma, que sólo el señor Kirwin comprendía; sin embargo, mis gestos y mis lamentos tenían atemorizados a los testigos.

¿Por qué no abandoné este mundo entonces? Jamás hubo en la tierra hombre más miserable que yo. ¡Oh, cuánto hubiera dado para desaparecer en el olvido y el descanso eternos! Implacable, la muerte arrebataba a los niños de los brazos de sus madres cuando representan todavía su esperanza en el declinar de la existencia; jóvenes esposas y amantes son arrancadas de la vida en

lo mejor de su florecer para convertirse en pasto de los gusanos...
¿De qué materia estaba hecho yo para poder resistir tan terribles
y avasalladores bandazos de la vida, que aumentaban, uno tras
otro, mis torturas?

Estaba condenado a vivir. Al cabo de dos meses de aquel
suceso me encontré despierto, como después de un sueño, pero
encerrado en un calabozo, yaciendo sobre un catre y rodeado de
carceleros, verjas, cerrojos y todo cuanto contribuye a deprimir al
reo. Volví de mi sopor por la mañana, y aunque no tenía clara
conciencia de lo ocurrido, me atemorizaba la sensación de que
algo horrible había sucedido, siendo la causa de que me encontrara en aquella triste situación. Al comprobar, ya más lúcido, donde
me encontraba, comprendí perfectamente todo y me puse a llorar
amargamente.

Mis sollozos despertaron a una vieja que dormitaba a mi lado
sentada en una silla. Era una enfermera a sueldo, mujer de uno de
los carceleros, cuyo rostro expresaba todos los defectos que suelen
ser patrimonio de las mujeres de su condición. Sus facciones eran
duras como las de las personas acostumbradas a contemplar los
espectáculos más terribles sin sentir nada. El tono de su voz expresaba una total indiferencia, y cuando se dirigió a mí, hablándome
en inglés, lo reconocí como uno de los que protagonizaban mis
delirios.

—¿Estás ya mejor? —me preguntó.

Yo le respondí, en su idioma y con una voz todavía muy
débil:

—Creo que sí. Pero si cuanto ha ocurrido es verdad, si no es
el producto de un mal sueño, siento de veras pertenecer todavía
al mundo de los vivos y padecer tanta miseria.

—Si te refieres al caballero asesinado, desde luego más te
valdría haber muerto, porque no creo que lo pases muy bien. A
mí eso no me importa nada. Se me ha enviado a cuidarte y cumplo
con mi obligación como es debido. Eso deberían hacer todos.

Volví el rostro, dominado por la repugnancia que experimentaba ante aquella mujer capaz de pronunciar tales frases, vacías de
todo sentimiento hacia alguien a quien había salvado de muerte

para abocarle a otra mucho peor. Me sentía tan débil que no podía reflexionar sobre lo sucedido. Sin embargo, en mi mente fueron sucediéndose todas las etapas de mi vida, una tras otra y como en un sueño. Tanto fue así, que llegué a dudar de la veracidad de todo aquello, puesto que ahora lo recordaba sin la fuerza de la realidad.

El esfuerzo que supuso revivir tales escenas tuvo como resultado un aumento considerable de la fiebre, y pronto la oscuridad volvió a reinar a mi alrededor. No había nadie que me dirigiera una palabra amable para tranquilizarme, nadie que me alargara su mano amiga ofreciendo algún apoyo. Apareció el médico y recetó algunas pócimas, que la vieja preparó para que ingiriera; pero la indiferencia que mostró él, unida a la grosería de ella, destruyeron todo el valor que sus actos pudieran tener. ¿Quién podría estar interesado en el futuro de un asesino, aparte del verdugo que cobraría por ejecutarle?

Muy pronto supe que, gracias a las muestras de afecto hacia mí dadas por el señor Kirwin, se me había instalado en el mejor calabozo de la prisión (¡cómo estarían los demás!), y que también había sido él quien decidió ponerme bajo los cuidados de una enfermera y un médico. Es cierto que no me hacía frecuentes visitas, porque a pesar de querer reducir en lo posible los sufrimientos de un ser humano, no le agradaba presenciar la angustia y los desvarios de un asesino. Cuando iba a verme lo hacía para asegurarse de que estaba bien atendido, y sus visitas eran muy breves y distanciadas.

Yo iba mejorando poco a poco, y un día me sentaron en una silla. Estaba lívido y mis ojos permanecían fijos, dominado como me sentía por el dolor, y desmoralizado por la reciente desgracia que había vivido. Hasta llegué a pensar que lo mejor sería declararme culpable del asesinato, y así sufrir las consecuencias de una confusión menos inocente que la de Justine. Seguí dando vueltas a esta idea, cuando se abrió la puerta, dando paso al señor Kirwin. Su rostro expresaba simpatía y compasión; cogió una silla y se sentó.

—Temo que este lugar le sea muy desagradable —me dijo, en francés—. ¿Puedo hacer algo para mejorar un poco su estancia aquí?

—Se lo agradezco vivamente —respondí—. Pero esto tiene muy poco valor para mí. No hay un lugar en el que pueda sentirme a gusto.

—Me doy perfecta cuenta de que la simpatía de un extraño no representa mucho para alguien que, como usted, sufre una tan anormal desgracia. De todos modos, tengo la esperanza de que pronto podrá abandonar la cárcel, porque no dudo de que nos será fácil demostrar su inocencia.

—Eso es algo que me importa muy poco. Por una serie de circunstancias, a cuál más extraordinaria, soy el más desgraciado de los mortales. ¿Puede significar un mal para mí la muerte, cuando llevo ya tanto tiempo viéndome perseguido y martirizado sin cesar?

—Ciertamente que nada peor podía haberle ocurrido. Es arrojado usted a esta playa, famosa por su hospitalidad, por un azar, y se le detiene y acusa de asesinato nada más al llegar. Además, por si esto no fuera suficiente, luego se le lleva en presencia del cadáver de su mejor amigo, asesinado sin que nadie sepa cómo, y al parecer puesto en su camino por algún enemigo suyo.

Las palabras del magistrado me produjeron una gran sorpresa, puesto que parecían tener un fundamento lógico y seguro. Debí manifestar extrañeza, porque el señor Kirwin se apresuró a añadir:

—Cuando usted cayó enfermo me entregaron todos los papeles que llevaba encima, y yo los he estado estudiando con gran cuidado para tratar de averiguar quién era su familia y rogarles su ayuda. Entre ellos encontré varias cartas, una de las cuales procedía de Ginebra y era de su padre. Le escribí inmediatamente y ahora, transcurridos ya dos meses... ¡Pero está usted temblando! No le creo en condiciones de soportar tan gran agitación.

—Continúe, se lo ruego. Esta incertidumbre es peor que cualquier acontecimiento desgraciado. Dígame, si ha ocurrido una nueva desgracia y qué muerte tendré que lamentar ahora.

—Su familia está perfectamente bien —respondió el señor Kirwin; calmosamente—, y alguien, un amigo suyo, ha venido a visitarle.

No sé como pude asociar esas palabras a la disparatada idea de que el asesino había tenido la audacia de venir a burlarse de mi pena por la muerte de Clerval, y a exigirme el cumplimiento de sus deseos; pero lo que ocurrió es que lo pensé así, y en consecuencia empecé a gritar:

—¡No, no quiero verle! ¡Aléjenlo de mí! ¡Por Cristo crucificado, no le dejen entrar!

El señor Kirwin me miró lleno de perplejidad, pues evidentemente mis exclamaciones no podían ser más que otro indicio de culpabilidad. Luego, en un tono algo severo, dijo:

—Joven, hubiera creído que la presencia de su padre le habría producido otro tipo de reacción.

—¡Mi padre! —grité—. ¿Es cierto que está aquí mi padre? ¡Cuánto se lo agradezco! ¿Dónde está? ¿Por qué tarda tanto en venir a verme?

Al tiempo que pronunciaba estas palabras, mis rasgos se dulcificaron y mi angustia se convirtió en alegría, lo cual hizo que el señor Kirwin quedara agradablemente sorprendido al ver el cambio de actitud que yo había operado. Lo más probable es que pensara que mis gritos de angustia se debían a una vuelta momentánea a mi pasado y a mis delirios, porque adoptó de nuevo su aire benévolo. Seguidamente, se levantó y salió del calabozo, llevándose a la enfermera, para hacer entrar a mi padre.

Nada podía proporcionarme mayor alegría en aquellos momentos que la visita de mi progenitor. Extendí, pues, mis brazos hacia él y exclamé:

—Padre, ¿estáis todos bien? ¿Y Elizabeth? ¿Y Ernest?

Mi padre me tranquilizó con su seguridad y me habló de mis cosas queridas, tratando con ello de disminuir mi decaimiento... Pronto se daría cuenta de que un calabozo no es lugar propicio para albergar sentimientos alegres...

—¿En qué sórdido lugar has caído, hijo? —dijo, mirando a su alrededor y reparando en la ventana enrejada—. Iniciaste un viaje en busca de la felicidad, pero parece ser que la fatalidad te persigue. ¡Y el pobre Clerval...!

El nombre de mi amigo, tan infortunado y ahora muerto, me agitó convulsivamente. Acabé por llorar de dolor.

—¡Ay, padre mío! —le respondí—. No hay duda de que mi destino es horrible. Y por lo visto tendré que sufrirlo implacablemente porque, de lo contrario, habría muerto el día que vi el cadáver de Henry.

No nos dejaron hablar durante mucho tiempo, pues el precario estado en que me encontraba no lo permitía. El señor Kirwin entró en la celda e insistió en recordarnos que no debía forzar mis energías con demasiadas emociones. Con todo y ser esto cierto, la aparición de mi padre me ayudó mucho a recuperar parte de mis fuerzas.

A medida que la enfermedad me iba abandonando, se apoderó de mí una profunda tristeza, que nada parecía poder disipar. La imagen de Clerval, destrozado y lívido, estaba siempre presente en mi pensamiento, produciéndome un decaimiento tan acusado que hacía temer a mis amigos una recaída grave. Me preguntaba constantemente el por qué de sus esfuerzos para salvar una vida miserable como la mía, y la única respuesta plausible era que lo habían hecho para que se cumpliera mi destino, que ahora estaba llegando. ¡Muy pronto la muerte acabaría con mis desgracias y me libraría de la angustia que destrozaba mi corazón, dándome también el descanso que tanto deseaba! Sin embargo, la muerte aún estaba muy lejos de cruzarse en mi camino, a pesar de lo ardientemente que deseaba yo me llegara. Permanecía durante largos ratos completamente silencioso ansiando que ocurriese algún suceso que me aniquilase o alguna catástrofe.

El momento en que debía ser juzgado se aproximaba, como conclusión de aquellos tres meses pasados en la cárcel. El día señalado, a pesar de lo débil que me encontraba, fui conducido a unas cien millas de distancia, hasta la ciudad donde debía celebrarse el proceso. Mi defensa había sido preparada por el mismo señor Kirwin, magistrado que también se encargó de reunir cuantos testimonios en favor mío fuesen necesarios. Se me ahorró la vergüenza de verme juzgado públicamente, ante un tribunal, porque se comprobó que en el momento de ser hallado el cuerpo de Clerval yo estaba en las islas Orkneys. Por eso, además, quince días después era puesto en libertad.

Mi padre apenas dominaba la alegría de verme absuelto de tal acusación y respirando de nuevo el aire fresco, pero yo no era partícipe de sus sentimientos. Para mí no había diferencia alguna entre las paredes de una celda y las de un lujoso palacio, pues ambos sitios me eran igualmente odiosos. La copa en que debía beber la vida estaba envenenada para siempre, y aunque el sol siguiese luciendo su esplendor para todo el mundo, yo sólo veía a mi alrededor la más impenetrable de las oscuridades, apenas rota por el fulgor de cuatro pupilas: unas veces las de Henry, negras, casi cubiertas por unos párpados rodeados de largas pestañas y a medio cerrar por la muerte; otras, las del monstruo, nubladas y acuosas, según las vi por primera vez en mi laboratorio de Ingolstadt.

Los intentos de mi padre por avivar mi sensibilidad con palabras y recuerdos eran constantes. Me decía que pronto volvería a ver a Elizabeth y a Ernest, me hablaba de Ginebra... Pero todo esto me amargaba todavía más. En ocasiones sentía verdaderas ansias de volver a recuperar mi antigua dicha, sobre todo cuando pensaba en mi adorada prima, invadido por la melancolía; o bien, cuando me devoraba la *maladie du pays*, deseaba ardientemente volver a ver el lago azul y el rápido Ródano, que tanto había admirado en mi juventud. Pero la mayoría de las veces mis sentimientos estaban incapacitados por el estupor, y cuando así sucedía, todo era lúgubre a mi alrededor. Estos largos periodos de apatía se interrumpían con otros, afortunadamente más cortos, de angustia y desesperación; durante ellos me asaltaba la tentación de poner fin a mi existencia, lo cual obligaba a mis amigos a mantenerme bajo una vigilancia constante, para evitar que pudiese cumplir lo que me proponía.

Sin embargo, había algo que me impedía llegar a ese fin. Tenía un deber que cumplir, y era volver a Ginebra para proteger a los niños y esperar serenamente al asesino que vendría a arrebatármelos. Quizá con un poco de suerte encontrara su escondite; o bien, si se atrevía a presentarse otra vez ante mí para molestarme, intentaría destruirle. Mi progenitor trataba de aplazar el regreso a nuestro país, temiendo que no pudiera soportar la dureza del viaje. En aquel entonces yo no era otra cosa que un mísero despojo humano; las fuerzas que poseía me habían abandonado, la piel se pegaba a mis huesos, dándome el aspecto de un esqueleto, y la fiebre acometía contra mi débil constitución con alarmante reiteración.

Hablaba a mi padre con tanto calor e insistencia de nuestra vuelta a Ginebra, que por fin hizo comprar los pasajes para un buque que zarpaba con destino a El Havre-Grace. Salimos de Irlanda un buen día, cuando ya había anochecido... Soplaba buen viento y yo, que me hallaba en el puente contemplando las estrellas y escuchando el rumor de las olas, bendije aquella oscuridad que me impedía ver tan nefastas costas. Esperaba con febril impaciencia el día en que vería nuevamente a mi familia. El pasado me parecía una horrible pesadilla, aunque el barco, el viento que lo empujaba, el mar y las costas de Irlanda, todo me recordaba que había sido una triste realidad y que Clerval, mi entrañable amigo, había sucumbido a manos del ser creado por mí mismo. Reviví en el pensamiento toda mi existencia, desde el tiempo transcurrido con mi familia en Ginebra, antes de la muerte de mi madre, hasta mi partida para Ingolstadt; pero este recuerdo fue ensombrecido por el del loco entusiasmo que me incitó a la creación de mi propio enemigo, y volví a ver el momento en que empezó a vivir como si estuviera sucediendo otra vez. Ya no pude recordar más, porque me sentí invadido por extraños sentimientos y, sin poder remediarlo, prorrumpí en amargo llanto.

Durante toda mi convalecencia había adquirido la costumbre de tomar una pequeña dosis de láudano, con objeto de descansar mejor. Aquella noche, deprimido por la reavivación de tales recuerdos, tomé una doble cantidad con la confianza de que así podría conciliar el reparador sueño que tanto necesitaba. Pero el descanso no me proporcionó el ansiado respiro, porque tuve horribles pesadillas. Una de ellas consiguió sobrecogerme, hacia el amanecer, pues sentí las garras del monstruo atenazarse alrededor de mi garganta, sin que yo pudiera desasirme. Ante los gemidos que yo emitía y lo inquieto de mi sueño, fui despertado por mi padre, que permanecía en constante vigilancia. Las olas golpeaban los costados del barco y el cielo era completamente gris, pero del monstruo no había el menor rastro por parte alguna. Entonces pude darme cuenta de que aquello era una pequeña tregua, que me proporcionaría un poco de tranquilidad y olvido antes de verme enfrentado con el inevitable futuro que me esperaba. ¡Cuan susceptible es la mente humana a estas sensaciones, aun cuando se halle bajo los terribles efectos que a mí me aquejaban en aquellos momentos!

Capítulo XXII

Nuestro viaje por mar terminó al fin, y tras desembarcar proseguimos con dirección a París. Al llegar allí me vi forzado a reconocer que había abusado de mi resistencia, por lo que tuve que pasar unos días descansando. Mi padre hacía cuanto podía por rodearme de atenciones y, desconociendo la causa de mi mal, trataba de remediarlo; pero los medios de que se valía eran muy distintos de los que yo precisaba. Insistía en verme rodeado de otras personas, cuando yo aborrecía a todos los hombres. ¡Oh, no, no era a ellos a quienes odiaba! Eran mis semejantes, eran iguales a mí, y aun el más horrible de ellos me atraía como si fuera una criatura angelical. Pero me dominaba la idea de que no me estaba permitido gozar de su compañía, porque había lanzado entre ellos a su enemigo, a un ser cuyo mayor placer era el derramamiento de sangre, los lamentos de sus víctimas. ¡Cómo me aborrecerían todos y cada uno de ellos, cómo me borrarían de este mundo, si conocieran mis demoníacas acciones y los crímenes que por ellas se habían originado!

Mi padre no insistió para que trabara nuevas amistades, pero siguió buscando el medio de conseguir que aquella desesperación desapareciera. Algunas veces creía que mi desolación provenía de la vergüenza que había experimentado al tener que ser juzgado por un tribunal, y trataba de convencerme de lo fútil de mi orgullo.

—Padre mío —le decía yo entonces—. ¡Qué poco me conoces! El envilecimiento de los hombres, la degradación de sus pasiones, no tendría límite si alguien tan despreciable como yo pudiese manifestar el menor orgullo. Justine, la pobre e infeliz Justine, era tan inocente como yo y pagó con la vida una acusación idéntica a la que cayó sobre mí. ¡Y pensar que soy el verdadero culpable, que yo la asesiné! William, Justine y Henry..., todos murieron en mis manos.

Mientras permanecí en la cárcel mi padre pudo oírme pronunciar estas mismas frases centenares de veces, puesto que las repetía constantemente. Entonces, o bien me pedía la confirmación de tales palabras, o bien las creía el producto de mis delirios. Luego, durante la convalecencia, pensó sin duda que esta idea había arraigado en mi imaginación durante el periodo más agudo de la enfermedad, no siendo ya más que un rescoldo lo que todavía manifestaba ocasionalmente. Yo evitaba cualquier tipo de explicación, poniendo especial cuidado en mantener oculto todo cuanto se refiriera al monstruo. Sabía que si declaraba toda la historia sería tomado por loco, y esta idea era suficiente para mantenerme en un estado de mutismo absoluto. Sin embargo, aunque hubiese pensado que él me creería, tampoco habría osado revelarle toda la verdad, por temor al estado de intranquilidad en que ello le sumiría. Así pues, dominaba tanto cualquier sensación de flaqueza como la insaciable de afectos que me asaltaba, cosa ambas que sólo hubieran podido abocarme a una confesión momentáneamente tranquilizadora. Pero todas mis precauciones eran pocas. A menudo, sin saber cómo, se me escapaban frases como la que he citado, y el hecho de pronunciarlas era para mí un consuelo.

En aquella ocasión, mi padre me reconvino con una expresión de asombro:

—Mi querido Víctor. ¿Qué es lo que estás hablando? Te ruego, hijo mío, que no vuelvas a decir semejantes cosas.

—No creas que estoy loco —le dije, no sin energía—. El sol y el cielo han sido testigos de mis actividades y te confirmarán lo que acabo de decirte. ¡Yo soy el asesino de estas inocentes víctimas! Todos murieron por causa de mis manipulaciones, aunque lo cierto es que hubiera derramado con gusto mi sangre para salvar sus vidas. Pero no me ha sido posible librarles de la muerte... No me es posible sacrificar a toda la Humanidad.

Estas palabras acabaron por convencer a mi padre de que yo tenía la mente ligeramente trastornada, y cambió de conversación para alejarme de mis pensamientos. Estaba empeñado en hacer que olvidara el recuerdo de las tristes y horribles escenas acaecidas en Irlanda, por lo cual nunca más volví a oírselo mencionar, ni consintió tampoco en que yo hablase delante suyo de mis infortunios.

El tiempo transcurrido hizo que me serenara un poco. Aun cuando la desgracia se había apacentado para siempre dentro de mí, las conversaciones que mantenía adquirían cada vez una mayor coherencia, debido sobre todo a que me esforcé en reprimir la voz de mi conciencia, que con frecuencia intentaba gritar toda la verdad al mundo entero. Mi comportamiento se hizo más tranquilo y más acorde con la normalidad de lo que había sido desde mi excursión al mar de hielo.

Pocos días antes de dejar París para dirigirme a Suiza recibí una carta de Elizabeth concebida en los siguientes términos:

Ginebra, 18 de mayo de 17...

«*Mi querido amigo:*

«*He sentido un inenarrable placer al recibir carta de mi tío, fechada en París. No estás ya a una distancia tan grande de mí, por lo que me anima la esperanza de verte antes de quince días. ¡Pobre primo mío, cuánto has debido sufrir! Me invade el temor de encontrarte en peor estado de ánimo que cuando abandonaste Ginebra. He vivido uno de los peores inviernos de mi vida, torturada por la espera, pero ahora el deseo de ver la serenidad reflejada en tu rostro me reconforta. Sólo ansío comprobar que tu corazón no es ajeno a la calma y al amor.*

«*Me atenaza una duda, y es que persistan los sentimientos que causaban tu pesar hace un año, incrementados quizá por el paso de los días. Nada más lejos de mi ánimo que causarte un disgusto, pero es preciso que antes de que nos reunamos medie entre nosotros una explicación. La conversación que mantuve con mi querido tío antes de que fuera a buscarte creo que la hace necesaria.*

«Te preguntarás que puedo tener que explicar. Si es eso lo qu
pasa por tu pensamiento, mi problema queda resuelto y mis duda
completamente satisfechas. Mas estás tan lejos de mí... Así pues, e
posible que, aun cuando sientas cierto placer, en el fondo tema
esta explicación. En el caso de que sea ésta tu actitud, no voy a de
morar más el exponerte lo que durante tu ausencia he deseade
tantas veces decirte, sin que haya tenido nunca el valor necesarie
para hacerlo.

«Ya sabes que nuestra unión ha sido el proyecto soñado por tu
padres desde que éramos niños, como nos lo manifestaron siempr
y como nos enseñaron a esperarlo convencidos de que era algo qu
debía ocurrir. Hemos sido los mejores compañeros de juegos y, segú
yo lo veo, los mejores amigos a medida que hemos ido creciende
Pero, ¿no sería posible que este amor sea el de dos hermanos que
queriéndose con locura, no desean llegar a ningún tipo de intimida
más profunda? Por nuestra futura felicidad te lo ruego, Víctor. Dim
con toda claridad si amas a otra mujer.

«Has viajado mucho, has vivido varios años en Ingolstadt,
debo confesarte, mi querido amigo, que cuando te vi volver de all
el pasado otoño, con la tristeza reflejada en tu rostro y huyendo d
toda compañía, no pude evitar el pensamiento de que te creyera
obligado, por tu honor, a un deseo de tus padres que se oponía a tu
sentimientos. Pero me parece que estoy divagando. Confieso que t
amo y que, en mis sueños, has sido siempre mi querido y constan
te compañero. No obstante, al decirte esto pienso tanto en tu felicida
como en la mía propia, y nuestro matrimonio me haría desgraciad
para toda la vida si no estuviese convencida de que eres tú quiei
libremente lo desea. En estos momentos me hace sufrir incluso le
sola idea de que, debilitado como estás por tus padecimientos, in
tentes sacrificar por la palabra honor todas las esperanzas de es
amor y esa felicidad que quieres restablecer para ti mismo. Serí
nefasto que yo, que te profeso un afecto tan desinteresado, fuese le
causa de tu infelicidad y aumentara tu desgracia al verme conver
tida en el obstáculo de tu dicha. ¡Víctor, querido! Debes tener le
seguridad de que tu prima y antigua compañera de juegos sient
por ti un amor demasiado sincero como para desear que este pen

samiento te aflija. ¡Sé feliz, mi buen amigo! Y si respondes a mis
palabras como yo espero, ten la seguridad de que no hay fuerza en
el mundo que pueda arrebatarme la serenidad.

«No permitas que esta carta te intranquilice, y no respondas a
vuelta de correo, ni tan sólo antes de tu regreso si esto puede cau-
sarte enojo. Mi tío me dará noticias acerca de tu salud. A tu vuelta,
si veo asomar a tus labios una sonrisa que se deba a mis esfuerzos,
no desearé otra felicidad.

Elizabeth Lavenza

Esta carta tuvo el poder de resucitar en mi memoria la odiosa frase
del monstruo: «¡Estaré contigo en tu noche de bodas!» ¡Esa era
su sentencia! Esa noche, el monstruo haría cuanto estuviera en su
poder para destruirme, sin permitir que gozara ni un solo instante de una felicidad que era el paliativo de mis sufrimientos. Pero
si él tenía el firme propósito de consumar sus crímenes, yo no le
temería. Mi matrimonio estaría marcado por una lucha a muerte
en la que, si el monstruo me vencía, acabarían mis sufrimientos.
En cambio, si el vencedor era yo, volvería a sentirme un hombre
libre. Pero, ¿qué pobre libertad iba a ser la mía? Sería como la del
campesino que ve aniquilada a toda su familia, incendiada su casa,
sus tierras sembradas de sal y él mismo desamparado, sin hogar
sin dinero y solo, pero libre. Así sería mi libertad, estaba seguro,
con la única diferencia de que yo tenía en mi Elizabeth un tesoro
incalculable que, sin embargo, no podría evitar fuera perseguido
por el remordimiento hasta la muerte.

¡Mi dulce y adorada Elizabeth! Leí varias veces su carta, que
consiguió me desahogara un poco e incluso que llegara a concebir
sueños de amor paradisíacos. Pero ya había mordido la manzana
del mal y el brazo del ángel vengador se extendía sobre mí para
arrojarme del Edén de mis esperanzas. A pesar de ello, estaba
dispuesto a dar la vida para conseguir su felicidad. Sabía que si el
monstruo se atrevía a ejecutar su amenaza, mi muerte se produciría inevitablemente. Este pensamiento me indujo a creer que
quizá mi matrimonio fuera el pronto cumplimiento del destino

que me esperaba. Mi destrucción estaba sentenciada; así pues, si retrasaba la boda, mi verdugo podía pensar que lo hacía influido por el temor de su venganza, en cuyo caso era muy probable que maquinara otra mayor. Había jurado *estar presente en mi noche de bodas;* pero entretanto había demostrado su sed de sangre, difícilmente insaciable, asesinando a mi amigo Clerval poco después de formular su amenaza. Así pues, si mi unión con Elizabeth podía proporcionar su felicidad y la de mi padre, no iba yo a permitir que las amenazas del horrible ser la demoraran por más tiempo.

En este estado de ánimo respondí a la carta de mi prima. Rebosaba afecto y ternura. Entre otras cosas, le decía:

«*Temo, amada mía, que no quede mucha felicidad en el mundo para que podamos disfrutarla. Pero sea como sea, todo lo que espero alcanzar en esta tierra puede venir tan sólo de ti. Debes olvidar los injustificados temores que me manifiestas en tu carta, porque es a ti únicamente a quien deseo consagrar mi vida. Tengo un terrible secreto, Elizabeth, un secreto que cuando lo conozcas hará se te hiele la sangre en las venas de horror; y te sorprenderás mucho más cuando veas que, en lugar de sucumbir, he podido sobrevivir a mi desgracia. Te revelaré este secreto al día siguiente de nuestro matrimonio, pues estoy convencido, mi querida prima, de que entre los dos debe reinar siempre la confianza más perfecta. Hasta entonces te ruego que no menciones a nadie esto ni hagas alusión a ello. Sé que pondrás todo tu interés en hacer lo que te pido*».

Una semana después de haber recibido la carta de mi prima llegamos a Ginebra y mi amada me recibió con el más cálido de los afectos, aunque no pudo impedir que las lágrimas corrieran por sus mejillas al ver mi demacrado aspecto. Ella también había cambiado. Estaba más delgada y había perdido gran parte de su encantadora vitalidad, que tanto la adornaba antes; pero había adquirido mayor dulzura y suavidad en todos sus gestos, lo cual la convertía en la perfecta compañera para mí, agotado como estaba física y moralmente.

La tranquilidad de que disfruté fue escasa puesto que otra vez los recuerdos vinieron a martirizarme hasta conducirme casi a la locura. En unas ocasiones me consumía el odio, mientras que en otras permanecía sentado en cualquier rincón, completamente desmoralizado, y no hablaba ni miraba a nadie. Lo único que me preocupaba era la desgracia que pesaba sobre mi cabeza.

Sólo Elizabeth podía arrebatarme de aquellos trances de desespero. Su dulce voz tenía el poder de calmarme cuando me dominaba el odio, y de animarme cuando me invadía aquella especie de sopor. Lloraba conmigo y por mí. En los momentos en que la lucidez me lo permitía, incluso intentaba hacerme comprender que sólo la resignación era capaz de hacer frente a mis problemas. ¡Cuan fácil es la resignación para el inocente! Pero los culpables no llegan a conocer la paz jamás. Las agonías del remordimiento envenenan los pequeños placeres que algunas veces produce el exceso de pena.

Después de nuestra llegada al hogar paterno, mi padre propuso llevar a cabo cuanto antes la ceremonia de la boda, proposición que yo acogí en medio del mayor silencio.

—¿Acaso tienes algún otro compromiso? —dijo mi padre.

—Ninguno. Amo a Elizabeth y el único consuelo que me alivia es pensar en nuestra próxima unión. Fija el día, y a partir de ese momento me consagraré, tanto en la vida como en la muerte, a la felicidad de mi prima.

—Querido hijo, no hables así. Si bien es verdad que hemos vivido tremendas y horribles desgracias, no por ello permaneceremos desunidos. Debemos aferrarnos a lo que nos queda y dedicar el amor que sentíamos por los que no están a quienes todavía viven. Nuestra familia es reducida, sí; pero está unida por los lazos del afecto que crea la desgracia compartida. Cuando el tiempo haya mermado nuestra desesperación, vendrán nuevos seres a quienes amar, reemplazando así a los que tan cruelmente nos fueron arrebatados.

He aquí la gran lección de mi padre, que yo no iba a aprender porque estaba obsesionado por el recuerdo de la amenaza. Pero no hay de qué asombrarse, pues la omnipotencia que hasta enton-

ces había demostrado el monstruo en sus acciones me confirma-
ba lo inevitable de su amenaza: «*Estaré contigo en tu noche de
bodas*». La muerte no podía suponer nada para mí si con ello
evitaba la de mi dulce Elizabeth, y por ello, animado de una súbi-
ta alegría, acordé con mi padre que la boda se celebraría, si mi
prima accedía a ello, diez días después de la fecha que anunciá-
ramos. ¡Imaginaba que así se iba a sellar mi destino definitivamente!

¡Buen Dios! Si por un momento hubiera sido capaz de prever
las malvadas intenciones del monstruo, habría abandonado para
siempre a los míos y vagado permanentemente solo por el mundo,
antes que consentir en llevar a cabo tan desgraciado matrimonio,
Pero el monstruo, igual que si poseyera un fulgor mágico, me
había ocultado sus verdaderas intenciones e impedido imaginar-
las siquiera. Así fue como, intentando adelantar mi muerte, lo
único que hice fue acelerar la de mi ser más querido.

A medida que transcurrían los días que me aproximaban al
de la ceremonia, y quizá por un sentimiento de cobardía o por un
presentimiento, mi corazón fue haciéndose cada vez más débil,
aunque todavía conseguía disimular lo que verdaderamente me
ocurría. Fingía alegría, y mis sonrisas complacían a mi padre;
pero los ojos de Elizabeth, más sagaces, adivinaban la verdad. Mi
prima esperaba el acontecimiento llena de un contento no exento
de cierto matiz de intranquilidad. Temía que, después de las desgracias acaecidas, sus sueños de felicidad quedaran convertidos
en una fantasía que dejara tras ella un rastro de eterna desesperación.

Se hicieron los preparativos para el fausto día, y nuestra casa
se llenó de amigos que venían a felicitarnos y a desearnos los
mejores auspicios. Yo me esforzaba por dominar mi ansiedad,
participando con entusiasmo de todos los planes que forjaba mi padre y que después sólo servirían, estaba seguro de ello, para ser el
escenario de mi tragedia. Gracias a sus esfuerzos, mi padre había
conseguido que el Gobierno austriaco devolviera a Elizabeth
parte de la herencia que le correspondía, que consistía en una
pequeña propiedad a orillas del lago de Como. Así pues, acordamos

que inmediatamente después de la ceremonia partiríamos hacia Villa Lavenza, con objeto de pasar allí nuestros primeros días de dicha.

Durante ese tiempo yo tomé toda clase de precauciones por si la visita del monstruo se realizaba. Llevaba siempre conmigo una pistola y una daga, aparte de permanecer constantemente alerta en espera de un posible ataque por sorpresa. Esto contribuyó a tranquilizarme algo más. Pero en realidad sucedía que, mientras más próximo estaba el momento crítico, menos verosímiles me parecían las palabras del monstruo, llegando hasta el extremo de creer que su amenaza no se iba a cumplir. A esta creencia contribuyeron en gran manera las conversaciones que oía constantemente a mi alrededor, en las que se hablaba de mi matrimonio como de algo que nada ni nadie podían ya impedir.

Elizabeth se sentía feliz al verme a mí más sereno, y su espíritu había dejado de preocuparse. Sin embargo, el día de nuestra unión no pudo evitar sentir cierta melancolía, producto quizá de un presentimiento largo tiempo animado en su corazón. Es posible que pensara en el terrible secreto que yo había prometido revelarle al día siguiente. Por el contrario, mi padre se mostraba rebosante de felicidad y no vio en la melancolía de su sobrina otra cosa que la lógica intranquilidad de una novia a punto de consumar su matrimonio.

Al término de la ceremonia, los numerosos invitados se reunieron en casa de mi padre para festejarla. Elizabeth y yo iniciamos, según habíamos convenido, nuestro viaje de bodas. Teníamos la intención de atravesar el lago y pasar la noche en Evian, para continuar el viaje hasta nuestro destino al día siguiente. El día era espléndido y el viento favorable; todo parecía haberse combinado para que el recuerdo de tan fausto acontecimiento fuera maravilloso.

Sin embargo, aquellos fueron los últimos momentos de dicha que pude disfrutar. Zarpamos inmediatamente después de terminada la ceremonia. El sol se hallaba en su apogeo, y nos vimos obligados a protegernos de su calor debajo de un pequeño toldo, pues queríamos disfrutar de la magnificencia del paisaje. Unas veces era el Mont Saléve lo que se ofrecía a nuestra vista; otras, las riberas de Montalegre, y siempre, dominando todo el panorama, el Mont Blanc y los nevados picos que intentan competir con él inútilmente. Cuando costeábamos la orilla opuesta apareció ante nosotros el magnífico Jura, con su oscura mole que parecía una barrera insalvable para los nativos que quisieran abandonar su país, o una muralla infranqueable para los extranjeros que intentaran esclavizarlo.

Tomé la mano de Elizabeth y le dije:

—No estés triste, amada mía. ¡Si supieras lo mucho que he sufrido y lo que quizá habré de padecer todavía, harías lo imposible para que viviera unos momentos de tranquilidad y olvidara el temor que me obsesiona! Porque este es el único día en que me estará permitido disfrutar.

—Sé feliz, mi querido Víctor —contestó Elizabeth—. No te dejes llevar por la pena —me respondió ella—. Espero que no haya nada inquietante, y puedes tener la seguridad de que mi corazón está lleno de dicha, aunque mi rostro no lo demuestre. No obstante, siento como si no debiera confiar mucho en el porvenir... Pero no deseo hacer caso de este siniestro presentimiento. ¡Mira cuan rápidamente avanzamos! ¡Fíjate en las nubes que ocultan ahora la cima del Mont Blanc! ¡Qué interesante es esta bella escena! El agua está diáfana y se pueden ver tanto la infinidad de peces que nadan en ella como las piedras que yacen sobre el fondo del lago... ¡Oh, qué día tan maravilloso! ¡Cuánta serenidad respira la naturaleza!

Así intentaba Elizabeth desviar nuestros pensamientos de cualquier cosa que nos inspirara tristeza. Pero no siempre lo conseguía, y unas veces desbordaba alegría mientras que en otras aparecían en su mente pensamientos menos optimistas.

El sol iniciaba su ocaso cuando cruzamos el río Drance y pudimos observar los meandros que su curso dibuja entre las altas colinas y los valles bajos. En esta parte los Alpes se aproximan al lago, por lo que nos sentimos empequeñecidos al ver aparecer frente a nosotros el imponente anfiteatro montañoso del lado oriental. Por fin divisamos el campanario de la iglesia de Evian, brillando entre los árboles del bosque, así como las sierras montañosas que enmarcan la ciudad.

Mientras duró la puesta del sol, el viento que hasta entonces nos había empujado con fuerza se convirtió en una ligera brisa, que apenas conseguía ondular las aguas y que agitaba los árboles suavemente, produciendo con ello un runruneo que llegaba hasta nosotros junto con el perfumado aroma de las flores y el heno. Cuando desembarcamos, la noche ya había caído y su oscuridad renovó en mí el miedo y la desconfianza, que pronto habrían de atenazarme para no abandonarme jamás.

Capítulo XXIII

Cuando desembarcamos, el reloj del campanario desgranaba, una tras otra, ocho campanadas. Paseamos unos momentos por la playa, contemplando el crepúsculo, y finalmente nos dirigimos a la posada, desde donde pudimos ver el magnífico escenario que formaban las aguas, los bosques y la silueta de las montañas, que todavía se dibujaban entre la penumbra.

El viento soplaba hacia el Sur, pero de pronto cambió su dirección, con inusitada violencia, hacia el Oeste. La luna comenzaba a descender y las nubes pasaban ante ella, más veloces que una bandada de buitres, ocultando su luz. Y el lago era el espejo donde se reflejaba la lucha que se desencadenaba en el cielo, haciendo parecer aún más maravillosa la agitación de sus aguas, que el viento comenzaba a levantar y que dio lugar a una tormenta que sobrecogió los ánimos.

Yo había pasado el día bastante sereno, pero cuando la noche esfumó los relieves del paisaje, dentro de mí volvieron a surgir los temores. Estaba ansioso, vigilante, y mi mano derecha permanecía en contacto permanente con la pistola que guardaba en mi pecho. El más leve ruido me llenaba de terror, pero mi decisión de hacer pagar un precio alto por mi vida era firme.

Elizabeth observaba mi agitación sin pronunciar palabra; pero al fin, algo que había en mi actitud debió comunicarle el pánico que yo sentía, porque me preguntó, toda temblorosa:

—¿Qué es lo que te preocupa tanto, mi querido Víctor? ¿Qué temes?

—Tranquilízate, amor mío —le contesté—. Sólo una noche, esta noche, y el peligro habrá pasado. ¡Pero esta noche es terrible, muy terrible!

Durante una larga hora estuve sometido a este estado de intranquilidad, antes de darme cuenta de lo terrible que iba a ser la lucha que esperaba a cada momento, y de cuánto afectaría a mi esposa si la presenciaba. Así pues, acabé por rogarle que se retirara a descansar, resuelto a no reunirme con ella hasta tener una idea más clara de la situación de mi enemigo.

Obedeciendo mis deseos, Elizabeth me dejó solo y continué paseando por los corredores de la casa, vigilando todos los rincones que pudieran servir de escondite al horrible ser. Sin embargo, no me fue posible hallar rastro alguno de él, por lo que empecé a considerar que algún azar había intervenido con objeto de que la amenaza no pudiera realizarse. Súbitamente, un horrible grito procedente de la habitación donde se había retirado Elizabeth resonó en mis oídos. Tan pronto lo escuché, toda la pavorosa verdad se apareció a mis ojos y me inutilizó para poder efectuar cualquier movimiento. Mis brazos cayeron como muertos a lo largo de mi cuerpo, y mis músculos se atrofiaron; incluso podía percibir el fluir de la sangre por mis venas, así como también el cosquilleo que me producía en las puntas de los dedos. Esta sensación duró un instante. Entonces, un alarido me volvió a la realidad y me lancé como un loco a la habitación de mi amada.

¡Dios mío! ¿Qué fue lo que no me hizo caer muerto en aquel mismo instante? ¿Por qué estaré todavía viviendo y relatando la destrucción del ser más puro y maravilloso, de la única esperanza que había en el mundo para mi pobre vida? Ella, mi amor, yacía de través sobre la cama, lívida y sin vida. Sus hermosas facciones aparecían horriblemente convulsionadas por entre el desorden de su cabellera... Desde aquella maldita noche, no importa donde mire, veo siempre su figura reflejada en todas partes, sus brazos sin sangre y su cuerpo sin vida, abandonada por el asesino en su lecho nupcial. Me preguntaba cómo podría seguir viviendo con el constante recuerdo de aquella escena. ¡Cuan tenaz es la vida y cómo se aferra a uno cuando más se le odia! Perdí la noción de todo y caí desmayado al suelo.

Cuando recuperé el conocimiento me encontré rodeado por las gentes de la posada. Me miraban con rostros aterrorizados, que parecían una caricatura del mío propio. Escapé hacia el cuarto donde yacía el cadáver de mi inolvidable Elizabeth, mi amor, mi vida, y pude ver que la habían extendido sobre la cama con el rostro y el cuello cubiertos por un pañuelo. Su cuerpo parecía reposar tranquilamente. Corrí hacia ella y la abracé, lleno de desesperación, pero el frío mortal de su carne me hizo comprender la tremenda realidad de que aquello que estrechaba entre mis brazos no era mi Elizabeth. Las criminales huellas de la mano asesina estaban opresas en su cuello, y de sus labios ya no salía aliento alguno.

Permanecí abrazado a ella unos instantes, hasta que levanté la cabeza y me encontré mirando a través de la ventana de la habitación. A la luz de la luna pude ver algo que me sobrecogió. Los postigos habían sido abiertos de par en par, y en el alféizar divisé, con un terror que no me es posible describir, la horrible figura del monstruo. Sus facciones aparecían contraídas en una mueca de burla, y señalaba con el dedo el cadáver de mi esposa. Corrí hacia la ventana y, sacando mi revólver, disparé contra él. Pero el monstruo, con la rapidez de un rayo, se zambulló en el lago.

El estampido atrajo de nuevo la atención de las gentes de la posada. Señalé el lugar por donde había desaparecido y, embarcados en botes, seguimos tras él lanzando incluso las redes al agua. Pero todo fue inútil. Después de varias horas de búsqueda resolvimos volver a la posada, sin esperanzas ya de encontrarle. Algunos de mis compañeros llegaron a pensar que todo había sido una visión imaginaria producida por el dolor; pero, a pesar de ello, continuaron buscando por todo el territorio, en grupos que recorrieron bosques y viñedos.

Intenté acompañarles, y con ellos me alejé algo de la casa. Pero la cabeza me daba vueltas y mis piernas tenían que esforzarse cada vez más para sostenerme. Acabé por caer, agotado, con los ojos nublados y el cuerpo ardiendo por la fiebre. En tal estado fui conducido a la posada, donde me acostaron sin que hubiera recobrado la conciencia de las cosas. Mis ojos recorrían la habitación, como preguntándose extrañados dónde me hallaba y qué me había ocurrido.

Después de unos momentos en los que permanecí en este estado, volví a levantarme y, como guiado por un fuerte instinto, me arrastré hasta la habitación donde se hallaba todavía el cuerpo de mi amada. Había allí algunas mujeres llorosas alrededor de la cama, y uní mis lágrimas a las suyas mientras abrazaba el cadáver, con la mente llena de confusión. Me sentía sumido en un mar de desconciertos y horrores, en los que se mezclaban la muerte de William, la ejecución de Justine y los asesinatos de Clerval y de mi esposa. En aquellos instantes ni siquiera sabía en qué situación estarían mis seres queridos que todavía vivían. Pensaba que lo más probable era que mi padre se hallase debatiéndose entre los brazos del asesino, y que Ernest estuviese ya muerto a sus pies. Aquel pensamiento me devolvió la capacidad de actuar, y dispuse todo lo necesario para regresar a Ginebra sin ninguna demora.

Comoquiera que no era posible conseguir un solo caballo, me vi obligado a regresar por el lago con viento desfavorable y una lluvia torrencial. A pesar de todo, pensaba poder llegar a Ginebra al anochecer, pues estaba ya amaneciendo. No contraté a nadie para que gobernara el barco porque el ejercicio físico siempre había sido un consuelo para mí, cuando me encontraba torturado por mis sufrimientos. Pero en aquel momento, lo agobiado que me sentía y la agitación que me dominaba impidieron que pudiese reunir fuerzas para remar. Arrojé los remos lejos de mí y escondiendo la cabeza entre los brazos, dejé correr libremente mi desesperación. A mi mente volvió el recuerdo de las escenas felices pasadas con mi dulce compañera... Lloré desconsoladamente. La lluvia cesó por un momento y pude ver los peces dentro del lago, como Elizabeth los había visto el día anterior. Nada es más doloroso para el espíritu del hombre que un cambio brusco y repentino. El sol podía ocultarse o brillar; para mí no tendría ya la misma luz que tenía el día anterior, porque mi enemigo implacable había arrancado de mi lado la única esperanza de felicidad que me quedaba. En el mundo no había una criatura tan desgraciada como yo, estaba seguro de ello. Los terribles sucesos que había tenido que padecer sólo ocurren una vez en la historia de la Humanidad.

¿Para qué detallar los acontecimientos que siguieron a la catástrofe? La culminación más dolorosa de este relato de horrores sin fin ya ha sido narrada. Lo que me queda por explicar no creo te interese mucho, porque es sumamente sencillo: uno a uno, mis seres queridos me fueron arrebatados hasta que quedé completamente solo. Pero mi debilidad es ya muy grande y me obliga a contarte lo que queda apresuradamente.

Cuando llegué a Ginebra, mi padre y Ernest no habían muerto, pero el primero no pudo soportar la triste noticia que hube de comunicarle. Me parece verle todavía, mi querido y venerable anciano, con los ojos extraviados por no poder expresar ya la alegría. Su amadísima Elizabeth, aquella a quien quería como a una hija y en quien había depositado su afecto y sus esperanzas en el fin de su existencia, había sido arrancada de su vida. ¡Maldito monstruo! ¡Maldito aquel que convirtió sus últimos días en un calvario! Su salud no era lo suficientemente fuerte como para resistir esta nueva desgracia, ni tampoco los horrores que iba a tener que recordar; por eso, finalmente, el manantial de su vida se extinguió. Sin poder abandonar ya el lecho, pocos días más tarde moría en mis brazos.

¿Qué fue lo que me ocurrió entonces? No lo sé. Parece ser que perdí la noción de todo y que me sumí en las tinieblas. Algunas veces soñaba que estaba paseando por campos floridos y hermosos parajes con los amigos de mi infancia; pero al despertar me encontraba encerrado en una celda. Poco a poco logré dominar la melancolía, y el recuerdo de mi vida y de mis tristezas volvió. Fue entonces cuando se me permitió salir de la prisión. Más tarde, alguien me confió que me habían creído loco y que, por esa razón, decidieron encerrarme en un calabozo solitario, donde al parecer había permanecido muchos meses.

Pero la libertad hubiera sido para mí algo de poquísimo valor si, con la razón, no hubiese recuperado el feroz deseo de venganza. Cuando mi memoria trajo de nuevo el recuerdo de mis desgracias pasadas, así como el convencimiento de que el único ser culpable de las mismas era el monstruo creado por mí, volví a sentirme poseído por una rabia desesperada y deseé, entonces más que en ningún otro momento, tener al miserable demonio a mi alcance para descargar sobre él, con saña, la mayor venganza que imaginarse pueda.

Mi odio no se conformó con desahogarse en vanas palabras sino que me llevó a buscar el medio de enfrentarme cara a cara con mi enemigo, y poco después de salir de la cárcel me dirigí a un juez de la ciudad para exponerle mis deseos de formular una acusación, una querella criminal. Le manifesté conocer al asesino de los miembros de mi familia, y que iba a implorarle una acción lo más completa posible de la justicia para darle caza.

El magistrado escuchó mi declaración con benevolente atención, y dijo:

—Tenga la seguridad, querido señor Frankenstein, de que la justicia no ahorrará ningún esfuerzo hasta descubrir al villano.

—Muchas gracias —le respondí—. Pero antes escuche, por favor, la declaración que voy a hacerle. En realidad se trata de unos hechos tan excepcionales, que no me parecería nada extraño se resistiese usted a creerlos. No obstante, los acontecimientos que han estado ocurriendo obligan, por su evidencia, a creer en mis palabras. El relato que voy a referirle es demasiado coherente para ser confundido con una pesadilla, y, además, no tengo motivo alguno para falsear la verdad.

Dije todo esto en un tono sosegado y persuasivo, pues mi resolución de matar al destructor me animaba a poner en ello todas mis esperanzas, con lo cual conseguía calmar mi angustia y tener un motivo para reconciliarme con la vida. Empecé mi relato sin entrar en pequeños detalles, pero expresándome con precisión, e incluso indicando exactamente las fechas de los sucesos. Me había propuesto no dejarme arrastrar por el odio.

La actitud del magistrado varió, pues mientras al principio parecía no creer nada de lo que oía, a medida que mi relato fue avanzando prestó cada vez mayor atención y al final mostró un verdadero interés. Incluso llegué a verle estremecerse de horror en algunos momentos, y en otros expresar sorpresa.

Cuando terminé mi narración, le dije:

—Acuso a ese ser de haber cometido asesinato, y vengo a buscar ayuda para perseguirle, detenerle y castigarle. Creo que su deber como magistrado es acceder a mi petición, y, además, tengo la completa seguridad de que sus sentimientos personales no se opondrán, en esta ocasión, a las exigencias de la justicia.

La expresión de su rostro cambió cuando oyó mis últimas palabras. Durante la exposición del relato había escuchado con atención parecida a la que se presta a una narración fantasmagórica y sobrenatural; pero al pedirle yo que actuara legalmente, mostró de nuevo incredulidad, aunque no por ello dejó de contestarme con la mayor de las cortesías:

—Desearía con toda el alma prestarle la ayuda que requiere. Pero según sus palabras, ese ser está dotado de una fuerza que pondría a prueba todo cuanto yo hiciera por usted. Porque, ¿quién sería capaz de perseguir a un animal de esa especie, que cruza los glaciares y los mares de hielo, que habita en cuevas donde ningún hombre osaría entrar? Por otra parte, han pasado muchos meses desde que se cometieron los crímenes y nadie puede saber a ciencia cierta dónde estará el monstruo, o en qué región habitará en estos momentos.

—No tengo la menor duda de que se halla muy cerca del lugar donde vivo —repuse—, y si lo que yo supongo es cierto, es decir, que vive en los Alpes, se le puede acosar como a una bestia y darle caza. Pero ya sé lo que está pensando; usted no cree mi relato y no tiene el menor interés por perseguir a mi enemigo y castigarle.

Al decir esto, mis ojos brillaban con tal indignación que el magistrado quedó intimidado y se apresuró a responderme:

—Está usted equivocado. Haré cuanto esté en mi poder, y si conseguimos apresar al monstruo, tenga la seguridad de que sufrirá el castigo al que sus crímenes le han hecho merecedor. Pero, a juzgar por cuanto usted me ha manifestado, diríase que esto no va a ser posible y que, aun cuando se tomen las medidas oportunas, el fracaso más rotundo coronará nuestra búsqueda. Creo que debería acostumbrarse a esa idea.

—Ya veo que todo es inútil. Diga lo que diga, de nada va a servirme. Mi venganza no le interesa a usted lo más mínimo, y aunque he de confesar que sentirla es un defecto, también reconozco que ésta es la única pasión que ahora me domina. El odio me subleva cuando pienso que la criatura a quien di vida todavía pertenece al mundo. Usted no acepta mi demanda, mi justa demanda; por tanto, no me queda otro recurso que dedicarme yo mismo, por entero, a la persecución y consiguiente destrucción del asesino. Consagraré a ello tanto mi vida como mi muerte.

Aquella conversación acabó por desquiciarme, haciéndome expresar el sentimiento de la orgullosa fiereza que, según dicen, invadía a los mártires de la antigüedad. Pero era imposible que un magistrado ginebrino, cuyos pensamientos eran bien distintos de los del heroísmo y la devoción dedicados a un fin, se dejase influenciar por aquella altivez espiritual en que yo me encontraba y que incluso podía hacerme parecer un loco. Hizo cuanto pudo para tranquilizar mis nervios, igual que si de un niño se tratara, y finalmente se convenció de que mi relato era el producto de una imaginación delirante.

—¡Buen Dios! ¡Cuan ignorante es usted en su arrogante sabiduría! ¡Cállese! ¡No sabe lo que está diciendo!

Salí de su casa completamente irritado y descompuesto, para refugiarme en la soledad hasta hallar otro medio de acción.

Capítulo XXIV

En aquellos momentos me encontraba en una situación tan desesperada que no podía ni tan sólo desarrollar un pensamiento; conforme éstos iban surgiendo, eran exterminados por la furia que me dominaba. Únicamente el deseo de venganza hacía que me controlase, dándome la fuerza suficiente para modelar mis sentimientos. Me volví calculador y mantuve la más completa serenidad en momentos en los que, anteriormente, el delirio e incluso la muerte hubieran acabado conmigo.

La primera idea que me asaltó fue la de abandonar mi país natal para siempre, puesto que la tierra que me había sido tan querida en momentos de felicidad se me antojaba odiosa en aquellos instantes de dolor e impotencia. Siguiendo mi idea, conseguí algún dinero y, llevándome también las joyas de mi madre, me marché de Ginebra. Así fue como empezó un peregrinar que sólo se verá interrumpido por la muerte. He recorrido una gran parte del globo, padeciendo todos los contratiempos que sufren los viajeros al recorrer países salvajes y yermos desiertos. No sé cómo he conseguido sobrevivir, pero si que me he visto obligado a pasar días enteros echado en cualquier rincón, soportando el agotamiento, clamando al cielo para que me concediese la muerte y recuperándome apenas con la idea de la venganza, de que sólo la muerte de mi enemigo podrá darme sosiego.

Lo primero que hice al abandonar Ginebra fue averiguar todo lo que pude sobre el itinerario del monstruo. Pero éste parecía no seguir un plan trazado con premeditación, por lo que tuve que perder horas y horas buscando en la ciudad, indeciso ante el camino que debía seguir. Una noche en que andaba preocupado por mis pesquisas me encontré a las puertas del cementerio donde reposaban los restos de Elizabeth, William y mi propio padre. Entré y me acerqué al panteón donde estaban sus ataúdes. Todo permanecía en el más absoluto silencio, y tan sólo la brisa que hacía oscilar las hojas lo turbaba. La oscuridad era impenetrable, hasta el punto de que hubiera impresionado a la persona menos influenciable. Parecía que las almas de los muertos vagaban por todo el recinto, proyectando sus sombras invisibles que, sin embargo, no por ello dejaban de hacer notar su presencia a quien acudiese a llorar a sus muertos.

En un principio me invadió el dolor, pero con la rapidez de una chispa prendió en mí un odio profundo y un deseo de venganza todavía más violento que el sentido anteriormente. Aquellos a quienes amaba habían muerto y yo todavía vivía, lo mismo que el malvado ser que les asesinó. Lo único que daba un hálito de vida a mi persona era pensar que debía destruirle, vengando así su crimen; ésta era la única razón por la cual debía seguir arrastrando mi vil existencia. Me arrodillé ante la tumba de mis familiares y, sacudido por un temblor, exclamé:

—Por la tierra sagrada sobre la que me arrodillo, por las almas que flotan a mi alrededor, por el dolor y pesadumbre que me roe las entrañas, y también por ti, ¡oh noche impenetrable!, así como por los espíritus que llenan tus tinieblas, juro perseguir al demoníaco monstruo que causó tan inmensa desgracia, hasta que uno de los dos perezcamos en el mortal combate. Este será el único propósito y el fin exclusivo de mi miserable existencia, la única cosa que me permita ver el sol y dejar mis huellas en la hierba. ¡Espíritus de mis queridos muertos, os llamo! Venid, ayudadme en mi propósito y guiadme en el camino que he de recorrer. Que el maldito e infernal ser beba hasta apurar la copa del dolor, que padezca conmigo la desesperación que me atormenta.

Empecé diciendo este juramento en un tono solemne y con un temor reverente que casi me persuadieron de estar asistido por los espíritus de aquellos seres tan queridos para mí, a quienes había invocado creyendo que aprobarían mi resolución. Pero pronto la cólera se apoderó de mí, y al final mis palabras eran un grito de ira.

Entonces, en medio de la callada noche, estalló una infernal carcajada que resonó en mis oídos repetida por el eco de las montañas, haciéndome creer que todo el infierno se burlaba de mí. Frenético como estaba de terror, faltó poco para que pusiese fin a mi vida; pero el juramento pronunciado momentos antes, así como el convencimiento de que había sido escuchado, fueron las causas de que no lo hiciera y de que me sintiera animado por el deseo de venganza. El eco de la carcajada fue perdiendo su intensidad, y entonces oí la voz aborrecible que tanto conocía.

—¡Estoy satisfecho, desdichado! —dijo—. Has decidido vivir y esto me llena de satisfacción.

Me precipité hacia el lugar de donde parecían provenir aquellas palabras con el deseo de atacar al monstruo, pero éste eludió con agilidad mi ataque. Bajo la luz de la luna, pude ver su horrible figura desaparecer por entre los árboles, a una velocidad que no tenía nada de humano.

Le perseguí, y durante los últimos meses esa ha sido mi única preocupación. Me he tenido que guiar por los ligeros rastros que iba dejando en su ruta, y he seguido todos los recovecos del Ródano sin poder darle alcance. Llegué hasta el azul Mediterráneo, donde, por una extraña casualidad, le vi penetrar una noche en un barco listo para zarpar hacia el mar Negro. Y aunque pude obtener un pasaje en el navío, él consiguió escapar sin que yo pudiera hacer nada por evitarlo.

Siempre en vano, he recorrido incluso las salvajes zonas de Rusia y Tartaria, unas veces obteniendo información de los horrorizados campesinos que le habían visto, y otras de las señales que él mismo dejaba para que yo no perdiera su rastro; debe temer que me abandone la esperanza de encontrarle y ponga fin a mi existencia. Luego, con el comienzo de las nieves, me fue más fácil seguirle, pues sus enormes huellas quedaban bien marcadas en la blanca superficie del suelo. Tú, que te hallas al comienzo de la vida, ignoras todavía los contratiempos que ésta ofrece y no puedes comprender el calibre de mis sufrimientos. El frío, el hambre y la sed han sido las penalidades menos importantes de cuantas he tenido que pasar. Sobre mí pende la maldición de un espíritu infernal; pero también cuento con un espíritu del bien, que me sigue constantemente y que, cuando mis sufrimientos o la escasez son mayores, se me aparece de improviso para salvarme de dificultades en apariencia infranqueables. Muchas veces caí, vencido por el hambre, y ya me disponía a ceder cuando, en mitad de un desierto, se preparaba para mí algún alimento que me permitiría proseguir la búsqueda. Lo que hallaba en tales casos era el producto de la miseria, lo mismo que comían los campesinos del país donde me hallaba; pero nunca dudé de que era el espíritu del bien quien había colocado aquello en mi camino. En otras ocasiones, cuando la tierra se agrietaba por causa de una pertinaz sequía y mis labios ardían sedientos, una nube cruzaba el cielo, derramando algunas pocas gotas de lluvia que bastaban para rehacerme.

En mi incansable persecución procuraba avanzar por el curso de los ríos, siempre que ello me era posible. Pero el monstruo sabía que aquellos eran los lugares más habitados por los hombres, y se obstinaba en eludirlos. Me haría seguirle por zonas en las que la vida humana era escasa, o no existía siquiera, por lo que yo me veía obligado a alimentarme sólo con lo que me proporcionaban las bestias que aparecían en mi camino. A veces, con el dinero de que disponía podía ganarme la ayuda de los naturales del país; y si no, cazaba alguna bestia en el bosque y la llevaba conmigo para dejársela a cambio del fuego, los utensilios y demás cosas que ellos me habían prestado para cocinar.

La vida que llevaba me resultaba totalmente odiosa, y los únicos momentos de respiro que disfrutaba me los daba el sueño. ¡Bendito descanso! ¡Con qué frecuencia, agotado por el esfuerzo, caía en hermosos sueños que me concedían ilusiones de felicidad! Eran los espíritus protectores quienes me proporcionaban aquellos sueños que a veces duraban horas y que me daban fuerza para seguir adelante. Si no hubiera tenido momentos como éstos, habría sucumbido por los padecimientos. Durante el día, la esperanza del reposo me mantenía firme, pues sabía que cuando cayera la noche iba a ver a mis amigos, a mi dulce esposa y a mi hermoso país. Veía también la serena figura de mi padre, oía la cálida voz de mi Elizabeth y podía contemplar a Clerval, lleno de juventud y de vida. Hubo veces en que, agotado por las dificultades del camino, conseguí hacerme creer a mí mismo que había llegado la noche y me dormí soñando que estaba en los brazos de mis amigos. ¡Cuan tierna y desesperadamente les quería! ¡Con qué pasión me aferraba a sus imágenes, tan amadas por mí que en ocasiones, incluso estando despierto, se me aparecían como si aún viviesen! En tales instantes mi venganza perdía virulencia y sólo seguía mi camino impulsado por el deber que el cielo me había impuesto, moviéndome, por un poder desconocido, como un muñeco e impelido por una oscura fuerza que manaba de mi alma.

No sé cuáles serían los sentimientos de aquel a quien yo perseguía, pero en ocasiones me dejaba mensajes escritos en las cortezas de los árboles o en las rocas, que me servían de guía e instigaban mi furia. Por ejemplo, en una de sus inscripciones aparecían con toda nitidez estas palabras: «Mi reinado no ha terminado todavía. Vives, y mi poder sobre ti es total y absoluto. Sigue mis pasos. Voy en busca de los eternos hielos del Norte, donde sufrirás el tormento del frío y los hielos que a mí me dejan impasible. Si te apresuras, a poca distancia de aquí encontrarás una liebre muerta. Sacia tu hambre con ella y repon tus fuerzas. Aún tenemos que luchar por nuestras vidas y todavía han de transcurrir muchísimas horas de penalidades sin fin, antes de que llegue el momento de nuestro encuentro. Adelante, enemigo».

¡Monstruo escarnecedor! Juro vengarme implacablemente. Te prometo, miserable enemigo, que te torturaré hasta la muerte, que jamás dejaré la lucha en que me he empeñado, a no ser que perezca. En tal caso, podré reunirme por fin con Elizabeth y con los míos, que ya están preparando la recompensa de mi agotadora tarea, de mi largo y funesto peregrinaje.

A medida que avanzaba hacia el Norte, las nieves aumentaban de espesor y el frío era tan penetrante que se me hacía insoportable. Las gentes del país se ocultaban en sus cabañas, y tan sólo los más atrevidos osaban salir en busca de animales expulsados de sus escondrijos por el hambre. Los ríos se habían helado, siendo imposible encontrar en ellos ningún pez que sirviera de sustento.

Las dificultades con que tropezaba disminuían mi avance, pero aumentaban las de mi enemigo. Otra de las inscripciones que me dejó rezaba así: «¡Prepárate! Tus padecimientos tan sólo acaban de empezar. Cúbrete con pieles y provéete de alimentos porque vamos a entrar en una región donde sufrirás tanto que, por fin, mi odio será satisfecho».

Aquellas palabras, en vez de desanimarme, me sirvieron de acicate, y me sentí mejor dispuesto que nunca a no cejar en mi propósito. Reclamando la ayuda de los cielos, continué mi camino con renovado ardor, atravesando los desiertos helados hasta que llegué al océano Ártico. ¡Qué diferencia de las azules aguas de los mares del Sur! Cubierto de hielo en casi su totalidad, este océano no podía distinguirse de la tierra más que por su extensión sin límite y por su crudeza. Según cuentan, los griegos lloraron de contento al ver el Mediterráneo desde los montes asiáticos, y celebraron con alegría el fin de sus vicisitudes. Yo no lloré, pero caí de rodillas y agradecí con toda mi alma al espíritu que me había guiado adonde me esperaba mi enemigo, el haber llegado hasta allí sano y salvo.

Muy pocas semanas antes había comprado un trineo y un tiro de perros que me permitieran correr por los hielos a una mayor velocidad que si hubiera ido andando. No sabía si el monstruo se habría hecho con uno de aquellos vehículos, pero pude observar que, en lugar de perder terreno como me ocurría al principio, yo lo iba ganando. Cuando llegué a divisar el océano, únicamente me llevaba un día de ventaja. Así pues, concebí la esperanza de cruzarme en su camino antes de que alcanzara la costa, y esta idea me dio ánimos suficientes para llegar a una miserable cabaña construida al borde mismo de la playa. Pedí a sus habitantes noticias de mi enemigo, y me informaron con gran exactitud. Dijeron que la noche anterior se había presentado un ser gigantesco, armado de un rifle y de varias pistolas, que les había hecho huir aterrorizados. Tras apoderarse de la reserva de alimentos que tenían para todo el crudo invierno, y de colocarlas en un trineo, se había adueñado también de un tiro de perros y, en medio del contento de los atemorizados lugareños, emprendido rápidamente su viaje. Había tomado la dirección que no conducía a ningún lugar, por lo que suponían que los hielos le destruirían al romperse, o que moriría por causa de las bajas temperaturas.

Esta noticia me sumió en la desesperación. Se me había escapado de nuevo, y yo me vería obligado a emprender un peligrosísimo viaje por los hielos del océano, soportando temperaturas que ni tan siquiera los habitantes del lugar podían resistir por mucho tiempo. Por lo tanto, era muy posible que yo, una persona acostumbrada a climas más templados, no lograse sobrevivir. No obstante, la idea de que el monstruo resistiera y yo muriera me hacía temblar de rabia, y el deseo de venganza me volvió a animar. Descansé brevemente en aquella cabaña, y en mi reposo volvieron a visitarme los espíritus de mis seres queridos para incitarme a continuar la persecución. Al despertar, dispuse lo necesario para emprender tan arduo viaje.

Cambié mi trineo por otro que me permitiera correr por los desiguales hielos del helado océano y compré cantidad de alimento suficiente para varias semanas. Una vez hecho esto, inicié la nueva etapa de mi peregrinar.

No sé exactamente cuántos días han transcurrido desde entonces, pero sí que he soportado los padecimientos sin fin que me han acosado, animado tan sólo por el cumplimiento de mi venganza. A veces, escarpadas e inmensas montañas me cerraban el paso, y a menudo podía oír el estruendo que hacía el mar bajo la capa de hielo, amenazando con destruirme. No obstante, siempre volvía a helar, con lo cual los caminos que debía recorrer se endurecían hasta ofrecerme seguridad.

Ignoro cuántos días han transcurrido desde que me lancé al mar; pero, a juzgar por la cantidad de alimentos que he consumido, puedo decir que he permanecido en el océano durante unas tres semanas. El largo retraso en la realización de mis planes me hacía derramar abundantes lágrimas, y poco faltó para que la desesperación lograra aniquilarme. Un día en que mis pobres animales habían conseguido coronar con gran esfuerzo la cumbre de una montaña de hielo, no sin que uno de ellos muriera de agotamiento, me encontré contemplando la enorme extensión de hielos cuando, a lo lejos, divisé una manchita apenas perceptible en medio de una neblina que lo desdibujaba todo. Intenté distinguir con más exactitud de qué se trataba, y no pude impedir que un grito de alegría se escapara de mis labios. Mis ojos estaban viendo un trineo conducido por la enorme y monstruosa figura de mi enemigo. El corazón se me inundó de esperanza una vez más, e incluso comencé a derramar lágrimas, que me apresuré a secar con objeto de no perder ni por un instante la visión del maldito demonio; mas seguían manando sin interrupción, y tuve que dejar que corrieran por mis mejillas con absoluta libertad.

Pero aquellos no eran momentos para dilaciones, por lo que liberé a los perros de la carga que uno de ellos suponía, el muerto, y les distribuí comida y bebida abundantes. Luego, tras verme obligado a concederles una hora de reposo, que me pareció eterna, emprendí de nuevo la marcha. El trineo del monstruo era cada vez más visible, y lo siguió siendo excepto en los breves intervalos en que quedaba oculto por algún promontorio de hielo. Me di cuenta de que le iba ganando terreno, hasta el punto de que después de dos días de perseguirle me encontraba poco más o menos a una milla de distancia de él. Mi corazón parecía que iba a estallar dentro de mí.

Sin embargo, cuando ya me parecía haberle dado alcance, perdí su rastro por completo. El hielo se partió a mi alrededor con un rugido impresionante, y las aguas comenzaron a agitarse con mayor fuerza, haciéndose cada vez más peligrosas y amenazadoras. Por si esto fuera poco, también se levantó un furioso viento que hizo aparecer al mar por todas partes, encrespado y produciendo estallidos. Me apresuré, pero en vano. El hielo se había rajado por doquier, y al cabo de breves instantes me vi separado de mi enemigo por unas aguas agitadas. Navegaba a la deriva sobre un témpano cuyo tamaño se iba reduciendo a cada choque contra el agua, lo cual me amenazaba con una muerte próxima.

Así transcurrieron varias horas, que pasé mordido por la ansiedad. Uno tras otro, mis perros fueron muriendo, y hasta yo mismo estaba a punto de sucumbir agotado por el cansancio y el frío cuando divisé tu barco inmovilizado por el ancla y ofreciéndome la única esperanza de seguridad. Nada había más lejos de mi imaginación que el ver aparecer un barco en una latitud tan al norte, por lo que me quedé asombrado. No obstante, rompí el trineo y construí mal que bien unos remos, que me permitieron llevar mi balsa de hielo hasta tu embarcación. En ningún momento pensé darme por vencido, y si tu barco hubiese ido rumbo al sur, yo habría permanecido en aquel mar de hielo antes que abandonar la búsqueda de mi enemigo. Pero ibais, como yo, hacia el Norte, y además me subisteis a bordo totalmente agotado y a punto de extinguirse mi vida, cosa que me hace estremecer porque no he dado justo cumplimiento a mis deseos.

¡Oh! ¿Cuándo permitirán mis espíritus que llegue hasta el monstruo para después poder alcanzar el eterno descanso que tanto deseo? ¿Será que debo morir mientras él continúa viviendo? Si esto ocurre, Walton, júrame que no dejarás que él saque provecho de mi muerte. Júrame que le buscarás y que le matarás. Pero no, no puedo exigirte que continúes mis padecimientos. No. No quiero ser tan egoísta. Sólo si la suerte lo cruza en tu camino cuando yo no pertenezca al mundo de los vivos, júrame que no vas a permitir que él siga viviendo, júrame que no se lo permitirás, evitando de este modo que vaya acumulando víctima sobre víctima, que triunfe así sobre mí. Recuerda que es persuasivo y que hubo un momento en que sus palabras llegaron a influenciarme; pero no confíes nunca en él. Su figura es un pálido reflejo de su alma. Está lleno de diabólica malicia. ¡No le escuches! Llama a los espíritus de William, Justine, Clerval, Elizabeth y mi padre; haz que ellos te sostengan. Invoca al mío propio para que venga en tu ayuda, y húndele tu espada en mitad del corazón. Yo mismo estaré cerca de ti entonces, para impedir que tu acero falle.

Continuación del diario de Robert Walton

26 de agosto de 17...

Margaret, ahora que has leído esta horrible y terrorífica historia, aún debes tener la sangre congelándose en tus venas como yo he tenido la mía. A veces, Frankenstein, sobrecogido por alguna desconocida desazón, se veía incapacitado para proseguir su relato; en otras ocasiones, por el contrario, con su voz quebrada por la emoción, que no por eso dejaba de ser penetrante, pronunciaba dificultosamente frases llenas de angustia mientras sus magníficos ojos azules brillaban ora de indignación y ora de angustia y dolor. Algunas veces conseguía dominarse y ser comedido en sus ademanes, relatando entonces los incidentes más espeluznantes con voz clara y tranquila. Pero súbitamente, la violencia volvía a apoderarse de él, descomponiendo sus facciones y haciendo que gritara terribles juramentos contra su enemigo.

En apariencia, su relato era tan sencillo que en él se podía apreciar toda la veracidad; no obstante, de no ser por las cartas de Félix y Safie que llegó a mostrarme, y porque desde mi barco yo había podido ver al mismo monstruo, jamas le hubiese creído. ¿Podía ser verdad que existiera semejante ser? Todavía hoy me encuentro sumido en la sorpresa y la admiración, pero ahora ya no puedo dudar de ello. Intenté que Frankenstein me diese algunos detalles más específicos sobre la constitución de aquella asombrosa creación suya, pero jamás lo conseguí.

—*¿Acaso te has vuelto loco, mi querido amigo? ¿Dónde quieres ir a parar con tu insaciable curiosidad? ¿Es que quieres hacerte con un enemigo tan terrible? ¡Por favor! Escarmienta con mis experiencias, y no atraigas sobre ti tan cruel desgracia.*

Al darse cuenta de que había ido tomando notas de todo lo que me había relatado, mostró interés por verlas y corregirlas, para darles mayor veracidad y reproducir con más detalle el verdadero espíritu de las peroratas que sostuvo con su implacable enemigo.

—*Puesto que has tomado estas notas, no me gustaría que pasaran a la posteridad llenas de errores que las falseen.*

Así he pasado toda una semana, escuchando el relato más fascinante y extraordinario que jamás haya inventado una mente humana. Todos mis pensamientos, y cada uno de los sentimientos de mi alma, han quedado trastornados ante el interés tanto de mi huésped como de su narración, y también ante las elevadas y dulces maneras de que hace gala. Quisiera tranquilizarle, pero, ¿cómo es posible despertar en un ser tan desgraciado el deseo de vivir? Sólo en la muerte hallará la paz que tanto desea, aunque hay todavía algo capaz de proporcionarle un pequeño placer, y es la soledad de sus sueños. Cuando sueña cree estar hablando en verdad con sus amigos, lo cual le consuela en parte de sus desgracias y de sus afanes de venganza. Para él, estos seres no son producto de una fantasía, sino realidades, alguien que le visita desde un mundo remoto. Este convencimiento presta tanta convicción y tanta majestuosidad a sus delirios, que yo mismo llego a creer que se trata de algo verdadero.

Nuestras charlas no se limitan a hablar de sus infortunios. En cualquier aspecto, por ejemplo en la literatura, demuestra poseer unos conocimientos ilimitados, y es capaz de una rápida comprensión de cualquier tema. Es tan elocuente que a veces, cuando cuenta algún incidente patético o intenta hacer resurgir sentimientos de amor, he llegado a derramar lágrimas. ¡Qué espléndida criatura debió ser en sus días de felicidad! Hasta él parece darse perfecta cuenta de la grandeza de su triunfo y del esplendor de su caída.

—*Cuando era más joven* —me dijo una vez— *me creía destinado a alguna gran empresa. Mis sentimientos no eran superficiales, y poseía una capacidad de juicio que me hacía apto para emprender* cualquier cosa que me propusiera. *La conciencia que tenía de mi valiosa naturaleza me empujaba en los momentos en que cualquier otro ser hubiera sucumbido; estaba convencido de que desperdiciar en lamentaciones la capacidad de esfuerzo que pudiera resultar útil para la Humanidad era un crimen. Cuando medité sobre lo que acababa de conseguir, es decir, la creación de un ser capaz de sentir y razonar por sí mismo, ya no me era posible alinearme en las filas de los demás investigadores. Precisamente esta idea que me animó en los comienzos de mi trabajo, ahora sólo me sirve para hundirme más y más en el fango. Todas mis especulaciones han sido reducidas a la nada, y como el ángel que aspiró insensatamente a la omnipotencia, he sido arrojado al infierno. Tenía una imaginación muy viva y un considerable espíritu analítico, lo cual, unido a mi intensa aplicación, me hizo concebir la idea de crear un hombre y me permitió también llevarla a cabo. Aún hoy, en estos momentos tan amargos, no puedo por menos de recordar con entusiasmo el período que pasé enfrascado en mis trabajos. Unas veces me estremecía ante la adquisición del poder; otras, mi estremecimiento era de incertidumbre ante el probable resultado de ese poder. Desde la más tierna infancia me había dejado dominar por pensamientos grandilocuentes y ambiciones altísimas, llevado por mi efervescente imaginación hasta las cumbres de lo inaccesible. ¡Y ahora tengo que verme hundido! ¡Oh, mi buen amigo! Si me hubieras conocido en aquellos tiempos, no te habría sido posible identificarme en mis actuales condiciones. Antes, mi corazón rara vez era presa del desaliento, porque un gran destino me arrastraba vertiginosamente; pero caí para no levantarme ya más.*

¡Mi querida hermana! ¿Crees que puedo abandonar a este admirable ser? Sabes cuánto he echado de menos a un amigo y como he ido a encontrarle en estas aguas desiertas; pero tan sólo para conocer su talento y perderlo inmediatamente. Mi mayor deseo sería reconciliarle con la vida, pero esta idea le repugna.

En otra ocasión me dijo:

—Walton, te agradezco infinito tus buenas intenciones con un ser tan desgraciado como yo soy; pero cuando te oigo hablar de nuevos lazos de afecto, ¿crees posible que encuentre el modo de sustituir *los que he perdido? ¿Cómo puedo encontrar a alguien que sea para mí lo que fue Clerval, o una mujer como lo fue mi Elizabeth? Sé que el amor no sólo se basa en la excelencia de las cualidades, pero los amigos de la infancia poseen siempre sobre nuestra imaginación un poder que no puede adquirir ninguna amistad posterior. Ellos conocen nuestras más fervientes inclinaciones infantiles, que, por muchos cambios que la vida experimente, nunca nos son arrebatadas del todo; ellos saben comprender nuestros actos con mayor precisión. Una hermana o un hermano nunca sospecharán del otro que sea capaz de fraude, a menos que esto sea muy evidente y aun cuando un amigo, sea cual sea su grado de amistad, haga alusión a ello. Pero sucede algo más, y es que yo no quería a mis amigos tan sólo por esos lazos, sino porque sus méritos eran preciosos. Así, dondequiera que me halle, la tranquilizadora voz de mi Elizabeth y la brillante conversación de Clerval resonarán siempre en mis oídos. Pero ellos murieron, y sólo existe un pensamiento que me hace conservar la vida. Si ahora me viera empujado hacia algún trabajo útil para mis semejantes, haría todo cuanto estuviera en mi poder para vivir hasta completarlo. Pero únicamente deseo destruir al ser que creé con mis propias manos... Entonces, y sólo entonces, habré cumplido mi misión y podré descansar eternamente.*

2 de septiembre de 17...

Mi muy querida hermana:

Te escribo rodeado de peligros, sin saber si volveré a contemplar a mi querida Inglaterra y a ver a los amigos que ahí tengo. Estoy rodeado por grandes bloques de hielo que no nos permiten ni avanzar ni regresar, y que constantemente son una amenaza para nuestro barco. Toda mi tripulación espera de mí una ayuda que me es imposible darles, y a pesar de que las esperanzas no me han abandonado todavía, soy consciente de que en nuestra situación hay algo que me deja anonadado. Me pesa el saber que la vida de todos estos valientes está en peligro por mi causa. Si llegamos a perdernos, sólo la insensatez de mis planes puede ser la causa de tan gran catástrofe.

¿Cuál será, Margaret, tu estado de ánimo? Si sucede lo peor, nca sabrás si he muerto y seguirás esperando mi regreso con ia. Pasarán largos años de sufrimiento y desaliento, y acabará ninándote la desesperación sin que otra tortura, la de la espe- za, desaparezca. ¡Querida hermana! Cuando pienso en los su- nientos de tu corazón por la ausencia de tu hermano, mi propia erte deja de tener importancia. No obstante, me consuelo pen- do que tienes marido e hijos y que puedes ser feliz. ¡Qué el cielo rame sobre ti toda clase de bendiciones y de felicidad!

Mi desgraciado huésped me mira con compasión y se esfuerza devolverme la esperanza, llegando incluso a hablar de la vida no de algo de lo que él mismo gozara. Me recuerda que estos mos acontecimientos han sido vividos por muchos otros nave- tes, sin que se produjera el fatal desenlace cuando intentaron zar estos mares. Con todo y estar lleno de pesimismo, consigue olverme la esperanza. Los mismos marineros se ven influencia- por su elocuencia, y cuando les habla olvidan su miedo, renue- sus energías y creen que estos gigantescos montes de hielo se retirán con el ardor de su empeño. Pero este sentir es transitorio, ada día que pasa aumentan sus temores, viéndome yo amenaza- por un motín cuya causa sería exclusivamente la desesperación.

5 de septiembre de 17...

ba de suceder algo que tiene un interés poco común y que, aun ndo lo más probable es que estos papeles no lleguen nunca a tus nos, no quiero dejar de transcribirlo.

Estamos rodeados todavía por montañas de hielo, y persiste el gro de que nos veamos aplastados por ellas. El frío es glacial, y unos de mis compañeros de infortunio han encontrado ya la erte en este lugar desolador. La salud de Frankenstein es cada más precaria; la fiebre hace brillar sus ojos, está agotado, y ndo intenta el menor esfuerzo, acuciado por la agitación, vuelve er en un sopor que se parece en todo al de la muerte.

En mi carta anterior te hablé ya del temor que sentía ante un ible levantamiento de la tripulación. Pues bien, esta mañana, *mientras me hallaba observando el pálido rostro de mi amigo, que tenía los ojos entreabiertos y cuyas extremidades yacían a ambos lados del cuerpo, en la más completa inmovilidad, media docena de marineros pidieron permiso para entrar en mi camarote. Una vez concedido, penetraron en la estancia, y el que parecía ser su jefe se dirigió a mí. Me dijo que venían en representación de sus compañeros para hacerme una petición que, en justicia, no les podía negar. Siguió diciendo que estábamos en una situación desesperada, aprisionados por los hielos, y que probablemente no saldríamos de ella jamás. Ellos temían que si los hielos cedían, dejando un paso libre, yo sería tan temerario de lanzarme a proseguir una aventura tan descabellada, llevándoles a peligros tan graves o mayores que cuantos hasta el momento habíamos afrontado, después de haber tenido la inmensa fortuna de poder escapar del que nos encontrábamos. Querían arrancarme la promesa formal de que, si el barco quedaba libre, emprenderíamos el regreso.*

Estas palabras me indignaron. Yo no había perdido las esperanzas, y la idea de regresar no había pasado por mi pensamiento. De todos modos, ¿podía, en justicia, rechazar aquella petición? Durante unos momentos dudé qué contestar pero cuando iba a hacerlo Frankenstein salió de su letargo, se incorporó con los ojos brillantes y las mejillas ardiendo por un vigor momentáneo, y dijo a los hombres lo siguiente:

—¿Qué significan vuestras palabras? ¿Qué intentáis exigir a vuestro capitán? ¿Es que habéis perdido el ánimo y pensáis abandonar una empresa con tanta facilidad? ¿Acaso no dijisteis que esta era una expedición gloriosa? ¿Por qué razón es, pues, gloriosa? Desde luego, no porque el camino sea fácil como el de un mar del Sur, sino porque está lleno de dificultades, porque a cada paso que habéis dado se ha puesto a prueba vuestra fortaleza y vuestro valor, porque el peligro y la muerte os han acechado allí donde habéis estado y porque existen una multitud de obstáculos que vencer. Esto es lo que convierte a una empresa en gloriosa, y por esto el que se empeña en ella adquiere el honor. Si conseguís vuestro propósito se os alabará como bienhechores de la Humanidad, vuestro nombre será reverenciado por todo el mundo como el de unos seres de valor

inigualado, que han encontrado la muerte buscando el progreso de sus semejantes. Pero ahora, delante de las primeras dificultades serias, frente a la simple idea del peligro o, si lo preferís, ante un obstáculo que os pone verdaderamente a prueba, a vosotros y a vuestro valor, retrocedéis e intentáis ser enjuiciados como hombres incapaces de soportar el frío y los peligros, como chiquillos que desean volver tiritando de frío a sus calientes y cómodos hogares. Permitid que os diga que para esto no es necesario ningún preparativo, y mucho menos el haber llegado hasta aquí. Si queríais llenar de vergüenza el alma de vuestro capitán, con la derrota, y demostrar que en realidad sois unos cobardes, no era preciso llegar tan lejos. ¡Sed hombres o, si es preciso, más que hombres! Permaneced constantes en vuestros propósitos y sed tan firmes como rocas graníticas. Este hielo que tanto os aterroriza no está hecho de lo mismo que vuestras almas; por el contrario, es mutable, y si vuestro empuje es el debido, no soportará vuestros embates. No debéis volver a vuestras casas con la marca de la derrota en vuestras faces. Regresad como unos héroes que salieron a vencer y que ignoraron lo que es dar la espalda al enemigo.

Mientras decía esto, su voz iba expresando los distintos sentimientos que manifestaban sus palabras. Los ojos rebosaban propósitos elevados y un heroísmo sin igual, por lo que no es de extrañar que aquellos duros hombres de mar se conmovieran. Se miraron unos a otros, incapaces de pronunciar una sílaba, y al final yo les dije que se retiraran y que sopesasen lo que se les había dicho. Si no querían, yo no les llevaría al Norte; pero esperaba que su valor aumentase al reflexionar sobre estas maravillosas palabras.

Salieron, y yo me volví hacia mi amigo; pero éste había vuelto a desfallecer en su lecho.

Una pregunta aparece como constante en mis pensamientos: ¿Cómo acabará todo esto? No obstante, prefiero la muerte a regresar lleno de oprobio y vergüenza por no haber alcanzado mi objetivo. Temo que mi suerte sea ésta, ya que estos hombres carecen del valor necesario, que sólo la gloria puede dar, y no están dispuestos a soportar únicamente por buena voluntad un presente tan cruel.

7 de septiembre de 17...

¡La suerte está echada! He dado mi consentimiento al regreso si los hielos que nos circundan no nos destruyen antes. Mis esperanzas se han desvanecido por la cobardía, indecisión y falta de valor de los otros. Voy a volver ignorante y decepcionado. Sería necesario un gran acopio de filosofía, que yo no poseo, para soportar esta injusticia con paciencia.

12 de septiembre de 17...

Todo ha pasado ya. Hemos iniciado nuestra vuelta a Inglaterra, y mis sueños de ser útil a la Humanidad y alcanzar la gloria se han difuminado por completo... Y lo que es todavía peor: he perdido a mi amigo. Voy a intentar detallarte las terribles circunstancias de su muerte, y como sea que vuelvo a ti, mi querida hermana, no quiero permitir que la desesperación me domine.

El día 9 de este mes, el hielo comenzó a ceder, dejando oír unos impresionantes crujidos, que más parecían truenos que otra cosa, y que eran producidos por los choques de las islas flotantes y por los cortes que se iban produciendo en toda la masa helada. Aquel fue un momento de angustia y de gran peligro, pero como que no estaba en nuestra mano el hacer nada, me ocupé de mi huésped; su estado era tan grave que ni tan siquiera podía moverse de la cama.

El hielo se fue rompiendo y finalmente, ayudados por un fuerte viento del Este, el día 11 pudimos ver libre el camino hacia el sur. Cuando este cambio fue advertido por los tripulantes del barco, todos vieron con claridad que el regreso a sus casas estaba muy próximo, y esto les llenó de un júbilo delirante, que manifestaron con ruidosas muestras de alegría. Frankenstein, que dormitaba, despertó con los gritos y preguntó por la causa de tanto tumulto.

—Gritan —le expliqué— porque pronto regresarán a Inglaterra.

—Entonces, ¿regresa, usted, por fin?

—Por desgracia, sí. No puedo negarme a su petición. Sin su consentimiento me es imposible conducirles hasta el peligro. Por esto regreso.

—Sí ésta es tu intención... pero yo no retrocederé. Eres muy libre de abandonar tu propósito, pero el mío está planeado y guiado por el cielo, y no puedo desobedecer. Estoy muy débil, ya lo sé, pero los espíritus que me han asistido hasta ahora no me dejarán y me darán la fuerza que preciso.

Y así hablando, intentó levantarse. Pero no pudo soportar el esfuerzo y cayó otra vez, desvanecido, sobre los almohadones.

Pasó mucho tiempo antes de que los sentidos volvieran a él. Pensé que había muerto, pero al fin abrió los ojos y, respirando con dificultad, trató de hablar. No pudo articular una palabra. El médico le dio una pócima y nos ordenó que permaneciera en el más completo descanso, al tiempo que me comunicaba que mi amigo no iba a durar muchas horas más.

Su sentencia estaba dictada, por lo que hube de hacer acopio de valor para resignarme a esta nueva desgracia. Me senté junto a su cama con objeto de observarle, y le creí dormido; pero al poco rato me llamó y, con una voz que apenas era un gemido, me dijo:

—¡Ay! Las fuerzas en que confiaba me han abandonado y siento que se aproxima el fin, mientras que mi enemigo está todavía lleno de vida. Querido Walton, no creas que me impulsa ya el deseo de venganza que otrora me invadió, pero creo que mis esperanzas de ver muerto al monstruo son bien fundadas y no merecen reproche alguno. Durante estos últimos días me he dedicado a examinar mi conducta en el pasado... En un arrebato de locura creé a un ser racional, al que me sentí unido, te lo juro, porque deseaba hacerle feliz. Esta era mi obligación como creador, aunque ya tenía otros deberes más importantes para con mis semejantes, cuyo cumplimiento suponía en mayor proporción felicidad o miseria. Movido por este deber, me negué a crear una compañera para esa primera criatura mía, y así fue como llegó a demostrar una maldad y un egoísmo sin parangón en el mundo. Destruyó a mis amigos, y con ellos desaparecieron unos seres bondadosos y sabios... No sé todavía a dónde quiere ir a parar con su sed de venganza, pero sí que debe morir para evitar que cometa nuevos crímenes. Yo me había impuesto el deber de hacerle desaparecer, pero no lo he podido cumplir; he fracasado. Una vez, dominado por mi egoísmo, te pedí a ti que *continuaras mi tarea; pero ahora, después de razonarlo con calma, vuelvo a hacerte la misma petición... Sé que no puedo tener la osadía de solicitarte que renuncies a tu patria, a tus amigos, a todo lo que te es querido, para dedicarte tan sólo a esta empresa. Sé que, puesto que vuelves a Inglaterra, las oportunidades que tendrás de dar con él son escasas. Dejo en tus manos, pues, la decisión y el determinio de lo que creas conveniente hacer. Mis juicios y mis pensamientos empiezan a nublarse por el velo de la muerte. Por otra parte, no voy a pedirte que hagas lo que yo creo acertado por temor a equivocarme. La idea de que el monstruo pueda seguir viviendo y se dedique a saciar su sed de crímenes me inquieta sobremanera. No obstante, en este momento en que tan cerca estoy de verme librado de todo ello me siento limo de esa dicha que no he podido disfrutar desde hace muchos, muchísimos años. A mi alrededor están las sombras de mis seres amados, con quienes voy a reunirme. ¡Adiós, Walton! Busca serenamente la felicidad y evita la ambición, aunque ésta sea en apariencia tan inofensiva como la que persigue el camino de la ciencia... Pero no sé por qué te digo todo esto. Es posible que otro pueda triunfar donde yo he fracasado...*

Su voz se convirtió en un susurro, y poco a poco se hizo el silencio. Finalmente, una media hora después, realizó un último esfuerzo para volver a hablar. No lo consiguió. Apretó suavemente mi mano, y sus ojos se cerraron, mientras que en sus labios aparecía una débil sonrisa.

¡Ah, Margaret! ¿Qué palabras podrían expresar lo que sentí ante la desaparición de un espíritu tan brillante? ¿Qué puedo decir para hacerte comprender la profundidad de mi pena? Cualquier expresión sería inadecuada y vana. Mientras te escribo estas líneas, se me llenan los ojos de lágrimas y mi mente se siente decepcionada; pero vuelvo a mi querida Inglaterra, donde espero hallar el consuelo que no me es posible conseguir ahora.

Me interrumpen... ¿Qué ruido es ése? Son las doce de la noche y la brisa sopla suave y delicadamente. Puedo percibir desde aquí al vigía que permanece inmóvil en su puesto. Vuelvo a oír ese ruido y es como una voz humana; pero parece más tosca. Viene del camarote donde descansan los restos de mi buen amigo. Voy a ver de que se trata.

Buenas noches, querida hermana.

¡Dios de dioses! ¡Qué escena acabo de ver con mis propios ojos! Estoy desconcertado y no sé si tendré la fuerza suficiente para contarte con detalle lo sucedido. Voy a tratar de hacerlo porque, de lo contrario, cuanto te he dicho perdería parte de su sentido.

He penetrado en el camarote de Frankenstein y he podido ver a una figura gigantesca, inclinada sobre su cadáver. No sé cómo describirla, pero era un ser desproporcionado y no podía verle la cara. Cuando se inclinaba, le caían, colgando, unos mechones de pelo lacio y espeso. La mano que tendía hacia el cuerpo inerme era enorme y parecía, por su color y su aspecto, la de una momia. Cuando me acerqué, y al darse cuenta de mi presencia, ese horrible ser dejó de lamentarse, para intentar huir por la ventana del camarote. En ese mismo instante cerré los ojos instintivamente, en un esfuerzo por recordar mi deber para con el enemigo de mi buen Frankenstein. Entonces le ordené que se detuviese, cosa que él hizo no sin mirarme con aire sorprendido y volviendo en seguida su horrible faz hacia el inanimado cuerpo de su creador. Cada uno de sus gestos parecía el fruto de una pasión incontrolable.

—¡He aquí una de mis víctimas! —exclamó—. En su muerte se consuma mi ansia de venganza y se cierra el ciclo de mi mísera existencia. ¡Frankenstein, generoso y devoto espíritu! ¿Acaso me serviría de algo pedirte perdón? Yo, que sin consideración a nada ni a nadie destruía tus seres queridos... ¡Pero ya estás frío y no puedes responderme!

Su voz estaba dominada por el dolor, y mi primer impulso ha sido cumplir con la voluntad de mi amigo y destruir al monstruo. Pero no lo he hecho porque me lo ha impedido un sentimiento de compasión, mezclado con la curiosidad. Aun cuando me acerqué a él, no osé levantar los ojos hacia su cara ultraterrena, capaz de atormentar al más tranquilo y sereno de los mortales. Intenté hablarle, pero las palabras se helaron en mis labios, mientras aquel ser continuaba lamentándose. Finalmente, aprovechando un silencio en su letanía de lamentos y tras de muchos esfuerzos, le dije:

—*Tu arrepentimiento no es ya necesario. Si hubieras escuchado la voz de la conciencia y atendido los aguijonazos del remordimiento, antes de llevar a cabo tu demoníaca venganza, Frankenstein estaría aún vivo.*

—*¿Acaso creéis* —me interrumpió— *que nunca me he sentido embargado por el remordimiento? Este hombre*—añadió, señalando el cadáver— *no tuvo que sufrir mientras realizaba su tarea... Él no experimentó ni una pequeñísima parte de la angustia que yo he sufrido cuando llevaba a cabo mis atroces asesinatos. Un egoísmo ciego me empujaba a la acción, al tiempo que mi corazón se arrepentía. ¿Acaso creéis que los estertores de Clerval fueron para mí una música celestial? Yo deseaba amor y simpatía. Y cuando me vi obligado al odio y al vicio, por causa de la desgracia, tuve que soportar torturas inigualadas por nadie y que vos no podéis ni tan siquiera imaginar...*

«*Así, después del asesinato de Clerval volví a Suiza con el corazón destrozado, y tuve tanta compasión de Frankenstein que hasta yo me sentí aterrarizado. Pero cuando supe que el autor de mis días y de mis innumerables tormentos osaba concebir ideas de felicidad mientras sobre mí se acumulaba desgracia tras desgracia, cuando vi que se disponía a disfrutar de una felicidad que a mí me estaba negada, me sentí dominado por una envidia impotente y por una amarga indignación que acicatearon mi deseo de venganza. Recordé las amenazas que yo mismo había proferido, y decidí cumplirlas. Sabía de antemano que me conducirían a una nueva y mortal tortura, pero yo me sentía el esclavo, y no el dueño, de un apasionamiento que no podía abandonar, aun cuando me resultase aborrecible. Y cuando ella murió... No, aquella vez no me sentí miserable. Cometí aquel crimen renegando de toda clase de sentimientos y movido por el afán de venganza. A partir de aquel momento, el mal se convirtió para mí en bien, y llegado a este extremo era obvio que no tenía elección. Por lo tanto, me fue necesario adaptar mi naturaleza a algo que yo mismo había elegido voluntariamente, y desde entonces el cumplimiento de mis diabólicos proyectos no ha sido más que una pasión insaciable. Ahora, por fin, he rematado mi obra. ¡Esta ha sido mi última víctima!*»

Estas manifestaciones comenzaron por conmoverme, pero al recordar lo que me había dicho Frankenstein respecto a su elocuencia y a su capacidad de convicción y viendo el cuerpo de mi amigo exánime, sentí como la indignación se apoderó nuevamente de mí.

—*¡Monstruo mil veces maldito!* —*le dije*—. *¿Por qué vienes a llorar la muerte de tu última víctima? Tú que arrojaste una brasa ardiendo al techo de una cabaña, y luego te quedaste para contemplar tu obra destructora a la vez que te lamentabas. ¡Maldito hipócrita! Si aquel a quien lloras volviese a la vida, se convertiría de nuevo en el blanco de tu venganza. No es piedad lo que sientes. No. Tus lamentos se deben a la desesperación que te produce verle fuera de tu poder.*

—*¡Oh, no, esto no es verdad!* —*me interrumpió*—. *No busco simpatía alguna en mi dolor, porque sé perfectamente que jamás la encontraría. La primera vez que la busqué fue en el amor y la virtud; quise participar de las sensaciones de la felicidad y el afecto. Pero ahora, la virtud es para mí un espejismo y la felicidad se ha convertido en odio. ¿Dónde creéis que puedo encontrar simpatía? Me basta con sufrir en solitario, mientras duren mis padecimientos, pues sé que cuando muera los únicos recuerdos que acompañarán mi memoria estarán teñidos de vergüenza y horror. Hubo un tiempo en que mi imaginación se alimentaba con sueños de virtud, fama y felicidad, en que esperaba con candorosa ilusión encontrar en mi vida seres capaces de olvidar mi malformación y de amarme por las excelencias de mi alma. Pero el crimen me ha reducido a un nivel peor que el de las alimañas. No hay en el mundo maldad, ni desgracia, ni miseria, que sean comparables a la mía. A veces examino la senda de mis horribles crímenes, y no puedo creer que los haya cometido la misma criatura que en otro tiempo tuvo sublimes y trascendentes visiones de la belleza y la majestad que caracterizan a la virtud. Estaba escrito: el ángel caído se convierte en el espíritu del mal. Pero él, enemigo de Dios y de los hombres como fue, tiene amigos que le consuelan en su desolación, mientras que yo estoy completamente solo.*

«*Vos os llamáis amigo de Frankenstein, y parecéis tener algún conocimiento de mis crímenes y de mis penas. Pero por muchos* detalles que él os haya podido dar, nunca serán sino el resumen de horas, de meses en los que se han acumulado las miserias y he desperdiciado mis energías en inútiles apasionamientos. Porque, mientras iba consumando la venganza, yo no conseguía calmar mis ardientes deseos. Bullía por encontrar amor y afecto, y lo único que hallaba era el desprecio y el horror. ¿Acaso no es esto una cruel injusticia? ¿Por qué solamente yo tenía que ser tachado de criminal, cuando toda la humanidad pecaba contra mí? ¿Por qué no odiáis a Félix, que tan violentamente me expulsó de su lado? ¿Por qué aquel gañán intentó matar al salvador de su hija? ¡Ay! Aquéllos eran unos seres inmaculados, y sólo yo soy el miserable, el proscrito, un monstruo que merece ser pisoteado. Ahora, cuando recuerdo esto y me arrepiento de mis acciones, no puedo evitar que la sangre bulla en mis venas.

«Es cierto, ¡soy un miserable! He asesinado a criaturas indefensas; he estrangulado al inocente mientras reposaba; he arrancado la vida de quienes no me habían ofendido jamás; he conseguido que mi creador se convirtiera en un alma en pena después de haber sido un magnífico ejemplo de admiración y amor... Le he perseguido hasta acosarle, y ahora yace aquí, sin vida. Vos podéis odiarme, pero nunca llegará vuestro odio al nivel que llega el que yo siento por mí mismo. Miro estas manos asesinas, escucho el corazón que concibió tales planes, y espero con ansia el momento en que ni mis ojos ni mis oídos serán capaces de ver u oír.

«No debéis temer que sea todavía instrumento de desgracias ajenas. He terminado, casi, mi trabajo. No me hace falta ni vuestra vida ni la de ningún otro hombre para completar lo que es necesario completar. La única vida que preciso es la mía, y no tardaré mucho en obtenerla. Voy a abandonar vuestro barco en el mismo témpano que me trajo a él, y me dirigiré al extremo más alejado del hemisferio. Allí reuniré el material que adornará mi pira funeraria, y en ella convertiré este cuerpo deforme y horrendo en cenizas, para que no sirva de curiosidad a ningún buscador de gloria que desee crear otro ser tan desgraciado como yo he sido. Moriré, y muriendo no sentiré ningún dolor ni experimentaré insatisfacción alguna... Quien me dio la vida ha muerto; así pues, cuando yo haya desaparecido, *el recuerdo de ambos desaparecerá también. El sol no volverá a calentarme, la brisa no acariciará ya nunca más mis mejillas y las estrellas no me servirán de guía. La luz, el sentimiento y los sentidos formarán parte del pasado, y sólo cuando esto suceda podré encontrar mi auténtica felicidad. Hace algunos años, cuando pude apreciar por primera vez la cálida alegría de la primavera y escuchar el murmullo de las hojas y el piar de los pájaros, cuando creí que todo aquello también había sido creado para mi disfrute, podía haber muerto de felicidad. Pero ahora, emponzoñado como estoy por mis crímenes, destrozados como tengo todos mis sentimientos, ¿dónde podré encontrar el reposo que necesito si no es en la muerte?*

«¡Adiós, os dejo! Por última vez dirijo mis ojos hacia el ser humano. ¡Adiós, Frankenstein! Si te fuera posible volver a la vida, si todavía quedase en tu alma un rescoldo que alimentase sentimientos de venganza hacia mí, te juro que quedarías más satisfecho con mi triste vida que con mi muerte. Pero las cosas no serán así, porque tú has buscado mi destrucción para poner fin a nuevas y mayores desgracias. Y aun suponiendo que no hayas dejado de sentir, dondequiera que estés no querrás imponerme un castigo mayor que el que padece mi existencia. Tu vida fue desgraciada y miserable; pero peor fue la mía, porque el dolor del remordimiento me seguirá clavando sus puñales hasta que la muerte cierre para siempre las heridas de mi alma.

«Pronto, muy pronto —exclamó con solemne entusiasmo—, moriré y dejaré de experimentar lo que ahora siento. Pronto acabaré con estos pensamientos. Ascenderé, gozoso, a mi pira funeraria, y gozaré del dolor que me produzcan las llamas. El fulgor de esta conflagración se apagará lentamente, el viento recogerá mis cenizas para llevarlas hasta el mar, y mi espíritu encontrará al fin la paz... Aunque me sea posible pensar, estoy seguro de que ya no será lo mismo, de que todo será distinto a como es ahora. ¡Adiós!

Y saltó por la ventana del camarote al terminar de pronunciar estas palabras, cayendo sobre el témpano de hielo que flotaba a uno de los costados del buque. Las olas le arrastraron en una especie de torbellino y se perdió en la oscuridad de la distancia.

Impreso en los talleres de
MUJICA IMPRESOR, S.A. de C.V
Calle camelia No. 4, Col. El Manto
Deleg. Iztapalapa, México, D.F.
Tel: 5686-3101.